Augusto Cury
Der Traumhändler

AUGUSTO CURY

Der TRAUM HÄNDLER

Aus dem brasilianischen Portugiesisch
übersetzt von Mechthild Blumberg

Allegria

Die Originalausgabe erschien 2011 unter dem Titel
O VENDEDOR DOS SONHOS – O Chamado
im Verlag Academia da Inteligencia, Sao Paolo, Brasilien

Allegria ist ein Verlag der Ullstein Buchverlage GmbH
Herausgeber: Michael Görden

ISBN: 978-3-7934-2231-0

Widmung

*Dieser Roman ist meinen lieben Lesern in all
den Ländern gewidmet, wo meine Bücher bisher
erschienen sind, insbesondere denjenigen, die dank
ihrer Intelligenz, ihres kritischen Denkens, ihrer
Sensibilität, Großzügigkeit und Freundlichkeit
in irgendeiner Form mit Träumen handeln.
Traumhändler sind häufig Fremde im sozialen Nest,
Anormale – denn der Normalfall besteht darin,
sich im Morast von Individualismus, Egozentrik
und Personalismus zu suhlen. Doch was sie uns
hinterlassen, wird unvergessen bleiben.*

Inhalt

Vorwort

Dies ist mein vierter Roman und mein zweiundzwanzigstes Buch überhaupt. Meine Romane, etwa die *Die Zukunft der Menschheit* und *Die Schönheitsdiktatur*, wollen nicht nur unterhalten, zerstreuen und emotional berühren, sondern sie beruhen auf psychologischen, psychiatrischen, soziologischen und philosophischen Standpunkten und wollen Diskussionen anregen, die Welt der Ideen bereisen und trennende Vorurteile überwinden.

Ich schreibe seit über fünfundzwanzig Jahren und veröffentliche seit mehr als acht Jahren. Über dreitausend Seiten warten noch darauf, veröffentlicht zu werden. Viele verstehen nicht, warum meine Bücher so beliebt sind, denn ich habe kein Interesse daran, für sie zu werben, und lebe, soweit möglich, eher zurückgezogen. Vielleicht liegt es daran, dass sich die Leser gern auf eine Reise durch die geheimnisvolle Welt des menschlichen Geistes mitnehmen lassen. Ich bezweifle, dass ich diesen Erfolg wirklich verdiene. Ich bin kein Autor, dem die Texte leicht von der Hand gehen. Aber ich bin entschlossen und, wie ich scherzhaft zu sagen pflege, äußerst stur. Ich versuche, ein Wortkünstler zu sein, feile Tag und Nacht an jedem Absatz wie ein besessener Bildhauer. So findet der Leser in diesem Roman verschiedene Gedanken, die ich zuvor in meinem Geiste mindestens ein Dutzend Mal umgeschmiedet habe.

Es gibt Bücher, die aus dem Intellekt entstehen; andere entspringen den Tiefen des Gefühls. *Der Traumhändler* wurzelt im Verborgenen beider Bereiche. Die Idee musste einige Jahre in mir reifen, bis der Augenblick gekommen war, sie in Worte zu fassen. Während ich schrieb, kamen mir unzählige Fragen; ich musste über vieles lächeln, und ich dachte über die menschliche Unvernunft nach, zumindest über meine eigene. Dieser Roman durchquert die Täler des Dramas und der Satire, die der Tragödie der Verlierer und der Naivität derer, die das Leben zu einem Zirkus gemacht haben.

Der Protagonist ist unvergleichlich kühn und voller Geheimnisse. Niemand, außer seinem eigenen Gewissen, schafft es, seine Gesten und Worte zu kontrollieren. Er posaunt überall hinaus, dass die modernen Gesellschaften zu einem riesigen, globalen Irrenhaus geworden sind, in welchem der Normalzustand darin besteht, nervös und gestresst zu sein, während Gesundheit, Ruhe und Gelassenheit als anormal gelten. Mit der sokratischen Methode fordert er den Geist all derer heraus, die ihm über den Weg laufen, sei es auf der Straße, in den Unternehmen, den Einkaufszentren oder den Schulen: Er torpediert die Menschen mit unzähligen Fragen.

Ich träume davon, dass dieses Buch nicht nur von Erwachsenen, sondern auch von jungen Leuten gelesen wird, da viele von ihnen meiner Ansicht nach auf dem Weg sind, passive Diener des Systems zu werden, anstatt sich von Träumen und Abenteuern mitreißen zu lassen. Abgesehen von einigen Ausnahmen sind sie zu Konsumenten von Gütern und Dienstleistungen statt von Ideen geworden. Doch bewusst oder unbewusst wollen sie alle ein Leben voll prickelnder Emotionen, schon als Babys, wenn sie das Risiko eingehen, aus ihrer Wiege zu krabbeln. Aber wo gibt es Emotionen in Fülle? In welchem gesellschaftlichen Bereich finden sie sich? Einige Menschen zahlen viel Geld, um sie zu bekommen, und leben doch in ständiger Bedrängnis. Manche jagen verzweifelt Ruhm und

Ehre hinterher, doch sterben schließlich voller Langeweile. Wieder andere bezwingen steile Berge auf der Suche nach einer Prise Abenteuer, die jedoch in der warmen Sonne des darauffolgenden Tages dahinschmilzt. Die Figuren dieses Romans schwimmen gegen den Strom der quälenden Alltagsroutinen. Sie erleben täglich eine hohe Dosis Adrenalin. Doch der Handel mit Träumen hat einen hohen Preis: Ihr Leben ist risikoreich und stürmisch.

Die Begegnung

Am beseelten Tag der Woche, einem Freitag, versammelten sich um fünf Uhr nachmittags Menschen, die es normalerweise eilig hatten, an einer zentralen Großstadtkreuzung und schauten beklommen nach oben. Die ohrenbetäubende Sirene der Feuerwehr verkündete Gefahr. Ein Krankenwagen versuchte, sich durch den Stau einen Weg zu bahnen.

Die Feuerwehr traf schnell ein und sperrte den Bereich ab, um die Gaffer daran zu hindern, sich dem beeindruckenden Hochhaus der Alpha-Holding, einer der mächtigsten Unternehmensgruppen weltweit, zu nähern. Die Umstehenden sahen sich an, und die Passanten, die sich nach und nach zu ihnen gesellten, hatten einen fragenden Gesichtsausdruck. Was war los? Warum dieser Aufruhr? Die Leute deuteten nach oben. Im zwanzigsten Stock, an der Brüstung des imposanten Gebäudes aus verspiegeltem Glas, stand sprungbereit ein Mann.

Wieder wollte jemand seine an sich schon kurze Existenz vorzeitig beenden. Noch ein Mensch hatte den Plan gefasst, das Leben aufzugeben. Es waren tieftraurige Zeiten. Es starben mehr Menschen durch Selbstmord als in Kriegen und durch Mord. Die Zahlen verstörten all jene, die über sie nachdachten. Das Meer an Vergnügungen war unendlich geworden, aber auch so flach wie eine Pfütze. Viele finanziell und intellektuell Privilegierte lebten leer, gelangweilt und isoliert in ihrer Welt. Nicht nur die Elenden, sondern auch die Begüterten fielen dem Gesellschaftssystem zum Opfer.

Der Lebensmüde auf dem Dach des Alfa-Hochhauses war ein vierzigjähriger Mann mit gut geschnittenem Gesicht, markanten Augenbrauen, fast faltenloser Haut und gepflegtem halblangem meliertem Haar. Seine Belesenheit und Bildung aus vielen Lehrjahren war zu Staub zerfallen. Keine der fünf Sprachen, die er beherrschte, war ihm nützlich gewesen, um mit sich selbst zu sprechen; keine hatte ihn in die Lage versetzt, die Sprache seiner inneren Gespenster zu verstehen. Eine Depression hatte ihm die Luft zum Atmen genommen. Er lebte ohne Sinn; nichts konnte ihn verzaubern.

In jenem Moment schien ihn nur das Sterben anzuziehen. Dieses monströse Phänomen, das für gewöhnlich als Tod bezeichnet wird, war beängstigend und doch auch eine magische Erleichterung menschlicher Seelenqualen. Offenbar konnte nichts jenen Mann von dem Entschluss abbringen, seinem Leben ein Ende zu setzen. Er blickte nach oben, so als suchte er einen Freispruch für seinen letzten Akt, blickte nach unten und machte zwei schnelle Schritte, ohne sich darum zu sorgen, hinunterzustürzen. Durch die Menge ging ein entsetztes Tuscheln; die Leute glaubten, er würde springen.

Einige Zuschauer kauten nervös an den Fingernägeln. Andere hatten sogar aufgehört, zu zwinkern, um ja kein Detail zu verpassen – zwar verabscheuen die Menschen den Schmerz, doch fühlen sie sich stark von ihm angezogen; sie fürchten Unfälle, Leid und Elend, können ihren Blick aber nicht davon abwenden. Obwohl der Ausgang jenes Akts den Beobachtern Beklemmung und Schlaflosigkeit bescheren würde, sträubten sie sich dagegen, den Schauplatz des Schreckens zu verlassen. Im Gegensatz zu den gespannten Umstehenden waren die im Stau feststeckenden Autofahrer ungeduldig und hupten unaufhörlich. Einige lehnten den Kopf aus dem Fenster und brüllten: »Spring endlich und hör auf mit dem Theater!«

Die Feuerwehr und der Einsatzleiter der Polizei stiegen aufs Dach des Gebäudes und versuchten erfolglos, den Lebensmüden von seinem Vorhaben abzubringen. Angesichts dieser Niederlage wurde eiligst ein renommierter Psychiater herbeigerufen, der versuchte, das Vertrauen des Mannes zu gewinnen, und ihm ins Gewissen redete, er solle die Folgen seines Planes bedenken, doch ohne Erfolg … Der Selbstmörder fiel nicht mehr auf psychologische Kniffe herein; er hatte bereits vier vergebliche Therapien hinter sich, und nun schrie er drohend: »Noch ein Schritt und ich springe!«

Er war sich nur eines sicher: Der Tod würde alle quälenden Gedanken zum Schweigen bringen, zumindest glaubte er das. Sein Entschluss stand fest, mit oder ohne Publikum. Er war auf seine Frustrationen fixiert, erlebte sein Unglück immer wieder neu und fachte damit seine Qualen an.

Während sich dieses Drama auf dem Hochhausdach abspielte, tauchte plötzlich ein Mann in der Menge auf und bat darum, durchgelassen zu werden. Er sah aus wie einer der gaffenden Bankangestellten, war allerdings schlechter gekleidet, ohne Krawatte, mit einem verblichenen und fleckigen hellblauen Oberhemd unter einem verknitterten schwarzen Anzug, der schon lange nicht mehr gereinigt worden war. Sein angegrautes Haar hing ungekämmt über die Ohren, sein langer Bart war ungepflegt, seine Haut trocken und faltig. Man sah, dass er manchmal die Nacht im Freien verbrachte. Er war zwischen dreißig und vierzig, schien aber älter, und er sah keineswegs wie eine politische oder geistige Autorität und schon gar nicht wie ein Intellektueller aus. Er wirkte eher wie ein Unterprivilegierter statt wie eine Ikone des Gesellschaftssystems.

Sein unattraktives Äußeres kontrastierte mit der Zartheit seiner Gesten. Sanft berührte er die Schultern der Umstehenden, lächelte und bahnte sich so den Weg. Die Leute konnten die Empfindung, die sie dabei verspürten, zwar nicht benennen, machten ihm jedoch schnell Platz.

Der Fremde näherte sich der Absperrung und wurde von Feuerwehrleuten zurückgehalten. Doch er fixierte sie und sagte bestimmt: »Sie müssen mich durchlassen, der Mann erwartet mich.« Die Feuerwehrmänner schauten ihn von oben bis unten an und schüttelten den Kopf. Er schien eher ein weiterer Hilfsbedürftiger zu sein als jemand, der in einer derart angespannten Situation nützlich sein könnte.

»Wie heißen Sie?«, fragten sie mit starrem Blick.

»Das ist jetzt unwichtig!«, antwortete der Sonderling.

»Wer hat Sie gerufen?«, fragten die Feuerwehrleute.

»Sie werden es erfahren! Aber wenn Sie mich jetzt weiter ausfragen, können Sie gleich ein Begräbnis vorbereiten«, sagte er und blickte nach oben.

Die Feuerwehrmänner begannen zu schwitzen. Der eine litt unter Panikattacken, der andere unter Schlaflosigkeit. Der letzte Satz des geheimnisvollen Mannes beeindruckte sie, sodass sie ihn durchließen. Vielleicht war er ja ein exzentrischer Psychiater oder ein Verwandter des Lebensmüden.

Als er oben auf dem Dach angekommen war, wurde er wieder aufgehalten. Der Einsatzleiter der Polizei war barsch: »Bleiben Sie stehen! Sie haben keinen Zutritt!« Er befahl ihm, sich umgehend wieder zu entfernen.

Aber der rätselhafte Mann fixierte seinen Blick und erwiderte: »Wieso habe ich keinen Zutritt? Ich wurde gerufen!«

Der Einsatzleiter der Polizei schaute den Psychiater an, welcher seinerseits den Einsatzleiter der Feuerwehr anblickte. Mit Handbewegungen fragten sie sich gegenseitig, wer den Mann wohl gerufen hatte. Wenige Sekunden Unaufmerksamkeit reichten, damit der ungepflegte Kauz ihre Barriere durchbrechen und sich dem Mann, der seinem letzten Atemzug nahe war, gefährlich nähern konnte.

Als sie es bemerkten, war es zu spät, um ihn zurückzuhalten, da jegliche Verwarnung das Unglück auslösen und den Lebensmüden dazu bringen konnte, sein Vorhaben auszuführen. Beunruhigt zogen sie es daher vor, den Verlauf der Ereignisse abzuwarten.

Ohne um Erlaubnis zu fragen und sich um die Möglichkeit zu sorgen, dass der Verzweifelte sich in die Tiefe stürzte, überrumpelte ihn der Fremde und blieb etwa drei Meter vor ihm stehen.

Bei seinem Anblick brüllte der Mann: »Verschwinden Sie oder ich springe!«

Die Drohung ließ den Sonderling unberührt. So als wäre es das Natürlichste der Welt, setzte er sich auf die Brüstung, zog ein Sandwich aus der Jackentasche und begann, es genüsslich zu verspeisen. Zwischen den einzelnen Bissen pfiff er glücklich und zufrieden ein Liedchen.

Der Lebensmüde war wie gelähmt. Er fühlte sich brüskiert, gekränkt und in seinen Gefühlen verletzt.

»Hören Sie auf zu pfeifen! Ich springe runter!«, schrie er.

Unbeirrt erwiderte sein Gegenüber: »Könnten Sie die Güte haben, mein Abendbrot nicht zu stören?« Und biss ein weiteres Stück von seinem Sandwich ab, wobei er fröhlich mit den Beinen baumelte. Dann schaute er zum Verzweifelten hinüber und bot ihm mit einer Geste an, auch einen Bissen zu nehmen.

Bei diesem Anblick zitterten dem Einsatzleiter der Polizei die Lippen, der Psychiater riss die Augen auf, und der Einsatzleiter der Feuerwehr hob entgeistert die Brauen.

Der Lebensmüde erstarrte und dachte: »Unmöglich! Der ist ja noch durchgedrehter als ich!«

Der Hauptdarsteller stellt sich vor

Dass jemand angesichts eines Menschen, der sich gerade umbringen will, genüsslich ein Sandwich verspeist, schien irgendwie surreal. Wie in einem Film.

Der Verzweifelte kniff die Augen zusammen, atmete schneller und verhärtete seine Gesichtszüge. Er wusste nicht, ob er hinunterspringen, einfach nur schreien oder den Fremden anfahren sollte.

Schließlich brüllte er keuchend:»Hau ab! Ich springe jetzt!« Und taumelte über dem Abgrund.

Es schien, als würde er diesmal wirklich auf dem Boden aufschlagen. Ein erschrecktes Raunen ging durch die Menge, und der Einsatzleiter der Polizei schlug die Hände vors Gesicht, um das Unglück nicht mit ansehen zu müssen.

Alle erwarteten, dass der Fremde sofort das Feld räumen würde, um die Tragödie zu vermeiden. Er hätte wie der Psychiater und der Polizeibeamte sagen können:»Tun Sie das nicht! Ich gehe schon«, oder einen Rat geben können wie:»Das Leben ist schön! Es gibt Lösungen für Ihre Probleme! Sie haben noch so viele Jahre vor sich!«

Stattdessen richtete er sich plötzlich auf und deklamierte zum allseitigen Erstaunen, insbesondere zur Überraschung des Lebensmüden, lauthals ein Gedicht.

Er richtete es gen Himmel und deutete dabei auf denjenigen, der gerade seinen Lebensatem aushauchen wollte:

Gelöscht sei der Tag, an dem dieser Mann geboren wurde!
Verdunstet der Tau, der an diesem Morgen das Gras
benetzte!
Verlöschen soll die Helligkeit des Tages, die den
Wanderern Freude spendete!
Voll Leiden sei die Nacht, in der dieser Mann empfangen
wurde!
Der Glanz der Sterne am Himmelszelt sei ihr entrissen!
Lächeln und Ängste der Kindheit seien dem Mann
genommen!
Seiner Jugend Übermut und Abenteuer geraubt!
Und der Zeit der Reife gestohlen die Träume und
Albträume, klaren Momente und Spleens!

Nachdem er das Gedicht aus voller Kehle hinausgerufen hatte, sah der Fremde traurig aus. Er senkte die Stimme und flüsterte ohne jede weitere Erklärung die Zahl Eins. Die verblüfften Gaffer begannen sich zu fragen, ob das Ganze nicht eher eine Performance war. Auch der Polizist wusste nicht, wie er reagieren sollte: Sollte er eingreifen oder den Gang der Ereignisse weiter beobachten? Der Einsatzleiter der Feuerwehr schaute den Psychiater fragend an. Dieser sagte verwirrt: »Aus der Literatur ist mir nichts von einem Rückgängigmachen der Existenz oder einer Tilgung des Lächelns bekannt. Ich verstehe nichts von Gedichten … Wahrscheinlich noch so ein Verrückter!«

Der Lebensmüde stand unter Schock. Die Worte des Fremden hallten in seinem Geiste wider, ohne dass er dies verhindern konnte. Empört und wütend brüllte er: »Was maßen Sie sich an, meine Vergangenheit auslöschen zu wollen? Welches Recht haben Sie, meine Kindheit zu zerstören? Wie kommen Sie dazu?«

Nachdem er den Eindringling so angegriffen hatte, kam er zu sich. Ob etwa er selbst der Urheber dieser Verbrechen war? Doch er widersetzte sich jedem Anflug von Besonnenheit.

Der Geheimnisvolle sah, wie der andere in sich versunken war, und wagte es, ihn noch weiter zu provozieren: »Vorsicht! Denken ist gefährlich, vor allem für jemanden, der sterben will. Wenn Sie sich umbringen wollen, dann denken Sie lieber nicht!«

Der Lebensmüde wurde verlegen – der Eindringling hatte ihn durchschaut. Wollte er ihn zum Sterben ermutigen? War er ein Sadist? Wollte er etwa Blut sehen? Er schüttelte den Kopf, so als könnte er sich dadurch seiner Grübeleien entledigen, doch die impulsiven Wünsche werden immer durch Gedanken untergraben.

Der Fremde bemerkte die Verwirrung des Mannes und fuhr sanft, jedoch ebenso nachdrücklich fort: »Denken Sie nicht! Denn wenn Sie nachdenken, werden Sie merken, dass derjenige, der sich umbringt, einen Doppelmord begeht: Erst tötet er sich selbst und dann diejenigen, die zurückbleiben. Wenn Sie nachdenken, werden Sie verstehen, dass Schuld, Irrtümer, Enttäuschungen und Unglück das Privileg eines bewussten Lebens sind. Der Tod kennt diese Privilegien nicht!«

Der Sonderling verfiel nun in einen Zustand der Sorge. Er nannte die Zahl Vier und schüttelte verdrießlich den Kopf.

Der Verzweifelte war wie gelähmt. Er wollte die Ausführungen des Fremden von sich weisen, die sich jedoch wie Viren in seinen Gehirnwindungen ausbreiteten. Was waren das für Worte? Verwirrt versuchte er, gegen sie anzugehen, und schleuderte seinem Gegenüber entgegen: »Wer sind Sie, dass Sie mich angreifen, anstatt mich zu schonen? Warum behandeln Sie mich nicht wie einen armen, bedauernswerten Irren?« Er wurde laut: »Verpiss dich! Ich bin am Ende.«

Anstatt sich einschüchtern zu lassen, verlor der sonderbare Mann nun die Geduld und wurde direkt:»Wer sagt denn, dass Sie schwach sind oder depressiv oder dass es keine Lebensfreude mehr für Sie gibt? Wer sagt, dass Sie betrogen oder frustriert wurden? Oder dass Sie das Gewicht Ihrer Niederlagen nicht mehr tragen können? In meinen Augen trifft nichts von alledem auf Sie zu. Für mich sind Sie einfach nur eitel, gefangen in Ihrem emotionalen Käfig und blind für größeres Elend als das Ihre.«

Wie mitten ins Herz getroffen wich der Verzweifelte erschrocken zurück. Wütend und mit bereits belegter Stimme fragte er:»Wie kommen Sie dazu, mich als eitel und als Gefangenen in meinem emotionalen Käfig zu bezeichnen? Was maßen Sie sich an, zu behaupten, ich sei blind gegenüber größerem Leid als dem meinen?«

Er fühlte sich ertappt und bekam keine Luft mehr. Der Eindringling hatte ihn im Innersten erfasst. Dessen Worte waren wie ein Blitzstrahl in die letzten Winkel seiner Psyche vorgedrungen. In jenem Augenblick dachte der traurige Mann an seinen Vater, der seine Kindheit zerstört und ihm viel Leid zugefügt hatte. Gefühlskalt und verschlossen war er gewesen. Doch der Lebensmüde hatte mit niemandem über diese Angelegenheit gesprochen; es fiel ihm extrem schwer, mit den Wunden der Vergangenheit umzugehen. Von diesen verstörenden Gedanken ergriffen, sagte er in versöhnlicherem Tonfall und mit Tränen in den Augen:»Schweigen Sie. Sagen Sie nichts mehr. Lassen Sie mich in Ruhe sterben.«

Da er bemerkte, dass er eine tief liegende Wunde berührt hatte, senkte auch der Mann, der ihn befragte, seine Stimme: »Ich achte Ihren Schmerz und kann nichts darüber sagen. Ihr Schmerz ist einzigartig, und nur Sie können ihn wirklich spüren. Er gehört niemandem sonst als Ihnen allein.«

Diese Worte erhellten die Gedanken des Mannes, der fast zu weinen begann. Er verstand, dass keiner über fremden Schmerz urteilen kann. Verstand, dass der Schmerz seines Vaters einzigartig war und daher auch von niemand anderem gespürt oder beurteilt werden konnte. Er hatte seinen Vater immer vehement verurteilt und begann nun zum ersten Mal, ihn mit anderen Augen zu sehen. In diesem Moment richtete der Eindringling zu seiner Überraschung einige Worte an ihn, von denen er kaum sagen konnte, ob es sich um Lob oder Kritik handelte: »Für mich sind Sie auch sehr mutig, da Sie ja beabsichtigen, Ihren Körper zerschellen zu lassen, um eine endlose Nacht im Gefängnis eines Grabes zu schlafen! Das ist zweifellos eine schöne Illusion« – und er unterbrach seine Rede, damit der Lebensmüde sich der unabsehbaren Folgen seines Vorhabens bewusst würde.

Dieser wunderte sich zum wiederholten Male über den sonderbaren Mann, der aufgetaucht war, um seine Pläne zu stören. Wer war er? Welch bemerkenswerte Worte! Eine endlose Nacht im Gefängnis eines Grabes zu schlafen … diese Vorstellung stieß ihn ab. Trotzdem beharrte er weiter auf seiner Absicht und entgegnete: »Ich sehe keinen Grund dafür, dieses unnütze Leben fortzusetzen!« Trotzig zog er die Augenbrauen zusammen, während ihn ungebetene Gedanken quälten.

Der Fremdling wurde energisch und widersprach mit mächtiger Stimme: »Unnützes Leben? Wie undankbar! Bestimmt würde Ihr Herz jetzt am liebsten den Brustkorb sprengen, um gegen die Vernichtung des Lebens zu protestieren!«

Mit seltener Darstellungsgabe veränderte er nun den Tonfall, um das Herz des Verzweifelten sprechen zu lassen: »Nein, nein, hab Mitleid mit mir! Ich habe dein Blut unermüdlich und millionenmal durch den Körper gepumpt, habe deine Bedürfnisse erfüllt, dir gedient, ohne mich je zu beschweren. Und jetzt willst du mich zum Schweigen bringen und mir noch nicht einmal das Recht auf Selbstverteidigung einräumen? Immerhin war ich der treueste aller Sklaven! Und womit werde ich belohnt? Was ist der Preis? Ein sinnloser Tod! Du willst, dass ich aufhöre, zu schlagen, nur um dein Leid zu beenden. Ach was bist du nur für ein Egoist! Was gäbe ich dafür, wenn ich dir Courage durch den Körper pumpen könnte! Biete dem Leben die Stirn, du Egozentriker!« Und er forderte den Selbstmörder dazu auf, in sich hineinzuhören und die Verzweiflung seines Herzens nachzuempfinden.

Jetzt fühlte der Mann, wie seine Brust bebte. Er hatte gar nicht bemerkt, dass sein Herz im Begriff war zu explodieren. Es schien wirklich so, als würde es in seiner Brust schreien. Er erstarrte. Die Wirkung der Worte jenes Fremden auf seine Gedanken beeindruckte ihn. Doch obwohl er bereits geschlagen schien, bot er noch das wenige an Entschlossenheit auf, das ihm geblieben war: »Ich habe mich schon zum Tode verurteilt. Es gibt keine Hoffnung mehr.«

Da fügte ihm der andere den letzten Stoß zu: »Sie haben sich schon verurteilt? Wussten Sie, dass Selbstmord die ungerechteste aller Strafen ist? Denn derjenige, der sich umbringt, vollstreckt gegen sich selbst eine nicht wieder rückgängig zu machende Strafe, ohne sich zumindest das Recht auf Verteidigung einzuräumen. Warum verurteilen Sie sich, ohne sich zu verteidigen? Warum geben Sie sich nicht das Recht, mit Ihren Gespenstern zu streiten, Ihren Niederlagen ins Auge zu sehen und gegen Ihre pessimistischen Gedanken anzukämpfen? Es ist einfacher, zu sagen, dass sich das Leben nicht lohnt … Sie sind wirklich ungerecht sich selbst gegenüber!«

Der Fremde wusste ganz genau, dass diejenigen, die sich das Leben nehmen, die Reichweite ihrer Tat nicht überblicken, auch wenn sie ihren Tod detailliert planen. Er wusste, dass sie, wenn sie die Verzweiflung ihrer Lieben und die unfassbaren Konsequenzen ihres Selbstmords sähen, zurückschrecken und sich wehren würden. Er wusste, dass kein Abschiedsbrief eine solche Tat rechtfertigen kann. Der Mann auf dem Hochhausdach hatte seinem einzigen Sohn einen Brief hinterlassen, in dem er versuchte, das Unerklärliche zu erklären.

Er hatte auch schon mit Psychiatern und Psychologen über seine Selbstmordgedanken gesprochen. Er war untersucht und analysiert worden, hatte Diagnosen erhalten und verschiedenste Ansichten über Störungen in seinem Hirnstoffwechsel gehört, und er war ermutigt worden, seine Konflikte zu überwinden und gegenüber seinen Problemen neue Perspektiven einzunehmen. Aber nichts von alldem hatte ihn, den starren Intellektuellen, berühren können. Keine dieser Behandlungen oder Erklärungen hatte ihn aus seiner emotionalen Sackgasse befreit.

Obwohl völlig unzugänglich, war er nun zum ersten Mal von jenem Fremden verunsichert worden, der sich ihm hoch oben auf dem Gebäudedach entgegenstellte. Der Kleidung und dem ärmlichen Aussehen nach zu urteilen, handelte es sich um einen Bettler. Doch seine Worte zeigten, dass er ein Spezialist darin war, geistige Festungsmauern zu erschüttern. Was er sagte, war alles andere als beruhigend. Es schien, als wüsste er, dass es ohne Beunruhigung kein Hinterfragen gibt, und dass man ohne zu hinterfragen keine Alternativen findet, da der Horizont des Möglichen verhangen bleibt.

Der lebensmüde Mann hielt es nicht mehr aus, und so wagte er es, dem Fremden eine Frage zu stellen; er hatte lange damit gezögert, da er seit Beginn der Konfrontation das Gefühl hatte, damit ein Minenfeld zu betreten. Und so geschah es denn auch.

»Wer sind Sie?« Er wünschte sich eine kurze, klare Antwort, die natürlich nicht kam. Stattdessen musste er sich weitere Fragen anhören.

»Wer ich bin? Wie können Sie es wagen, mich das zu fragen, wenn Sie noch nicht einmal wissen, wer *Sie* sind! Wie können Sie es sich anmaßen, Ihre Existenz vor einem entsetzten Publikum auslöschen zu wollen?«

Der Lebensmüde versuchte, dem Mann, der ihn derart ins Gebet nahm, zu trotzen, und erwiderte in sarkastischem Tonfall: »Ich? Wer *ich* bin? Ich bin ein Mann, der in wenigen Augenblicken nicht mehr da sein wird. Und dann werde ich nicht mehr wissen, wer ich bin oder war.«

»Also ich bin da anders als Sie. Sie haben es aufgegeben, nach sich selbst zu suchen, so als wären Sie Gott. Ich dagegen frage mich täglich, wer ich bin.« Und listig stellte er eine weitere Frage: »Und wollen Sie wissen, welche Antwort ich gefunden habe?«

Der andere nickte verlegen, und der Fremdling fuhr fort: »Ich werde es Ihnen sagen, aber zuerst müssen Sie mir antworten. Welche philosophische, religiöse oder wissenschaftliche Quelle verleitet Sie zu der Annahme, dass der Tod das Ende der Existenz ist? Sind wir nichts als Atome, die zerfallen und nie mehr dieselbe Struktur bilden? Sind wir einfach nur gut organisierte Gehirne oder haben wir womöglich auch eine Psyche, die mit dem Gehirn koexistiert, doch seine Grenzen überschreitet? Welcher Sterbliche weiß das schon? Wissen Sie es? Welcher religiöse Mensch kommt, wenn er für seine Überzeugungen eintreten soll, ohne den Glauben aus? Welcher Neurowissenschaftler argumentiert ohne jede Spekulation? Welcher Atheist oder Agnostiker ist in seinem Diskurs über jeden Zweifel erhaben?«

Der Fremde war offensichtlich ein Meister in der Methode

des Sokrates, die Überzeugungen seines Gegenübers durch immer weitere Fragen aus den Angeln zu heben. Der Lebensmüde war durch diesen Beschuss völlig verwirrt. Eigentlich war er Atheist und nun musste er zugeben, dass sein Atheismus auf Spekulation fußte. Wie viele sogenannte »normale« Menschen hielt er mit unerschütterlicher Überzeugung rationalistische Vorträge gegen alles, was er als »esoterische Spinnerei« ansah, ohne darüber jemals ruhig und ideologiefrei zu debattieren.

Dagegen befragte der Mann mit der zerschlissenen Kleidung und gedankenvollen Miene auch sich selbst mit derselben Schonungslosigkeit. Und nun, ohne von seinem Gegenüber eine endgültige oder auch nur provisorische Antwort auf seine Fragen abzuwarten, schloss er mit der Bemerkung: »Wir sind beide unwissend. Der Unterschied zwischen uns besteht darin, dass ich es zugebe.«

Überzeugungen werden erschüttert

Während auf dem Gebäudedach große Gedanken erörtert wurden, gingen einige Leute davon, ohne mitbekommen zu haben, was dort oben gerade vor sich ging. Sie ertrugen es nicht, auf das bittere Ende des fremden Unglücks zu warten. Doch die meisten verharrten tapfer; sie wollten wissen, wie das Ganze weitergehen würde.

Plötzlich tauchte in der Menge ein Mann auf, den eine Wolke aus Whisky und Wodka umgab – noch jemand voller verborgener Narben. Er hieß Bartholomäus, war äußerst jovial und zeitweilig sogar ungestüm. Sein wirres, doch relativ kurzes schwarzes Haar hatte seit Wochen weder Kamm noch Wasser gesehen. Er war über dreißig, hatte helle Haut, buschige Augenbrauen und ein leicht aufgedunsenes Gesicht, in dem die Schrammen seiner gepeinigten Existenz nicht zu sehen waren. Er war so betrunken, dass er über die eigenen Beine stolperte. Lallend rempelte er einige der Umstehenden an und, anstatt sich dafür zu bedanken, dass sie ihn stützten, beschwerte er sich.

Zu dem einen sagte er: »Hey, Sie haben mich angerempelt. Sehen Sie nicht, dass ich auf der Überholspur bin?«

Zu dem anderen meinte er: »Mit Verlaub, mein Freund, ich hab's eilig.«

Bartholomäus machte einige Schritte zu viel und stolperte über den Bordstein. Um nicht zu stürzen, suchte er nach dem erstbesten Halt und fiel über eine alte Dame. Die Ärmste brach sich fast das Kreuz. Sie versuchte, sich von ihm zu befreien, haute ihm ihren Stock über den Kopf und rief erschrocken: »Lassen Sie mich los, Sie Wüstling!«

Ihm fehlte jedoch die Kraft, sich noch zu bewegen. Da die alte Dame aber unaufhörlich zeterte, versuchte er, sie zu übertönen, um sich aus der Affäre zu ziehen: »Hilfe! Hilfe! Die Frau will mir an den Kragen!«

Die Leute, die den beiden am nächsten standen, verdrehten die Augen. Sein Trick war offensichtlich, und so zogen sie ihn von der Dame weg, gaben ihm ein paar Schubse und forderten ihn auf, zu verschwinden.

Er wollte jedoch nicht den Kürzeren ziehen und stotterte: »Danke, Leute für diesen Sch… Sch…« – Er war so betrunken, dass er dreimal versuchte, das Wort »Schubs« auszusprechen. Dann versuchte er, sich den Staub von der Hose zu klopfen, und fiel fast wieder hin: »Das war meine Rettung vor dieser …«

Die alte Dame wartete nur darauf, von ihm beleidigt zu werden, und hob ohne zu zögern den Stock, um ihm ein weiteres Mal auf den Kopf zu schlagen. Doch der Schlauberger verbesserte sich noch rechtzeitig: »… vor dieser reizenden Dame …«

Dann verließ er den Schauplatz. Während er durch die Menge wankte, fragte er sich irritiert, warum die Leute alle so andächtig nach oben blickten. Wahrscheinlich war da oben ein Marsmännchen … Schwerfällig hob er den Kopf, schaute ebenfalls hoch und begann plötzlich zu brüllen: »Ich seh's! Ich seh das Marsmännchen! Vorsicht, Leute! Es ist grün und hat Hörner! Und es hat 'ne Knarre in der Hand!«

Bartholomäus hatte wirklich Halluzinationen. Sein Geist war derart gestört, dass er irreale Bilder hervorbrachte.

Bartholomäus war kein gewöhnlicher Säufer, sondern ein Unruhestifter. Abgesehen davon, dass er jede Flasche leerte, die er ergattern konnte, war er ein Spezialist in der Kunst, Aufmerksamkeit zu erregen. Sein Spitzname war »Honigschnauze«. Er soff für sein Leben gern und noch lieber hörte er sich reden. Seine engsten Freunde sagten über ihn, er hätte das Labersyndrom.

So packte er diejenigen, die neben ihm standen, und forderte sie auf, das zu sehen, was nur er sehen konnte. Diese versuchten, sich mit Stößen und Schmähungen von ihm zu lösen.

Der Betrunkene stammelte: »Was sind die Leute unhöflich! Nur weil ich das Marsmännchen zuerst gesehen habe, sterben sie vor Neid!«

Währenddessen hatte sich der angehende Selbstmörder auf dem Dach der Alpha-Holding davon überzeugen lassen, dass er eigentlich seinen Vorurteilen statt seinem Leben ein Ende setzen sollte, denn seine Auffassungen von Leben und Tod waren hohl und oberflächlich. Er war immer stolz auf seine Gelehrsamkeit gewesen, doch nun musste er sich seine Unwissenheit eingestehen, was für jemanden, der sich für einen brillanten Denker hielt, kaum vorstellbar und sogar schmerzhaft war. In der akademischen Welt schien er über weitreichendes Wissen zu verfügen, mit dem er sich gern brüstete, doch noch nie waren ihm wenige Minuten, in denen er seine Dummheit erkennen musste, so lang vorgekommen.

Wie eine warme Dusche überströmte ihn das Gefühl der Seelenruhe, das jener Mann ausstrahlte, der so unergründlich und gesellschaftlich so unattraktiv war. Als hätten seine Äußerungen noch nicht ausgereicht, verstärkte der Fremdling sein Bombardement noch und machte einen Ausflug in die Geschichte eines großen Denkers: »Charles Darwin rief in seinen letzten Lebensminuten, als er unter unerträglicher Übelkeit litt und seine Seele ausspie: ›Mein Gott!‹ Warum?

Hatte er einen schwachen Charakter, da er angesichts seiner schwindenden Kräfte nach Gott rief? War er ein Feigling, weil er sich vom Schmerz bezwingen ließ und den bevorstehenden Tod plötzlich für unnatürlich hielt, obwohl seine Theorie auf der natürlichen Selektion beruht? Ist der Tod das Ende oder der Anfang? Verlieren oder finden wir uns darin? Speit die Geschichte uns als Akteure aus, wenn wir sterben, sodass wir nie wieder auftreten?«

Der Lebensmüde erschrak und schluckte. Solche Gedanken waren ihm neu. Dass die Weltgeschichte mit seinem Selbstmord seine persönliche Geschichte so arglos wieder ausspeien könnte wie ein Baby die gerade getrunkene Milch, hatte er wirklich noch nie in Erwägung gezogen. Er war zwar Anhänger der Evolutionstheorie, kannte aber den Menschen Darwin und seine Zweifel nicht. Doch ob Darwin wirklich widersprüchlich und schwach gewesen war? Nein, das konnte nicht sein. Darwin hatte sein Leben nicht aufgegeben. »Er hing sicher mehr am Leben als ich«, dachte er.

Der Lebensmüde hatte das Gefühl, dass der Mann mit den zahllosen Fragen ihm ungebeten den Frack des Hochmuts ausgezogen hatte. Er atmete tief ein, um sich zu beruhigen, so als versuchte er, mit der eingeatmeten Luft zuvor unbekannte Bereiche seines Geistes zu durchdringen. Dann antwortete er aufrichtig: »Nein, ich weiß es nicht. Darüber habe ich noch nie nachgedacht.«

Der Fremde schob noch etwas hinterher: »Wir arbeiten, kaufen, verkaufen und knüpfen Beziehungen; wir sprechen über Politik, Wirtschaft und Wissenschaften, doch im Grunde sind wir spielende Kinder im Theater des Lebens, ohne jemals seine ganze Komplexität erkennen zu können. Wir schreiben Millionen von Büchern und lagern sie in riesigen Bibliotheken, sind aber wirklich nichts als Kinder. Über uns wissen wir fast nichts. Wir sind Milliarden von kleinen Kindern, die gedankenlos auf diesem eindrucksvollen Planeten spielen.«

Der Lebensmüde hielt die Luft an und begann, sich seine Geschichte und Identität ins Bewusstsein zu rufen. Julio Lambert – so sein Name – konnte schnell und scharf denken. In seiner kometenhaften akademischen Laufbahn hatte er seinen Master und seinen Doktor mit Höchstnoten gemacht. Als Mitglied vieler Prüfungskommissionen hatte er auch die Arbeiten anderer beurteilt und Examenskandidaten mit seiner beißenden Kritik eingeschüchtert. Er war immer extrem selbstherrlich gewesen und erwartete von seinen Mitmenschen, um seine Intelligenz zu kreisen wie Motten um das Licht. Doch nun war er der hilflose Prüfling eines zerlumpten, gestrengen Prüfers. Angesichts seiner Ängste und seiner mangelnden Weisheit fühlte er sich wie ein kleinlautes Kind. Aber zum ersten Mal ärgerte er sich nicht schwarz, weil er als kleiner Junge behandelt wurde, sondern genoss das Eingeständnis der eigenen Winzigkeit. Jetzt empfand er sich nicht mehr als jemand, der vor dem eigenen Ende steht, sondern sah sich als wieder erwachendes menschliches Wesen.

Die Verluste

Wahnsinn kann nur behandelt werden, wenn er seine Maske fallen lässt. Und Julio versteckte sich hinter seiner Redegewandtheit, seiner kulturellen Bildung und seinem akademischen Status. Nun begann er, seine Verkleidungen abzulegen. Ein langer Weg lag vor ihm.

Am Horizont ging die Sonne unter. Und auf dem Hochhausdach verflog der Gedanke an Selbstmord. In diesem Augenblick sagte der Mann, der Julio gerettet hatte, mit tief bekümmerter Stimme:»Zwanzig!«

Julio fragte irritiert:»Warum nennen Sie immer wieder Zahlen, während wir uns unterhalten?«

Sein Gegenüber antwortete nicht sofort, sondern ließ den Blick über den Himmel schweifen, an dem mehrere Lichter aufleuchteten, andere aber verloschen. Er seufzte, und es schien, als wollte er überall gleichzeitig sein, um sie wieder zu entzünden. Dann wandte er Julio das Gesicht zu, schaute ihn aufmerksam an und sagte sanft:»Warum ich Zahlen aufsage? Seit wir hier oben auf dem Dach stehen, haben bereits zwanzig Menschen ihre Augen für immer geschlossen. Zwanzig Menschen haben es aufgegeben, zu leben, anstatt sich zur Wehr zu setzen, genau wie Sie. Menschen, die früher einmal gescherzt, geliebt, geweint und gekämpft haben, hinterlassen jetzt Schmerz im Gedächtnis derer, die bleiben.«

Die extreme Einfühlungsgabe dieses Mannes war Julio schleierhaft. Wer war er? Was hatte er erlebt, um derart feinfühlig zu sein? Erfolglos versuchte der Intellektuelle, den Eindringling zu durchschauen. Aus den Augenwinkeln bemerkte er dann, dass dieser weinte. Bei einem so starken Mann war diese Reaktion überraschend. Es schien, als empfände er den unbeschreiblichen Schmerz der Kinder von Selbstmördern nach, die sich immer wieder fragen, warum der betreffende Elternteil sein Leid nicht um ihrer willen ertragen hat. Oder er hatte sich in die Innenwelt von verwaisten Eltern hineinversetzt, die sich, obwohl sie häufig für ihr Kind da gewesen waren, nun voller Schuldgefühle fragen, was sie ihm gegenüber versäumten. Oder aber der Eindringling weinte im Gedanken an die eigenen Verluste.

Jedenfalls war Julio von den Worten wie von den Tränen des anderen völlig entwaffnet und begann nun eine Reise in die eigene Kindheit, die ihn so tief erschütterte, dass er ebenfalls in Tränen ausbrach. Er, der Verstandesmensch, weinte plötzlich in aller Öffentlichkeit und zeigte seine Verletzungen.

»Mein Vater hat oft mit mir gespielt; er hat mich geküsst und mich seinen lieben Sohn genannt ...«

Er seufzte laut und erlaubte sich nun, auszusprechen, was er bisher sogar vor seinen engsten Freunden verborgen gehalten hatte, Erlebnisse, die verschüttet, doch weiterhin lebendig waren und die seine Art und Weise, das Leben zu deuten, beeinflussten: »... aber er hat mich verlassen, als ich noch klein war, ohne irgendeine Erklärung.« Er machte eine kurze Pause und fuhr dann fort: »Ich saß im Wohnzimmer und schaute einen Zeichentrickfilm an. Plötzlich hörte ich aus seinem Zimmer einen lauten Knall. Erschrocken lief ich hin und sah ihn blutend auf dem Boden liegen. Ich war erst sechs! Laut schrie ich um Hilfe, aber meine Mutter war nicht zu Hause. Ich lief zu den Nachbarn und war so verzweifelt, dass es einen Moment dauerte, bis sie mich überhaupt verstanden. Mein Leben hatte kaum begonnen, und schon verlor ich meine

Kindheit, meine Unschuld. Meine Welt fiel in sich zusammen. Von da an hasste ich Zeichentrickfilme. Ich habe keine Geschwister. Nach dem Tod meines Vaters musste meine Mutter arbeiten gehen. Sie hat tapfer gekämpft, um mich durchzubringen. Aber dann hat sie Krebs bekommen und ist gestorben. Da war ich zwölf. Anschließend lebte ich bei verschiedenen Onkeln und Tanten, wo ich mich immer als Fremder fühlte. Als Jugendlicher war ich schnell aggressiv. Familienzusammenkünfte mochte ich nicht, was nicht verwunderlich ist, denn ich wurde wie ein Dienstbote behandelt und musste den Mund halten.«

So hatte Julio eine ungesellige, schüchterne und intolerante Persönlichkeit herausgebildet, die sich hässlich und ungeliebt fühlte. Um sich nicht selbst zu zerstören, hatte er seine Konflikte durch Lernen kompensiert, es auf die Universität geschafft und war ein glänzender Student geworden. Tagsüber musste er Geld verdienen, aber abends saß er im Hörsaal und nachts und an den Wochenenden vergrub er sich in die Bücher.

Mit nie verwundenem Ressentiment fügte er hinzu: »Aber ich überholte alle, die sich über mich lustig machten, wurde gebildeter und erfolgreicher als sie. Ich war ein brillanter Student und später ein respektierter Wissenschaftler. Ich wurde beneidet, manchmal auch gehasst, und hatte viele Bewunderer. Ich heiratete und bekam einen Sohn, João Marcos. Aber ich glaube, ich war weder ein guter Ehemann noch ein guter Vater.

Die Zeit verging, und vor einem Jahr habe ich mich in eine Studentin verliebt, die fünfzehn Jahre jünger ist als ich. Ich habe sie verführt, mit großzügigen Geschenken überhäuft, mein Konto überzogen und Kredite aufgenommen. Dann war ich völlig verschuldet, und sie hat mich verlassen. Ich bin im

Boden versunken. Meine Frau hat von dem Verhältnis erfahren und mich ebenfalls verlassen. Als sie ging, habe ich gemerkt, dass ich sie noch liebe; ich wollte sie nicht verlieren! Ich habe versucht, sie zurückzuerobern, aber sie hat die Nase voll von mir – einem pessimistischen, deprimierten und auch noch bankrotten Intellektuellen, der nie zärtlich zu ihr gewesen ist.«

Julio ließ seinen Tränen nun freien Lauf. Das letzte Mal hatte er so geweint, als seine Mutter gestorben war. Die Tränen liefen ihm über das Gesicht, und er versuchte ungeschickt, sie mit dem Handrücken wegzuwischen. Niemand, der ihn als autoritären Professor kannte, wusste um seine nicht verheilten Wunden.

»João Marcos, mein Sohn, ist ins Drogenmilieu abgeglitten. Er hat schon mehrere Klinikaufenthalte hinter sich. Wütend hat er mir vorgeworfen, dass ich nie mit ihm gespielt hätte und ihm kein Freund und Begleiter gewesen wäre. Inzwischen lebt er weit weg von hier und spricht nicht mehr mit mir.

Um es kurz zu machen: Seit meinem fünften Lebensjahr bin ich immer wieder im Stich gelassen worden! Manchmal war es allerdings auch meine eigene Schuld...«

Langsam begann Julio zu begreifen, wie er seine Masken ablegen konnte.

Nun zogen plötzlich Bilder vom Vater an seinem inneren Auge vorbei, die bisher verschüttet gewesen waren. Er erinnerte sich auch daran, dass er nach dessen Tod wochenlang Tag und Nacht nach ihm gerufen hatte.

Julio war voller Wut auf seinen Vater aufgewachsen, dem er nie verziehen hatte, in seinem emotionalen Käfig gefangen gewesen zu sein, ohne einen Gedanken an den Schmerz des Sohnes zu verlieren.

Und der ließ jetzt seinen Gefühlen freien Lauf. Die qualvolle Vergangenheit war offensichtlich stärker als jede noch so rasante Hochschulkarriere. Seine Bildung hatte Julio weder flexibel gemacht noch entspannt. Er war wie eingegipst, steif und gleichzeitig impulsiv. Bei keinem Psychiater oder Psychologen hatte er je seine Rüstung abgelegt. Häufig hatte er sie heftig kritisiert, weil er ihre Interpretationen infantil fand, unter seinem intellektuellen Niveau. Es war im Grunde aussichtslos gewesen, ihn zu überzeugen.

Nachdem Julio seine Geschichte nun derart offengelegt hatte, verschloss er sich wieder, da er fürchtete, dass sein Gegenüber ihn mit oberflächlichen Ratschlägen und nutzlosen Deutungen überschütten würde. Doch der Fremde tat nichts dergleichen. In einer Situation, in der gerade dies unmöglich schien, sagte er sanft und scherzend: »Mein Freund, du steckst wirklich ziemlich in der Klemme.«

Julio lächelte schwach. Eine solche Antwort hatte er nicht erwartet. Die Ratschläge blieben aus. Anschließend bewies der Fremde, dass er zwar seinen Schmerz nicht nachfühlen konnte, sich aber auf dem Gebiet der Verluste gut auskannte: »Ich weiß sehr genau, was es bedeutet, jemanden oder etwas zu verlieren! Es gibt Momente, in denen die Welt über uns zusammenbricht und wirklich keiner uns versteht!«

Während er sprach, wischte er sich ebenfalls die Tränen aus dem Gesicht. Vielleicht waren seine Wunden genauso tief oder sogar tiefer als jene, von denen er gerade gehört hatte.

Julio fragte gerührt: »Sagen Sie mir: Wer sind Sie?«

Die Antwort war ein wohlwollendes Schweigen.

»Sind Sie Psychologe oder Psychiater?« Inzwischen wähnte sich Julio einem ungewöhnlichen Fachmann gegenüber.

»Nein«, antwortete der Fremde mit fester Stimme.

»Sind Sie Philosoph?«

»Ich schätze die Welt der Ideen, aber Philosoph bin ich nicht.«

»Sind Sie ein religiöser Führer?« Vielleicht war der Eindringling ja ein katholischer, protestantischer, islamischer oder buddhistischer Geistlicher ...

»Nein!«, antwortete der Mann wieder mit sicherer Stimme.

Julio wurde nun ungeduldig: »Sind Sie verrückt?«

»Wahrscheinlich«, antwortete sein Gegenüber mit einem kleinen Lächeln. Jetzt war Julio völlig verwirrt.

»Wer sind Sie? Sagen Sie es mir!«, fragte er eindringlich.

Der Fremde wurde von der Menge der Schaulustigen gespannt beobachtet, die aber den Dialog auf dem Gebäudedach nicht hören konnte. Der Psychiater und die Einsatzleiter von Feuerwehr und Polizei hatten ihre Ohren gespitzt, bekamen zu ihrem Leidwesen jedoch auch nicht alles mit.

Die Reaktion des geheimnisvollen Mannes auf Julios Hartnäckigkeit war verstörend. Er breitete die Arme aus, streckte sie in die Höhe und rief:»Wenn ich die Kürze meiner Existenz im unendlichen Fluss der Zeit bedenke und mir klarmache, wie viel vor mir war und nach mir sein wird, dann enthüllt sich mir meine eigene Winzigkeit. Wenn ich bedenke, dass ich eines Tages in die Stille des Grabes fallen und von der Unendlichkeit verschlungen werde, verstehe ich, wie beschränkt ich bin. Wenn ich aber meine Grenzen hinnehme, bin ich kein Gott mehr und werde frei, um einfach nur Mensch zu sein. Ich trete aus dem Zentrum des Universums heraus, um auf unbekannten Wegen zu wandern ...«

Diese Worte waren zwar keine Antwort auf Julios Fragen, aber dennoch sog er sie begierig in sich auf. In seinem Geiste formte sich daraus schließlich die Frage, die später aus dem Mund all derer kommen sollte, die den Weg des Fremdlings kreuzen würden:»Ist dieser Mann verrückt oder genial? Oder gar beides?«

Er versuchte, die Nuancen dessen, was er gehört hatte, zu erfassen, obwohl ihn dies große Anstrengung kostete.

Sein unerschrockener Gesprächspartner schaute wieder in die Höhe und schlug einen neuen Tonfall an. Er begann, Gott in einer Weise zur Rede zu stellen, die Julio nie zuvor vernommen hatte:»Gott, wer bist Du? Warum schweigst Du vor dem Wahnsinn einiger Deiner Jünger und warum besänftigst Du die Zweifel der Skeptiker nicht? Warum verbirgst Du Deine Bewegungen hinter den Gesetzen der Physik und Deine Handschrift hinter dem, was ›zufällig‹ passiert? Dein Schweigen beunruhigt mich!«

Obwohl Julio Religionssoziologe war und sich mit Christentum, Islam, Buddhismus und anderen Religionen bestens auskannte, halfen ihm deren heiligen Schriften nun nicht dabei, den Geist des Fremden zu verstehen. Er wusste nicht, ob dieser ein respektloser Atheist war oder jemand mit besonderer Nähe zum Schöpfer allen Lebens … Der brillante Professor fragte sich immerzu:»Wer ist dieser Mann? Wie ist er hier aufgetaucht? Woher kommt er?«

Der Ruf

In der modernen Gesellschaft sind die Menschen, sogar diejenigen in führenden Positionen, völlig vorherschbar. Ihre Reaktionen sind trivial, ihr Verhalten weckt weder Emotionen noch regt es die Fantasie an. Was diesen sogenannten »normalen Menschen« fehlt, hatte der geheimnisvolle Mann, der vor Julio stand, im Überfluss. Dessen Neugierde, zu erfahren, wer der Fremde war, steigerte sich derart, dass er ihn noch ein weiteres Mal befragte, wobei er diesmal jedoch den Blick zunächst nach innen wendete in der Gewissheit, dass er über sich selbst sehr wenig wusste.

»Ich weiß nicht, wer ich bin; ich muss mich erst noch finden. Trotzdem bitte ich Sie inständig, mir zu antworten: Wer sind Sie?«

Der Mann lächelte, denn Julio begann, seine Sprache zu sprechen. Inspiriert wandte er sich dem Sonnenuntergang zu, breitete die Arme aus und verkündete mit großer Überzeugung: »Ich bin ein Traumhändler!«

Julios intellektueller Geist verdunkelte sich. Es schien ihm, als habe der Fremde plötzlich die Geistesklarheit verloren, um in geistiger Verwirrung zu versinken. Während die Bezeichnung, die er sich selbst gegeben hatte, für ihn einfach alles sagte, sagte sie dem verblüfften Julio rein gar nichts.

Unterdessen schrie Bartholomäus unten auf der Straße immer noch herum und belästigte die Umstehenden: »Der Anführer der Außerirdischen! Er steht mit offenen Armen da und hat die Farbe gewechselt!« Immerhin handelte es sich diesmal nicht um eine Halluzination, sondern wohl nur um eine Fehldeutung ... Der Traumhändler fasste sich wieder, blickte auf die Menge und reagierte auf befremdliche Weise, nämlich mit Mitleid.

Und Julio rieb sich die Augen. Er konnte nicht glauben, was er gerade gehört hatte. In seiner Rationalität gefangen, fragte er:»Ein Traumhändler? Was soll das sein?«

Der Fremde war ihm so intelligent erschienen! Auf hohem intellektuellem Niveau hatte er Julios Überzeugungen erschüttert und dann Ordnung in seine geistige Verwirrung gebracht; aber jetzt, wo sein Denken sich aufklarte, zogen wieder dunkle Wolken auf! Julio hatte noch nie gehört, dass sich jemand so bezeichnet hätte.

Der Psychiater, etwa fünfundzwanzig Meter von beiden entfernt, hatte sofort seine Diagnose parat und rief den Einsatzleitern von Feuerwehr und Polizei zu:»Ich wusste es! Sie sind von derselben Kategorie!«

Der Fremde hatte, während er sich so merkwürdig titulierte, seinen Kopf nach rechts gewendet und auf dem Nachbargebäude einen Scharfschützen erblickt, der aus einem Abstand von ungefähr hundertfünfzig Metern auf ihn zielte. Mit meisterhafter Reaktionsschnelligkeit zog er Julio mit sich zu Boden. Dieser verstand nicht, was vor sich ging, und war völlig perplex. Um seine Verstörung nicht noch zu steigern, sagte der Traumhändler:»Wenn Sie dieser Sturz schon erschreckt hat, können Sie sich jetzt vielleicht vorstellen, wie es sich anfühlt, aus dieser Höhe dort unten auf der Straße aufzuschlagen!«

Die Menge dachte, der komische Kauz hätte den Selbstmörder vom Sprung abgehalten. Die Männer standen auf, und der Traumhändler blickte zum Horizont. Der Scharfschütze war verschwunden. Hatte er etwa Halluzinationen? Wer sollte sich den Tod eines so einfachen Menschen wünschen, wie er es war? Dann sah man die Männer am Rand des Daches stehen.

Julio blickte den Fremden an, und dieser versicherte noch einmal: »Ja, ich bin ein Traumhändler.«

Für einen Moment war Julio verwirrt und meinte, der Mann vor ihm sei eine Art Handlungsreisender. Aber angesichts dessen, was er aus seinem Munde gehört hatte, konnte das nicht sein. Neugierig fragte er: »Wie das? Was für Produkte verkaufen Sie denn?«

»Ich versuche, den Unsicheren und Ängstlichen Mut zu verkaufen, den Unvorsichtigen Vernunft, den Denkern Kritikfähigkeit und denjenigen, die die Liebe zum Leben verloren haben, Freude.«

Julio, der sich gerade auf seine umfassende akademische Bildung besann, sagte in einem Anfall von Stolz zu sich selbst: »Das kann nicht sein! Ich träume schlecht! Wahrscheinlich bin ich schon gestorben und habe es nicht gemerkt. Erst wollte ich mir das Leben nehmen, weil ich mich in meinen Problemen verrannt hatte, und jetzt bin ich anscheinend erst recht durch den Wind, weil ich jemandem gegenüberstehe, der mich gerettet hat und der sagt, dass er das verkauft, was nicht verkauft werden kann. Er verkauft das, wonach alle suchen, was aber nicht käuflich zu erwerben ist.« Und als wollte der Fremde Julios Überraschung noch steigern, fügte er hinzu: »Und denjenigen, die in ihrem Leben einen Schlusspunkt setzen wollen, versuche ich, ein Komma zu verkaufen, einfach nur ein Komma.«

»Ein Komma?«, fragte der Gelehrte verwirrt.

»Ja, ein Komma. Ein kleines Komma, damit sie ihre Geschichte weiterschreiben.«

Julio begann zu schwitzen. Plötzlich wurde sein Geist klar, und er verstand. Er hatte seinem respektlosen Gegenüber gerade ein Komma abgekauft, ohne es zu merken. Es hatte keinen Preis, keinen Druck, keine Erpressung, keine Aufforderung gegeben, aber er hatte es ihm abgekauft, um den Kern des Menschseins wiederzufinden. Er, der Intellektuelle, war zum Schüler des Zerlumpten geworden, der ihn mit sanfter Solidarität umhüllt hatte. Julio hob die Hände an den Kopf. Ob das, was ihm gerade geschah, real war?

Langsam wurde ihm, dem berühmten Professor, einiges klar. Er blickte nach unten und sah die Menge, die auf seine Reaktion wartete. Im Grunde waren all diese Menschen genauso verloren wie er selbst. Sie konnten zwar nach Belieben kommen und gehen, fühlten sich aber beladen und kontrolliert. Es fehlte ihnen die Freiheit, ihre Persönlichkeit zu entfalten.

Der Professor hatte das Gefühl, in einem surrealen Film zu sein, der aber gleichzeitig sehr konkret war. »Ist dieser Typ real oder nur ein Trugbild meiner überhitzten Fantasie?«, fragte er sich selbst in einer Mischung von Faszination und Verunsicherung. Nie zuvor hatte ihn jemand derart bezaubert wie dieser unergründliche Exot.

Darauf sprach der Mann eine Einladung aus, die ihn völlig aus dem Konzept brachte.

»Kommen Sie, folgen Sie mir, und ich mache Sie auch zu einem Traumhändler.«

Diese Aufforderung versetzte sämtliche Neuronen im Hirn des Intellektuellen in helle Aufregung, sodass er zu keiner Reaktion fähig war. Mit einem Kloß im Hals und wie gelähmt fragte er sich: »Was ist das für ein Vorschlag? Wie kann ich einem Mann folgen, den ich vor nicht mal einer Stunde kennengelernt habe?«

Gleichzeitig fühlte er sich jedoch unwiderstehlich von dem geheimnisvollen Ruf angezogen.

Julio war der akademischen Debatten müde, obwohl er einer der redegewandtesten Intellektuellen des Landes war. Aber viele seiner Kollegen einschließlich seiner selbst lebten in einem Morast aus Neid und unerträglicher Eitelkeit. Julio spürte, dass es in den Universitäten an Toleranz, Anreiz zu widerständigem Denken und jener Prise Tollheit fehlte, die nötig sind, um Kreativität freizusetzen. Einige dieser Wissenstempel waren so starr geworden wie die dogmatischsten Religionen. Die Professoren, Wissenschaftler und Denker waren nicht frei, sondern mussten die Vorgaben ihrer Fachbereiche befolgen.

Und nun stand Julio vor einem schlecht gekleideten Mann mit wirrem Haar und bar jeden gesellschaftlichen Glamours, der jedoch anregend, abenteuerlustig, im Denken rebellisch, kritisch, mitreißend und frei war und der ihm außerdem den verrücktesten aller Vorschläge machte: Träume zu verkaufen. »Wie? Wem denn? Mit welcher Absicht? Würde ich zum Gespött der Leute oder würde ich Beifall ernten?«, fragte er sich. Während ihn die Aufforderung einerseits verwirrte, kam ihm andererseits auch in den Sinn, dass ein jeder Denker bislang unbeschrittene Wege einschlagen sollte.

Julio war trotz seiner schweren emotionalen Störung und seines maßlosen Stolzes ein überlegter Mensch und hatte sich vor der Situation auf dem Dach des Alfa-Gebäudes noch nie blamiert. Er wusste, dass er einen Riesenskandal verursacht hatte, doch war es kein Theater gewesen; er hatte seinem Leben wirklich ein Ende setzen wollen. Und da er es nicht über sich gebracht hätte, sich zu erschießen oder mit Medikamenten zu vergiften, war er auf das Gebäudedach gestiegen.

Die Einladung des Fremden hallte nun in seinem Geist wider. Sie war wie der Einschlag einer Granate, deren Tausende von Splittern all seine Paradigmen in Schutt und Asche legten. Eine lange Minute verstrich. Julio fühlte sich hin- und hergerissen und dachte: »Ich habe versucht, unter dem Schutzdach des Erfolgs und auf dem Fundament der beruflichen Sicherheit zu leben, bin aber gescheitert. Ich wollte meine Studenten zwar dazu anregen, eigenständig zu denken, habe aber nur viele Nachplapperer ausgebildet. Ich wollte eigentlich einen Beitrag zur Gesellschaft leisten und war stattdessen eine Insel des Hochmuts. Wenn ich es jetzt schaffen könnte, wenigsten einigen Menschen ein paar Träume zu verkaufen, so wie dieser geheimnisvolle Mann sie mir verkauft hat, hätte mein Leben vielleicht mehr Sinn als bisher.«

Und Julio beschloss, dem Fremden zu folgen.

Ich, der Erzähler dieser Geschichte, bin Julio, der erste Schüler dieses außergewöhnlichen Mannes.

Er ist mein Meister geworden. Ich war der Erste, der es riskiert hat, ihm auf einem völlig unvorhersehbaren Weg ohne vorgeschriebene Richtung und Ziel zu folgen. War das Wahnsinn? Vielleicht, aber kein größerer als der, den ich zuvor erlebt hatte.

Der erste Schritt

Als der Fremde und ich dem Schauplatz gemeinsam den Rücken kehrten, hielt uns einer derjenigen an, die uns bis dahin aufmerksam beobachtet hatten. Es war der Einsatzleiter der Polizei, ein eins neunzig großer Mann mit leichtem Übergewicht, tadelloser Uniform, graumeliertem Haar, faltenlosem Teint und der Ausstrahlung eines Menschen, der die Macht liebt.

Er interessierte sich jedoch nicht für mich. Den Umgang mit Selbstmördern war er gewohnt; er hielt sie für schwach und gestört. Ich war für ihn nur eine weitere Zahl in seiner Statistik. Das missfiel mir, denn ich spürte den bitteren Geschmack des Vorurteils. Immerhin war ich viel gebildeter als dieser bewaffnete Hohlkopf. Meine Waffen sind die Ideen, die mächtiger und wirksamer sind als jede Kugel. Aber ich hatte keine Kraft, um mich zu verteidigen. Das war auch nicht nötig, denn an meiner Seite war ein Geschoss mit unglaublicher Durchschlagskraft – der Mann, der mich gerettet hatte.

Das eigentliche Interesse des Polizisten bestand darin, meinen Retter zu befragen. Er wollte wissen, wer dieser Aufrührer war, dessen Verhalten in seiner Statistik nicht vorkam. Er hatte zwar wenig von unserem Gespräch hören können, doch dieses wenige hatte auch ihn überrascht. Ungläubig musterte er den Traumhändler von oben bis unten. Der Fremdling schien aus der Gesellschaft gefallen zu sein. Unruhig begann der Beamte seine Befragung, und ich spürte, dass er genau wie ich in ein Wespennest treten würde.

»Wie heißen Sie?«, fragte er in arrogantem Ton.

Der Mann an meiner Seite fixierte ihn kurz, um dann das Thema zu wechseln und ihn mit folgender Frage zu schockieren: »Sind Sie nicht froh darüber, dass dieser Mensch gerade eine neue Richtung eingeschlagen hat? Jubeln Sie nicht, weil sein Leben gerettet ist?« Dabei deutete er auf mich.

Der kühle Polizeibeamte fiel von seinem Sockel herunter. Er war entwaffnet, hatte nicht erwartet, dass sein Mangel an Einfühlungsvermögen innerhalb weniger Sekunden bloßgestellt würde. Beschämt, jedoch steif, sagte er: »Natürlich freue ich mich für ihn!«

Jeder, der dem Meister dumme Antworten gab, wurde von diesem dazu gebracht, seine Grobheit einzusehen, denn er wurde mit der eigenen Oberflächlichkeit und den Ausdünstungen der eigenen Torheit konfrontiert. So torpedierte der Meister ihn weiter: »Wenn Sie sich darüber freuen, warum zeigen Sie es dann nicht? Warum fragen Sie ihn nicht nach seinem Namen und gratulieren ihm? Ist am Ende das Leben eines Menschen nicht mehr wert als der Einsatz der Ordnungskräfte?«

Der Polizist war schneller bloßgestellt worden als ich, während ich mich schon darüber freute, dass meine anfängliche Scham der Selbstachtung gewichen war. Der Fremde war clever und ein Spezialist darin, die Intelligenz seiner Gesprächspartner herauszufordern. Als er den Beamten auf diese Weise verunsicherte, hatte ich mehrere Eingebungen. Ich verstand, dass man nur demjenigen folgt, den man bewundert. Bewunderung ist stärker als Macht, Charisma wirksamer als Druck. Ich hatte begonnen, den charismatischen Mann, der mich gerufen hatte, in hohem Maße zu bewundern.

Während ich noch darüber nachdachte, kam mir mein Verhältnis zu meinen Studenten in den Sinn. Ich barst zwar vor

Kenntnissen, wusste aber nicht, dass ich diese nicht ohne Charisma weitergeben konnte. Die wichtigste Gabe eines Meisters ist sein Charisma, erst dann kommt sein Wissen. Und ich litt an der Krankheit der meisten Intellektuellen: Ich war langweilig, öde, überkritisch und immer nur fordernd. Nicht einmal ich selbst konnte mich ertragen.

Verunsichert durch die überraschenden Gedanken, die er zu hören bekam, warf mir der Polizist einen schnellen Blick zu und sagte noch unsicherer, wie ein braves Kind, das tut, was man ihm sagt: »Herzlichen Glückwunsch, mein Herr!«

Anschließend forderte er den Traumhändler mit ruhigerer Stimme auf, ihm seinen Ausweis zu zeigen.

Dieser antwortete unschuldig: »Ich habe keinen.«

»Was sagen Sie da? Jeder Staatsbürger hat einen Ausweis! Ohne Ausweis haben Sie keine Identität!«

»Meine Identität ist das, was ich bin«, hob der Traumhändler hervor.

»Sie können festgenommen werden, wenn Sie sich nicht ausweisen. Sie können für einen Terroristen, einen Aufrührer, einen Psychopathen gehalten werden. Wer sind Sie?«, fragte der Beamte, jetzt wieder aggressiv.

Ich runzelte die Stirn, denn ich spürte, dass er damit in ein weiteres Fettnäpfchen getreten war. Der Mann, der mich so aufgewühlt hatte, erwiderte darauf: »Ich sage es Ihnen, wenn Sie zuerst mir antworten. Wer sind Sie, dass Sie sich das Recht nehmen, in die geheimsten Winkel meines Wesens, in die Tiefen meiner Psyche einzudringen?«

Der Polizist ließ sich provozieren und hob die Stimme, ohne zu wissen, dass er sich in seiner Findigkeit selbst verfangen würde. »Ich bin Pedro Alcântara, Polizeihauptmeister in diesem Bezirk«, stieß er stolz und überaus selbstzufrieden zwischen den Zähnen hervor.

Mein Lehrmeister reagierte ärgerlich:»Ich habe weder nach Ihrem Beruf gefragt noch nach Ihrem gesellschaftlichen Status noch nach dem, was Sie tun. Ich wollte Sie als Menschen kennenlernen. Wer ist der Mensch, der sich hinter dieser Uniform verbirgt?«

Der Beamte rieb sich in einem nervösen Tick mit der rechten Hand die Augenbrauen. Er wusste nicht, was er antworten sollte.

Mit leiserer Stimme fragte der Meister weiter:»Was ist Ihr großer Traum?«

»Mein großer Traum? Also, ich, ich …«, stotterte sein Gegenüber und wusste wieder nicht weiter.

Noch nie hatte jemand den strengen Einsatzbeamten mit so wenigen Worten herausgefordert. Er trug zwar einen Revolver, war aber hilflos. Ich konnte aus dem Blick meines Retters ein wenig von dem herauslesen, was er dachte. Der Polizeibeamte war für die Sicherheit der sogenannten»normalen Menschen« zuständig, obwohl er selbst unsicher war; er sollte die Gesellschaft schützen, obwohl er selbst emotional schutzlos war.

Während ich derart über ihn urteilte, erkannte ich mich plötzlich selbst in ihm, und was ich sah, beunruhigte mich. Wie konnte jemand ohne Träume die Gesellschaft schützen, außer als Roboter oder Maschine? Und wie konnte ein Hochschullehrer ohne Träume mündige Bürger ausbilden, die ihrerseits davon träumen, frei und solidarisch zu sein?

Der geheimnisvolle Meister stieß eine Warnung aus:»Vorsicht! Sie kämpfen für die öffentliche Sicherheit, doch sind Angst und Einsamkeit Gefühlsdiebe und damit gefährlicher als Straftäter. Ihr Sohn braucht keinen Polizeibeamten, sondern eine Schulter, an der er sich ausweinen, einen Menschen, dem er seine Gefühle anvertrauen kann und der ihn lehrt, zu denken. Dieser Traum lebe hoch!«

Der Einsatzleiter der Polizei war sprachlos. Er war dazu ausgebildet worden, mit Kriminellen fertigzuwerden und sie festzunehmen, aber er hatte noch nie von Dieben gehört, die in die Psyche eindringen. Er wusste nicht, wie er sich ohne Waffe und Dienstabzeichen verhalten sollte.

Wie die meisten »normalen Menschen« einschließlich meiner selbst war er ein nüchterner Profi, auch am Feierabend bei sich zu Hause, anstatt dann ein liebevoller Vater zu sein. Und er konnte die Rollen nicht trennen. Er erhielt Ehrenmedaillen, starb jedoch langsam, aber sicher als menschliches Wesen.

Als ich hörte, wie der Fremde die Arroganz des Beamten unterhöhlte, hatte ich den Impuls, diesen zu fragen, ob er wirklich einen Sohn hatte oder ob der Meister dies nur vermutete. Doch ich sah den Polizeibeamten in sich versunken; er schien an seinen Verstand gekettet und versuchte wohl gerade, einem Gefängnis zu entkommen, in das er sich vor vielen Jahren selbst hineinbegeben hatte.

Der Psychiater hielt es nicht länger aus. Da er sah, dass der Polizeihauptmeister völlig verloren war, versuchte nun er, den Eindringling in Verlegenheit zu bringen. Wahrscheinlich glaubte er, dass seine Ideen ihm den Boden unter den Füßen wegziehen und seine Unsicherheit ans Tageslicht zerren würden. Mit psychologischer List sagte er: »Wer seine Identität nicht preisgibt, versteckt seine Schwäche.«

»Glauben Sie, ich sei schwach?«, fragte der Meister.

»Ich weiß nicht!«, reagierte der Psychiater zögernd.

»Sie haben recht. Ich bin schwach. Ich habe gelernt, dass niemand, auch kein Wissenschaftler, es wert ist, eine Autorität genannt zu werden, wenn er nicht seine Grenzen und seine Schwächen anerkennt. Sind Sie schwach?«

»Also …«

Da der Psychiater zauderte, fragte der Meister weiter: »Welcher therapeutischen Schule gehören Sie an?«

Der Fremdling, der mich für sich eingenommen hatte, überraschte mich mit dieser Frage, deren Motiv ich nicht verstand. Sie schien mit der Angelegenheit nichts zu tun zu haben. Aber der Psychiater, der auch Psychotherapeut war, sagte mit einer Prise Hochmut: »Ich bin Freudianer.«

»Also gut. Dann antworten Sie mir: Was ist komplexer – eine psychologische Theorie, welche auch immer, oder der Geist eines Menschen?«

Der Psychiater fürchtete eine Falle und schwieg einen Augenblick. Dann antwortete er indirekt: »Wir nutzen Theorien, um die menschliche Psyche zu entziffern.«

»Bitte lassen Sie mich noch eine Frage stellen: Eine Theorie können Sie studieren und schließlich erschöpfend auslegen, aber ist Letzteres auch mit der menschlichen Psyche möglich?«

»Nein. Aber ich bin nicht hier, um von Ihnen hinterfragt zu werden!«, sagte der Psychiater geringschätzig, ohne zu verstehen, was sein Gegenüber erreichen wollte. »Ich bin ausgewiesener Spezialist auf psychologischem und psychiatrischem Gebiet!«

Angesichts dieses Hochmuts versetzte ihm der Meister nun den tödlichen Stoß: »Die Fachleute für geistige Gesundheit sind Poeten der Existenz, sie haben eine wunderbare Mission, doch sie können einen Patienten niemals in das Korsett einer Theorie zwängen, sondern immer nur die Theorie an den Patienten anpassen. Schließen Sie einen Patienten niemals in das Gemäuer einer Theorie, denn dann machen Sie ihn klein. Jede Krankheit ist Teil eines kranken Menschen, und jeder kranke Mensch hat eine Psyche, die so unendlich ist wie das Weltall.«

Ich verstand die an den Psychiater gerichtete Botschaft, da ich am eigenen Leibe erlebt hatte, worauf sie sich bezog. Er hatte mich mithilfe therapeutischer Techniken vor dem Hintergrund gewisser Interpretationen angesprochen, die ich sofort zurückwies. Er hatte die Selbstmordabsicht behandelt, aber nicht das zerrissene Menschenwesen in mir. Seine Theorien mochten wohl in vorhersehbaren Situationen nützlich sein, insbesondere wenn der Patient von selbst um Hilfe bittet, aber nicht in Situationen, in dem dieser Widerstand leistet oder die Hoffnung verloren hat. Ich leistete Widerstand, sodass ich den Psychiater zunächst als Menschen brauchte und dann erst als Fachmann. Da er mich als Kranken angesprochen hatte, empfand ich ihn als Eindringling und zog mich in mein Schneckenhaus zurück.

Der Traumhändler hatte den umgekehrten Weg beschritten. Mit seinen penetranten Fragen hatte er zunächst meine Psyche durchdrungen wie eine Nährlösung, die sich im Blutkreislauf ausbreitet und die Zellen anregt. Erst in einem zweiten Schritt hatte er die Selbstmordabsicht behandelt. Er hatte bemerkt, dass ich ein widerständiger, sturer Intellektueller war, und hatte erst einmal meiner Selbstgefälligkeit das Fundament entzogen.

Obwohl er als Poet der Existenz bezeichnet worden war, gefiel es dem Psychiater nicht, von einem schlecht gekleideten Unbekannten ohne akademischen Rang hinterfragt zu werden. Er zeigte auch keine Freude darüber, dass ich mir den Gedanken an Selbstmord aus dem Kopf geschlagen hatte. Unglückselige Missgunst! Sie machte mich wütend, aber ich erinnerte mich daran, dass auch ich ihr im Tempel der Universität erlegen war.

Da legte der Meister seine Hand auf die Schulter des jungen Einsatzleiters der Feuerwehr und sagte zu ihm:»Herzlichen

Glückwunsch, mein Sohn, für deinen Mut, dein Leben für Menschen zu riskieren, die du nicht kennst. Auch du bist ein Traumhändler!«

Nach diesen Worten machte er einige Schritte in Richtung Tür, um mit dem Aufzug wieder nach unten zu fahren, und ich folgte ihm. Aber die Überraschungen waren hier noch nicht zu Ende. Der Psychiater schaute den Polizeibeamten an und sprach hinter unserem Rücken einen Gedanken aus, den wir nicht hören konnten, der aber erstaunlicherweise vom Traumhändler gleichzeitig laut formuliert wurde: »Verrückte unter sich!«

Der Psychiater wurde rot. Er fragte sich wohl genauso wie ich, wie es sein konnte, dass ein Fremder seinen Gedanken zeitgleich mit ihm aussprechen konnte.

Angesichts unserer Verblüffung hatte der Traumhändler noch Zeit, uns auf dem Gebäudedach eine letzte, unvergessliche Lektion zu erteilen. Er bemerkte zum Psychiater: »Bei den einen ist der Wahnsinn sichtbar, bei den anderen unsichtbar. Unter welcher Art von Wahnsinn leiden Sie?«

»Unter keiner! Ich bin normal!«, reagierte der Fachmann für geistige Gesundheit in heftigem Tonfall. Sofort gab der Traumhändler zurück: »Mein Wahnsinn ist sichtbar.«

Anschließend kehrte er ihm den Rücken zu und ging los, mit den Händen auf meinen Schultern. Nach wenigen Schritten schaute er auf zum Himmel und rief: »Gott, bewahre mich vor den sogenannten ›normalen Menschen‹!«

Austreibung der Dämonen

Stumm fuhren wir im Fahrstuhl hinab. Während ich grübelte, pfiff der Traumhändler seelenruhig vor sich hin. Freudig schien er die breiten Alleen seines Geistes zu beschreiten. Wir durchquerten die großzügige Eingangshalle mit ihren Lüstern, antiken Möbeln und dem riesigen Rezeptionstisch aus glänzendem Mahagoni. Erst jetzt bemerkte ich, wie wunderschön diese Gegenstände waren. Bisher hatte ich sie furchtbar gefunden. Meine düsteren Gefühle hatten die Welt verdunkelt.

Draußen unter der taghellen Straßenbeleuchtung wartete eine ungeduldige Menschenmenge auf Neuigkeiten, die ich nicht vorhatte zu liefern. Ehrlich gesagt wollte ich mich davonstehlen, den Skandal vergessen, in meinem Leben eine neue Seite aufschlagen und keine Sekunde länger auf meinen Schmerz verschwenden. Es war mir klar, dass ich alle Aufmerksamkeit auf mich gezogen hatte, weil ich mich aus dem Leben hatte verabschieden wollen. Nun versank ich vor Scham im Erdboden. Aber ich konnte mich nicht wegbeamen, sondern musste mich den Blicken des Publikums stellen. Einen Augenblick lang war ich wütend auf mich selbst. Ich dachte:»Es gab doch verschiedene Auswege aus meiner Krise. Warum habe ich keinen davon gewählt?« Tja, Schmerz macht blind, und Frustration verdunkelt das Denken.

Als wir aus dem Alpha-Gebäude auf die Straße traten und die Absperrung passierten, wollte ich mein Gesicht verbergen und schnellstens verschwinden. Der Menschenauflauf war jedoch so groß, dass es kein rasches Durchkommen gab. Pressevertreter bestürmten mich. Mit gesenktem Kopf trat ich einen Kreuzweg an.

Um mich nicht bloßzustellen, vermied es der Traumhändler, irgendwelche Auskünfte zu geben. Niemand wusste, was wirklich auf dem Gebäudedach passiert war, sodass meine bereichernde Auseinandersetzung mit dem geheimnisvollen Mann in meinem Geist verborgen blieb.

Langsam entkamen wir den Medienvertretern und bahnten uns den Weg durch die Menge. Mir kam der erschreckende Gedanke, dass wir wie Stars behandelt worden waren: Ich war nun berühmt, aber aus Gründen, die mir alles andere als angenehm waren.

Für meinen Begleiter war der Starkult ein bezeichnendes Symptom für das globale Irrenhaus, in dem wir uns befinden.

»Wer verdient denn mehr Beifall, ein Hollywoodschauspieler oder vielleicht eher der anonyme Müllmann? Was die Komplexität ihrer Psyche und ihrer Lebensgeschichte angeht, gibt es keinen Unterschied zwischen ihnen. Aber das zu sagen empfinden sogenannte ›normale Menschen‹ als Ketzerei.«

Da die erregte Menge mich noch immer bedrängte und mit der Frage nach dem, was passiert war, bestürmte, leitete der Traumhändler ein geschicktes Manöver ein, um ihre Aufmerksamkeit umzulenken. Anstatt sich diskret aus der Situation zu stehlen, hob er mitten im Aufruhr die Hände und bat um Ruhe. Diese stellte sich erst nach einigen langen Augenblicken ein.

Ich erwartete die nächste verwirrende Ansprache. Aber mein befremdlicher Begleiter war noch exzentrischer, als ich dachte. Ohne weitere Erklärungen bat er die Zuschauer darum, einen großen Kreis zu bilden, was aufgrund des Gedränges nicht einfach war. Und zur Überraschung aller begann er in der Kreismitte eine Art irischen Tanz. Er ging in die Hocke und warf dann abwechselnd den rechten und linken Fuß in die Höhe, wobei er sich langsam wieder aufrichtete. Dazu juchzte er euphorisch.

Ich konnte mich nicht des Gedankens erwehren, dass ein kultivierter Mensch nie so reagieren würde. Auch wenn er dazu Lust hätte, würde ihm der Mut fehlen. Da waren sie wieder, meine Vorurteile! Gerade hatte ich mich fast umgebracht, aber meine Vorurteile waren lebendiger denn je. Tja, im Grunde war ich auch nicht besser als die »Normalbürger« ...

Keiner verstand die Reaktion des Traumhändlers, ich am wenigsten, aber einige Leute begannen mitzumachen. Andere standen mit offenem Mund da, nachdem sich das Horrorspektakel auf diese Weise in ein fröhliches Fest verwandelt hatte. Freude ist ansteckend, und so breitete sich eine ungezwungene Euphorie aus.

Der Kreis wurde größer und diejenigen, die den Tanz kannten oder so taten, als ob, hakten sich untereinander ein und tanzten im Reigen. Diejenigen am Rand ließen sich mitreißen und begannen rhythmisch zu klatschen. Viele jedoch hielten auch Abstand, unter ihnen einige gut gekleidete Geschäftsleute. Sie wollten mit den Ausgeflippten lieber nichts zu tun haben und zogen es vor, ihren persönlichen Wahnsinn zu verbergen, genau wie ich.

Einer der Tanzenden war besonders enthusiastisch und sprang immer wieder in die Kreismitte, um ein Solo nach dem anderen zu tanzen. Nach jedem Auftritt erntete er tosenden Applaus. Ich konnte mich noch eine Zeit lang im Gewühl verbergen, doch plötzlich kam der Traumhändler auf mich zu, nahm mich am Arm und zog mich übermütig in die Mitte des Kreises.

Ich war verlegen und stand da wie angewurzelt. Ich, der brillante Hochschullehrer und überragende Redner, war körperlich völlig steif und ohne Rhythmusgefühl. Ich konnte zwar vor Studenten und Professoren aus dem *Kapital* von Marx zitieren und war ein glühender Verteidiger der Redefreiheit, aber im innersten Winkel meiner Seele war kaum Freiheit zu finden. Die Leute tanzten um mich herum und feuerten mich an, aber ich war wie gelähmt. Noch vor Kurzem hatte ich mich auf dem Gebäudedach selbst zum Zentrum der Aufmerksamkeit gemacht, doch jetzt hoffte ich inständig, niemand möge mich erkennen und kein Professor oder Student meiner Universität zugegen sein. Zu sterben war mir gleichgültig gewesen, aber mitten auf der Straße zu tanzen war mir nun peinlich ... Welch ein Wahnsinn! Ich musste feststellen, dass ich kränker war, als ich dachte.

Ich war ein diskreter, gefasster, nachdenklicher Mensch, der mit ruhiger Stimme sprach, zumindest wenn ich nicht provoziert wurde. Zu jubilieren, und dann auch noch mitten auf der Straße – das wäre mir nie in den Sinn gekommen. Ich hatte keinerlei Improvisationstalent und war vom Intellektuellenvirus der Förmlichkeit befallen: Alles hatte so zu sein, wie es sich gehörte, alles hatte seinen Platz ... aber es stank zum Himmel. Die Umstehenden schauten erwartungsvoll und wollten mich tanzen sehen, doch ich war wie erstarrt. Doch die nächste Überraschung ließ nicht lange auf sich warten. Der zerlumpte Säufer, der mit dem Finger auf mich gezeigt hatte, als ich oben auf dem Alpha-Gebäude stand, erschien, hakte mich unter und wollte mich in den Tanz ziehen.

Nicht nur war seine Alkoholfahne unerträglich, sondern er torkelte beim Tanzen derart, dass ich ihn festhalten musste. Da er meine Erstarrung bemerkte, blieb er stehen, sah mich an, gab mir einen schmatzenden Kuss auf die Wange und lallte: »Entspann dich, Alter! Der Anführer der Außerirdischen hat dich gerettet. Das hier ist dein Fest!«

Damit traf er mitten in meinen Hochmut, der langsam zu schwinden begann. So viel Lebendigkeit und Spontaneität hatte ich selten erlebt. Da kam mir das Gleichnis vom guten Hirten in den Sinn. Ich hatte es früher einmal mit den Augen des Soziologen gelesen und absurd gefunden, dass der Schäfer darin neunundneunzig Schafe allein lässt, um ein einziges zu suchen. Während für das sozialistische Ideal Millionen Menschen sterben mussten, war Christus tief bekümmert, *eine* Menschenseele zu verlieren, und am Ende umso beglückter, sie wiederzufinden!

Dieses Gleichnis hatte ich damals als übertrieben romantisch kritisiert, und nun zeigte der Traumhändler dieselbe christliche Freude über meine Rettung, was mir jedoch erst nach dem Kuss des torkelnden Säufers wirklich klar wurde. Ich musste zugeben, dass dieser im Grunde klarsichtiger war als ich. Nun machte es mich sprachlos, dass jemand einen völlig Unbekannten so wichtig nehmen konnte. Ja, ich war verloren gewesen und wiedergefunden, »tot« und gerettet worden. Was wollte ich mehr? Sollte ich das etwa nicht feiern? Endlich legte ich meine Förmlichkeit ebenso ab wie mein Statusdenken.

Wie bei all diesen »Normalbürgern« war mein Wahnsinn nur verschleiert. Ich musste spontan sein. Also ließ ich los. Der Meister hatte betont, dass das Herz keine Begründung fordert, um zu schlagen. Der wichtigste Grund dafür, lebendig zu sein und zu bleiben, ist die unergründliche Existenz selbst.

An der Universität hatte ich vergessen, dass die großen Philosophen über den Sinn des Lebens, den Lebensgenuss und das Schöne gesprochen hatten. Ich hatte solche philosophischen Gedanken für verachtenswerte Selbsthilfesprüche gehalten, war voller Vorurteile gewesen. Nun verstand ich, dass ich diese Sätze tief in mich aufnehmen musste. Es war das erste Mal, dass ich tanzte, ohne dass mir der Whiskey zu Kopf gestiegen war. Ich brauchte ein Komma, um weiteratmen zu können. Selten hatte ich mich so gut gefühlt.

Die »normalen Menschen« dürsteten so sehr nach Freude, dass sie, wenn ihnen ein Verrückter über den Weg lief und ihre Gefühle aus dem Gipskorsett befreite, entspannten und Spaß hatten wie die Kinder. Männer in Anzug und Krawatte, Frauen im langen Kleid oder kurzen Rock begannen zu tanzen, und auch Kinder und Jugendliche ließen sich mitreißen.

Mitten unter den Tanzenden war plötzlich auch eine alte Frau mit Krückstock zu sehen, die mit glücklicher Miene wie die anderen umherhüpfte. Es war die Dame, auf die Bartholomäus gefallen war. Sie hieß Jurema und war achtzig Jahre alt. Wer gedacht hatte, dass sie aufgrund ihres hohen Alters humpelte, war im Irrtum. Sie wirkte fitter als ich und erfreute sich abgesehen von leichten Parkinsonsymptomen bester Gesundheit. Außerdem tanzte sie besser als die meisten.

Der Traumhändler war entzückt von ihr, und bald tanzten sie miteinander. Ich rieb mir die Augen. Ich konnte einfach nicht glauben, was ich sah.

Plötzlich machte sich die alte Dame vom Arm des Meisters los, um Bartholomäus, der gerade in ihrer Nähe aufgetaucht war, mit dem Stock sanft auf den Kopf zu klopfen. Dabei rief sie: »Sie Sittenstrolch, Sie!« Ich konnte nicht mehr an mich halten und brach in schallendes Gelächter aus. Sie hatte getan, was ich gern getan hätte, als er mir den alkoholgetränkten Schmatz ins Gesicht gegeben hatte.

Der Meister wandte sich zur alten Dame um. Anstatt sie zu tadeln, rief er: »Du bist wunderschön!«, umfasste ihre Taille und drehte sich mit ihr im Takt. Der alten Dame stieg eine derartige Dosis Adrenalin zu Kopf, dass sie sich fühlte, als sei sie plötzlich wieder zwanzig.

Einen Moment lang hatte ich das Gefühl, dass der Traumhändler es nicht ehrlich meinte. Aber dann fragte ich mich, warum sie nicht wunderschön sein sollte. Was bedeutet es, schön zu sein? Während ich noch nachdachte, hatte der pfiffige Säufer gesehen, dass das Kompliment angekommen war, sodass er sich der alten Dame zuwandte und brüllte: »Du bist wunderschön! Wundervoll! Liebenswert! Bewundernswert!«

Er dachte wohl, damit Eindruck zu schinden, doch die Dame zog ihm ein weiteres Mal den Krückstock über.

»Sie ausgemachter Lustmolch, Sie! Sie billiger Don Juan! Sie geiler Bock!«, rief sie mit gespielter Entrüstung. Bartholomäus ging in Deckung, merkte dann aber, dass sie scherzte. Sie war dahingeschmolzen, denn seit fünfzig Jahren war sie nicht mehr als schön bezeichnet oder mit anderen Komplimenten bedacht worden. Äußerst animiert hakte sie sich beim Säufer unter und tanzte glücklich mit ihm fort. Ich war beeindruckt: Bisher kannte ich nur die Macht der Kritik, aber nicht die Macht des Lobes. Ob diejenigen, die diese Macht nutzten, mehr ausrichteten und besser lebten? Ich war verwirrt. So viel Verrücktheit auf einmal an einem einzigen Tag hatte ich noch nicht erlebt.

Auf der Wanderschaft, die unserer Begegnung folgte, lehrte mich der Mann, dem ich mich angeschlossen hatte, dass kleine Gesten mehr bewirken können als große Reden. In seinem Unterricht unter freiem Himmel waren seine Reaktionen und sein Schweigen wirksamer als alle multimedialen Techniken. Intuitiv wussten ich und die anderen, die ihm bald folgten, dass er große Geheimnisse in sich trug. Wir wagten es nicht, ihn danach zu fragen, weil er uns mit seiner sokratischen Gesprächsmethode, die darin bestand, unsere Gewissheiten immer weiter zu hinterfragen, immer wieder bloßstellte. Er entpuppte sich aber auch als Spezialist dafür, das Leben zu einem Fest zu machen, sogar dann, wenn es genügend Gründe dafür gab, sich vor Ärger selbst zu zerfleischen.

Ständig wiederholte er uns: »Glücklich sind die, die über ihre Dummheiten lachen, denn ihnen gehört das unbeschwerte Leben.«

Ich hasste dumme Leute, die oberflächliche Antworten gaben, aber im Grunde war ich selbst voller Torheit. Ich musste noch viel lernen, um über mich selbst lachen zu können. Ich musste die Kunst erlernen, den Kopf freizubekommen und mein Leben zu vereinfachen – eine Kunst, die im Tempel der Universität unbekannt war.

Die Universität, zu deren Ruhm ich beigetragen hatte, brachte Absolventen hervor, die nicht in der Lage waren, in den Spiegel zu sehen und die eigene Dummheit zu erkennen: Diplomierte, die sich nicht entspannen, weinen und lieben konnten, die keine Risiken eingingen, nicht aus dem Gefängnis der Routine ausbrachen und die erst recht nicht träumten. Und ich war der meistgefürchtete aller Professoren gewesen, ein überstrenger Beckmesser. Ich hatte meine Studenten mit Kritik überschüttet, ohne sie jemals zu lehren, das Leben zu genießen. Klar! Niemand kann geben, was er nicht hat. Mein bisheriges Leben war einfach kümmerlich.

Bisher war ich immer sehr stolz auf meine ethischen Grundsätze und meine Ehrlichkeit gewesen, aber ich begann zu entdecken, dass ich mir selbst gegenüber unethisch und unehrlich war. Glücklicherweise lernte ich nun langsam, die »Dämonen« zu verscheuchen, die meinen Geist in Ketten gelegt und einen ziemlich unerträglichen Typen aus mir gemacht hatten.

Kein Weg ohne Hindernisse

Nachdem er zwanzig Minuten am Fuße des Hochhauses getanzt hatte, bat der Traumhändler die dort immer noch versammelte euphorische Menge um Ruhe. Nach und nach wurde es still, und zur allgemeinen Überraschung deklamierte er nun mit lauter Stimme, als stünde er hoch oben auf einem Berg, die Strophe eines Gedichts:

Viele tanzen am Boden,
statt auf dem Weg zur Selbsterkenntnis.
Sie sind Götter, die ihre Grenzen nicht kennen.
Wie sollen sie sich finden,
wenn sie sich nie verloren haben?
Wie sollen sie menschlich sein, wenn sie ihre eigene
Menschlichkeit nie erfahren haben?
Wer seid ihr? Ja, sagt es mir: Wer seid ihr?

Die Leute rissen die Augen auf. Gerade hatten sie sich auf einer improvisierten Tanzfläche ausgelassen, und nun redete der Anstifter der Party von einem anderen *Weg* und fragte danach, ob sie göttlich oder menschlich seien. Mehrere gut gekleidete Männer, insbesondere jene, die nicht mitgetanzt, sondern eine Kritikerrolle eingenommen hatten, wurden unruhig. Während sie den lieben langen Tag auf die Kursschwankungen von Dollar und Wertpapieren starrten und ihre Gedanken um Unternehmensführungstechniken, luxuriöse Autos und Hotels kreisten, hatten die meisten von ihnen noch nie den Weg zur Selbsterkenntnis beschritten oder die Pfade der Psyche erwandert. Sie waren innerlich leer, gelangweilt, voll ungestillter Sehnsucht und voller Beruhigungsmittel. Anstatt zum eigenen Menschsein zu finden, waren sie sterbende Götter, die ihre eigentlichen Konflikte verleugneten.

Da die Menge nun aufmerksam lauschte, sprach der Traumhändler weiter:»Wer nicht über das Leben philosophiert, bleibt an der Oberfläche und bemerkt nicht, dass die Existenz wie die Sonne ist, die in einem wunderschönen Morgenrot den Himmel erleuchtet, doch im Abendrot unabwendbar untergeht.«

Einige Zuhörer applaudierten, ohne die ganze Tiefe der Gedanken zu erfassen und ohne zu bemerken, dass sie selbst dem Abendrot nahe waren.

Darauf begann der Traumhändler zu meiner Überraschung, einem nach dem anderen die Hand zu geben und zu fragen: »Wer sind Sie? Was ist Ihr großer Traum?«

Viele reagierten zunächst verlegen und wussten keine Antwort auf die Frage. Einige antworteten jedoch spontan und ehrlich:»Ich habe keine Träume. Mein Leben ist eine große Scheiße!«, und andere gingen sogar ins Detail:»Ich weiß vor Schulden nicht mehr ein noch aus. Wie kann ich da noch träumen?«, oder:»Ich bin total gestresst. Meine Arbeit macht mich fertig. Mir tut alles weh. Ich weiß schon lange nicht mehr, wer ich bin; das Einzige, was ich kann, ist arbeiten.«

Die Antworten beeindruckten mich. Mir wurde klar, dass diejenigen, die mich bei meinem Selbstmordversuch beobachtet hatten, nicht weit von meinem Elend entfernt waren. Zuschauer und Schauspieler erlebten dasselbe Drama.

Der Meister hatte keine magischen Lösungen für uns parat, doch er wollte uns dazu bringen, in uns zu gehen und unser Leben zu überdenken. Angesichts der psychischen Wüste, in der wir uns verloren hatten, polterte er:»Ohne Träume haben uns die Ungeheuer in der Hand, die uns im Innern oder in der Außenwelt auflauern. Das Träumen aber befreit uns vom Gespenst, das uns einflüstert, wir hätten uns mit allem abzufinden.«

Eine übergewichtige junge Frau, hundertdreißig Kilo schwer und eins achtzig groß, war von diesen Worten tief beeindruckt. Sie empfand es als ihr Schicksal, abgelehnt zu werden und unglücklich zu sein. Das Gespenst der Hoffnungslosigkeit hatte sie fest im Griff. Seit Jahren schon nahm sie Antidepressiva. Sie war pessimistisch und übertrieben selbstkritisch. Neben anderen Frauen setzte sie sich ständig selbst herab. Verlegen näherte sie sich dem Traumhändler und flüsterte, sodass es nur wenige hören konnten:»Ich bin in einem tiefen Loch voll Trauer und Einsamkeit. Kann denn ein hässlicher Mensch jemals geliebt werden? Hat denn jemand, der nie begehrt wurde, überhaupt die Chance, eines Tages die große Liebe zu finden?« Sie träumte davon, geküsst, umarmt, geliebt und umschwärmt zu werden und war in ihrer Kindheit sicherlich verspottet, abgelehnt und beleidigt worden. Ihr Selbstwertgefühl war ermordet worden, genau wie das meine.

Bartholomäus, der ihre Worte gehört hatte und selbst nach Aufmerksamkeit dürstete, begann nun lautstark zu lallen: »Süße Schnecke! Heiße Biene! Wilder Feger! Suchst du deinen Traumprinzen? Hier ist er! Komm zu mir!« Und er breitete die Arme aus. Wenn ich ihn nicht festgehalten hätte, wäre er hingefallen. Das Mädchen lächelte. Der unverschämte Betrunkene war nun wirklich der Letzte, mit dem sie es zu tun haben wollte.

Der Meister sah sie an und antwortete voll Mitgefühl:»Jeder hat die Chance auf eine große Liebe. Vergiss nicht, dass du den besten aller Partner haben kannst, doch solange unglücklich bleibst, wie du dich selbst nicht liebst. Um aber deine große Liebe zu finden, musst du dich aus deiner Versklavung befreien.«

»Welcher Versklavung?«, fragte sie überrascht.

»Der Unterwerfung unter die Schönheitsnormen dieser Gesellschaft.«

Einige Zuhörer schöpften aus diesen Worten Mut und gaben nun zu, dass sie davon träumten, ihre Schüchternheit, Einsamkeit oder Ängste zu überwinden. Andere wünschten sich Freunde oder einen besseren Job, weil das Geld nicht bis zum Monatsende reichte. Wieder andere äußerten, dass sie von einem Hochschulstudium träumten, das sie aber nicht finanzieren konnten.

Sie erwarteten ein Wunder, doch der Traumhändler handelte mit Ideen und mit Wissen. Das war wertvoller als Gold und Silber und faszinierender als Perlen und Diamanten. Deshalb förderte er auch nicht den Erfolg um des Erfolges willen. Für ihn gab es keinen Weg ohne Hindernisse noch Meere ohne Stürme. Er richtete seinen Blick auf die Menge und sagte mit fester Stimme: »Wenn eure Träume nur Wünsche sind statt Projekte und Pläne, dann werdet ihr sie sicherlich mit ins Grab nehmen. Träume ohne Pläne produzieren frustrierte Menschen, die sich den gesellschaftlichen Normen unterwerfen.«

Weitere Erklärungen gab er nicht, denn er wollte, dass seine Zuhörer den Weg der Erkenntnis selbst beschritten. Ich war nachdenklich geworden. Wir leben in einer Konsumgesellschaft, in der Wünsche gezüchtet statt existenzielle Projekte verfolgt werden. Niemand plant, Freunde zu gewinnen oder tolerant zu sein, Ängste zu überwinden oder die große Liebe zu finden.

»Solange der Zufall unser Gott ist, Unfälle unsere Dämonen sind, bleiben wir infantil.«

Ich schaute mich um und bemerkte erschrocken, dass das Gesellschaftssystem in fast jedem von uns irreparable Schäden angerichtet hatte. Ziemlich viele Menschen konsumierten zwar eine ganze Menge, waren aber Automaten, Roboter ohne Pläne, ohne Lebenssinn, ohne Ziele, spezialisiert darauf, Anordnungen zu befolgen, statt selbst zu denken. Nicht von ungefähr stieg die Zahl psychischer Störungen ständig an.

Ich hinterfragte mich auch in meiner Rolle als Hochschullehrer: Was für Menschen hatte ich an der Universität ausgebildet? Sklaven oder Führungspersönlichkeiten? Automaten oder Denker?

Aber bevor ich eine Antwort auf diese Frage finden konnte, sorgte ich mich um meine eigene Situation. Hatte mich etwa die Tatsache, kritisch zu sein, vor der Sklaverei bewahrt? Ich musste zugeben, dass dies nicht der Fall war. Ich war Sklave meines Pessimismus und meiner Pseudounabhängigkeit. Meine Träume hatte ich begraben. Die Worte des Meisters an seine begeisterten Zuhörer unterbrachen meine Gedanken: »Eroberungen ohne Risiko sind Träume ohne Verdienst. Niemand ist seiner Träume würdig, wenn er Niederlagen nicht dazu nutzt, sie zu pflegen.«

Da ich die Geschichte des Reichtums der Nationen studiert hatte, verstand ich die soziologische Bedeutung dieses Gedankens. Vielen Erben waren ohne eigenen Verdienst große Vermögen zugefallen. Anstatt die Anstrengungen ihrer Eltern zu schätzen, verschleuderten sie den Reichtum, als wäre er unerschöpflich, und führten ein oberflächliches, zügelloses Leben. Sie lebten den Augenblick, aus dem sie so viel Lust wie möglich schöpfen wollten, ohne zukünftige Stürme zu bedenken.

Während ich noch dabei war, die anderen als Opfer des Systems zu sehen statt als Urheber ihrer eigenen Geschichte, fiel mir plötzlich wie Schuppen von den Augen, dass ich mich gar nicht von ihnen unterschied. Es war mir unerklärlich, warum so einfache Gedanken, wie sie der Traumhändler äußerte, eine derart tiefe Wahrheit enthalten konnten. Ich hatte davon geträumt, glücklich zu werden, und das Ergebnis war ein Häufchen Elend. Ich wollte besser leben als mein Vater und hatte schließlich das reproduziert, was ich bei ihm am meisten hasste. Ich hatte davon geträumt, umgänglicher zu sein als meine Mutter, und war nun genauso verstockt und bitter wie sie.

So hatte ich meine Niederlagen nicht zur Pflege meiner Träume genutzt. Ich war ihrer daher nicht würdig gewesen. Ich hasste Risiken und wollte immer alles unter Kontrolle haben. Meinen glänzenden Ruf als Akademiker wagte ich nicht aufs Spiel zu setzen. Dass die großen Denker eine entschiedene Portion Wahnsinn und Risikobereitschaft besessen hatten, war mir entfallen. Nicht wenige von ihnen waren als Spinner und Ketzer abgestempelt und den Raubvögeln zum Fraß vorgeworfen worden. Ich glaube, auch ich bin einer dieser Raubvögel gewesen …

Sogar die Studenten, die bei mir ihren Master machten oder promovierten, hielt ich davon ab, Risiken einzugehen, und ich bremste Kollegen aus, die mehr Mut zu Neuem forderten. Erst als ich mich diesem unberechenbaren Traumhändler angeschlossen hatte, verstand ich, dass die großen Entdeckungen in der Hitze jugendlicher Rebellion gemacht wurden und nicht im gesetzten Alter wissenschaftlicher Reife. Diejenigen, die sich an akademische Regeln halten, bekommen Diplome und Beifall, doch nur der Fantast produziert solche Ideen, die sie sich dann zu eigen machen.

Der Traum des Bartholomäus

Ein ungefähr fünfunddreißigjähriger Mann in hellem Polohemd, mit gut geschnittenem dunklem Haar und verschlossenem Gesicht zerstörte plötzlich die allgemeine Harmonie. In aggressivem Ton sagte er zum Meister:»Ich träume davon, meine Frau zu erwürgen.« Er meinte es ernst und schien tatsächlich bald einen Mord begehen zu wollen. Der Meister antwortete nicht, sondern ließ ihm Zeit, seiner Wut Luft zu machen. Und so fuhr der Mann fort:»Was verdient eine Frau, die ihren Mann betrügt?«

Darauf erwiderte der Meister mit einer Gegenfrage, die offensichtlich Öl ins Feuer goss:»Betrügen Sie auch?«

Das provozierte sein Gegenüber derart, dass er ihm einen Faustschlag mitten ins Gesicht versetzte. Der Meister fiel nach hinten. Seine Lippe blutete.

Einige der Umstehenden wollten es dem Aggressor tüchtig heimzahlen, doch der Meister hielt sie zurück:»Lasst ihn in Ruhe.« Er stand auf und wandte sich an seinen Widersacher: »Wir betrügen vielleicht nicht körperlich, aber in Gedanken. Und wenn wir nicht die Person betrügen, die wir lieben, dann betrügen wir uns selbst. Wir betrügen uns um unsere Gesundheit, unsere Träume, unsere innere Ruhe. Haben Sie noch nie einen anderen Menschen oder sich selbst betrogen?«

Dem Aggressor fehlten die Worte. Er nickte nur mit dem Kopf und bestätigte, dass auch er ein Betrüger war. Tagtäglich betrog er sich mit zerstörerischen Gedanken um sich selbst. Seine Aggressivität war nur die Spitze des Eisbergs.

Als er sah, dass der Mann die Waffen gesenkt hatte, begann der Meister, ihm stärker zuzusetzen: »Ist Ihre Ehefrau etwa Ihr Eigentum? Wenn nicht, warum dann diese Zerstörungswut? Auch wenn sie Sie betrogen hat, ist ihre Frau doch ebenso ein Mensch wie Sie, der geweint und geliebt, Zorn und Enttäuschung verspürt hat! Wenn Sie nicht in der Lage sind, ihr zu verzeihen und sie zurückzuerobern, warum sagen Sie ihr nicht einfach: ›Es tut mir leid, aber es ist aus?‹«

Fassungslos verließ der Mann den Schauplatz. Es war zwar offen, ob er nun versuchen würde, seine Frau zurückzuerobern, aber er wollte sie zumindest nicht mehr umbringen. Ich war beeindruckt. Ob der Traumhändler seinen Faustschlag absichtlich herausgefordert hatte, um dadurch ein Fenster aufzustoßen, das die Sicht auf Alternativen freigab? Unglaublich! Die Leute ringsherum starrten ihn gespannt an, so als wäre das Ganze ein Actionfilm.

Und als hätte dieser Zwischenfall nicht schon ausgereicht, fragte der Meister nun auch Bartholomäus nach seinem größten Traum. Meiner Ansicht nach war das keine gute Idee. Unser Honigmäulchen konnte nämlich keiner Respektlosigkeit widerstehen.

Er schaute also den Traumhändler an und sagte begeistert, wobei er wieder fast zu Boden fiel: »Mein größter Traum, Chef? Russischer Wodka! Und … ein Bad …« Die Erleichterung der Umstehenden über die Tatsache, dass Bartholomäus sich ein Bad wünschte, konterkarierte er mit folgenden Worten: »… ein Bad in einer Tonne voll mit schottischem Whiskey!« Und plumpste direkt auf sein Hinterteil. Da er immer abgebrannt war, versetzte ihn der Gedanke an ein derartiges Bad in Ekstase.

Ich konnte nicht an mich halten – dieses Elend brachte mich ebenso zum Lachen wie der Gesichtsausdruck des weisen

Mannes. Ich dachte: »Diesmal hat er sich auf ein sinkendes Schiff begeben.« Doch plötzlich kam mir mein Sarkasmus zu Bewusstsein, und ich war überrascht darüber, dass in mir solch eine verdrängte Lust am fremden Unglück schlummerte.

Bevor der Meister antworten konnte, tauchte Dona Jurema wieder auf und drohte damit, Bartholomäus ein weiteres Mal ihren Stock überzuziehen. Sie hatte seinen größten Traum gehört und war außer sich. Diesmal bezeichnete sie ihn nicht als Lustmolch, sondern belegte ihn mit anderen Adjektiven: »Sie anmaßendes, arrogantes Subjekt! Sie abscheulicher Trunkenbold! Sie Abschaum, Sie!«

Honigschnauze, dessen geistiger Horizont offensichtlich eher begrenzt war, freute sich über die Aufmerksamkeit, die ihm zuteilwurde, und er fügte hinzu: »Danke sehr für das Kompliment! Zur Not tut's auch ein Fass Zuckerrohrschnaps oder Tequila!«

Er war einfach unverbesserlich. Schon über zwanzig Jahre hatte er die Kontrolle über seinen Alkoholkonsum verloren. Und seit zehn Jahren wankte er betrunken durch die Straßen, von einer Kneipe zur anderen. Ich war überzeugt, dass der Traumhändler dieses stinkende Häufchen Elend nicht würde belehren können, schon allein deshalb nicht, weil kein klarer Gedanke den Weg in sein von Außerirdischen bevölkertes Gehirn finden würde. Vielleicht würde mein Meister ihm auch ohne große erzieherische Hoffnungen die Leviten lesen, um seinem Ärger Luft zu machen, oder er würde ihn zu den Anonymen Alkoholikern schicken, um ihn schnell wieder los zu sein. Stattdessen musste ich erstaunt mit anhören, wie er ihm zu seiner Ehrlichkeit gratulierte!

Ich traute meinen Ohren nicht, konnte einfach nicht glauben, dass er dem Trunkenbold auf diese Weise neuen Zündstoff lieferte. Bei dem Alkoholpegel würde ein solches Lob dessen Euphorie doch erst recht anheizen! Und tatsächlich schraubte es Bartholomäus' Selbstbewusstsein auf ungeahnte Höhen, da er nun mit stolzgeschwellter Brust auf diejenigen herabblickte, die ihn gerade noch weggestoßen hatten. Er stieß einen markerschütternden Kampfesschrei aus und verkündete keck:»Schaut her, wie umweltfreundlich ich bin! Ich laufe mit Alkoholantrieb!« Anschließend deutete er auf den Traumhändler und rief:»Mit dem Mann bin ich per du! Er ist es! Darf ich in deinem Raumschiff eine Spritztour machen, Chef?« Er torkelte auf ihn zu, stieß gegen zwei der Umstehenden und wäre fast wieder gestürzt.

Ich, der ich noch nie besonders tolerant gewesen war, dachte bei mir:»Der Kerl gehört ins Irrenhaus!«

Da der Meister den Blick auf mich richtete, kam es mir so vor, als hätte er meine Gedanken gelesen und würde nun meinem Rat folgen. Doch zu meiner Bestürzung reagierte er so, dass ich beinah die Fassung verlor. Er tippte der Elendsgestalt auf die Schulter und sagte bestimmt:»Komm und folge mir! Bei mir wirst du dich an einem Getränk berauschen, das du noch nicht kennst!«

Starr vor Schreck fragte ich mich, ob ich richtig gehört hatte. Der Trunkenbold, der schwach auf den Beinen war, weil er getanzt hatte, aber auch, weil er seit Jahren von Alkohol angetrieben wurde, versank langsam in seinem vollen Whiskeyfass. Er rief:»Ein Getränk, das ich nicht kenne? Das gibt's gar nicht! Ist es hochprozentiger Wodka?«

Seine Respektlosigkeit war mir peinlich, doch der Traumhändler verzog die Mundwinkel zu einem Lächeln. Auch in kritischen Situationen konnte er entspannt bleiben. Dann warf er mir einen Blick zu, als wollte er sagen: Mach dir keine Sorgen, ich bin gerade für die schwierigen Menschen gekommen.

Schockiert erwog ich, das Weite zu suchen. Es mochte gerade noch angehen, sich einem komischen Vogel, einem gesellschaftlichen Exzentriker anzuschließen, doch an der Seite eines respektlosen Trunkenbolds war es einfach zu viel. Die Risiken waren ja nicht auszudenken!

Mein Heim ist die Welt

Der Meister, Bartholomäus und ich machten uns unter dem Applaus der Menge langsam auf den Weg. Einige Leute fotografierten uns, und ich drehte das Gesicht weg, während Honigschnauze zu meinem Ärger auch noch posierte.

Da der Meister nicht reagierte, versuchte ich, den Trunkenbold fortzuzerren, um nicht noch mehr Aufsehen zu erregen. Ich hatte es wirklich nicht verdient, auch noch der Babysitter eines Säufers zu sein. Einige der anwesenden Journalisten machten sich Notizen.

Drei Straßenecken weiter fragte ich mich verzagt, was ich da eigentlich tat und wohin wir gingen. Mein Begleiter schien derweil einfach nur glücklich darüber zu sein, zu uns zu gehören.

Ich blickte gen Himmel und versuchte, mich zu entspannen. Der Traumhändler schaute mich lächelnd an, so als könnte er meine Zweifel hören, und ich nahm an, wir seien auf dem Weg zu seiner bescheidenen Unterkunft. Seiner Kleidung nach zu urteilen schien er sehr arm zu sein, aber irgendein gemietetes Dach hatte er bestimmt über dem Kopf. Auch wenn seine Wohnung klein war, erwies er sich gewiss als ein guter Gastgeber und verfügte, so vehement, wie er uns eingeladen hatte, wohl mindestens über ein Zimmer für mich und eines für Bartholomäus. Mit diesem Trunkenbold im gleichen Zimmer schlafen zu müssen wäre jedenfalls ein Affront.

Vielleicht würde er mich in einem einfachen, aber komfortablen Zimmer unterbringen, ohne Bettgestell, aber mit einer

Schaumstoffmatratze, die dick genug war, um keine Rückenschmerzen zu verursachen. Die Laken wären vielleicht nicht neu, aber sauber. In seinem Kühlschrank fände sich vielleicht nicht viel, aber doch irgendetwas Gesundes zu essen; schließlich war ich ausgehungert und erschöpft. »Vielleicht, vielleicht, vielleicht«, dachte ich. Sicher war ich nicht.

Auf unserem Weg winkte der Traumhändler Kindern zu, grüßte die Erwachsenen und half einigen Leuten, ihre schweren Taschen zu tragen. Bartholomäus ließ sich mitreißen und winkte in alle Richtungen, ob sich dort nun Menschen oder Bäume und Laternenpfähle befanden. Ich hielt mich zurück, hob aber dezent eine Hand, wenn jemand uns zurückgrüßte.

Die allermeisten reagierten mit einem Lächeln. Ich fragte mich, woher der Traumhändler so viele Leute kennen mochte, und mir wurde klar, dass er sie gar nicht kannte. Er war einfach so. Für ihn war jeder Fremde ein Mensch, und jeder Mensch sein Nächster, und jeder Nächste kein Unbekannter. Er grüßte die Leute aus reiner Freude daran. Noch nie zuvor hatte ich jemanden gesehen, der so gut gelaunt und umgänglich war. Er handelte nicht nur mit Träumen, sondern er lebte sie auch.

So liefen wir ziemlich lange durch die Straßen. Wir legten mehrere Kilometer zurück, doch von seiner Wohnung keine Spur. Als ich schon nicht mehr laufen konnte, blieb der Traumhändler an einer Kreuzung stehen. Ich atmete auf. Uff! Ob wir wohl endlich angekommen waren? Es schien so.

An der Straße zu meiner Linken zog sich eine Zeile weiß getünchter Häuschen entlang, die aber so winzig waren, dass sie bestimmt keine drei Zimmer hatten.

Glücklicherweise schaute mein Begleiter aber nach rechts und deutete mit dem Kopf auf ein hohes Gebäude hinter einer Brücke. Es schien mindestens acht Wohnungen pro Stockwerk zu haben und wirkte wie ein Taubenschlag. Offensichtlich waren diese Appartements noch winziger als die Häuschen und das Gebäude randvoll mit Menschen.

Ich musste an das Gedränge der Studenten an der Uni denken und dachte: »Das halte ich nicht aus. Die Nacht wird furchtbar!« Doch der Traumhändler sagte ruhig: »Machen Sie sich keine Sorgen. Es ist viel Platz.«

Ich versuchte, meine Sorge zu verbergen, und fragte höflich: »In welchem Stockwerk ist Ihre Wohnung?«

»Meine Wohnung? Meine Wohnung ist die Welt«, antwortete er seelenruhig.

»*Very good*, die Penne gefällt mir!«, sagte Bartholomäus, der es liebte, sein grauenhaftes Englisch vorzuführen.

Alarmiert hakte ich nach: »Meister, was meinen Sie damit?«

»Die Füchse haben ihre Höhlen und die Vögel ihre Nester; der Traumhändler aber hat keinen Ort, wo er sein Haupt hinlegen kann.«

Ich erstarrte. Hatte mein Retter gerade den berühmten Satz Christi fast wörtlich zitiert? Glaubte er womöglich, er sei Jesus? Das konnte nicht wahr sein! Und wenn er einen psychotischen Anfall hatte? Aber er schien hochintelligent zu sein! Und er sprach auf eine weltliche Weise von Gott. Wer war er? In welche Richtung lenkte ich da mein Leben? Aber bevor ich mir weiter den Kopf zerbrechen konnte, kühlte der Traumhändler meine erhitzten Gedanken mit den Worten: »Machen Sie sich keine Sorgen. Ich bin nicht Er. Ich versuche nur, Ihn zu verstehen.«

»Sie sind nicht *wer*?«, fragte ich verwirrt.

»Der Meister aller Meister. Ich bin der Geringste derer, die versuchen, ihn zu verstehen«, antwortete er ruhig.

Ich war kurz erleichtert, forderte aber weitere Erklärungen, ohne sie zu erhalten: »Aber wer sind Sie denn nun?«

»Ich habe Ihnen bereits gesagt, wer ich bin. Glauben Sie mir nicht?«

Bartholomäus, der den Mund nicht halten konnte, mischte sich ein: »Du glaubst also nicht, dass er der Anführer der Außerirdischen ist?«

Mir platzte der Kragen, und ich wurde grob: »Halt endlich den Mund, Du Faselschnauze!«

Er erwiderte: »Faselschnauze? Ich bin Honigschnauze! Und du erniedrigst mich nicht, du zweitklassiger Intellektueller!« Er nahm eine Kämpferpose ein. Das war der erste Zusammenstoß unter den Jüngern des Meisters.

Dieser wandte sich mir zu, und seine sanfte Zurechtweisung war wirkungsvoller als jede Strafe.

»Julio, Sie sind so intelligent, dass Sie wissen: Ein Kunstwerk gehört nicht dem Künstler, sondern dem Interpreten, denn erst durch ihn bekommt es einen Sinn. Wenn Bartholomäus meint, ich sei der Anführer der Außerirdischen, warum stört Sie das? Ich fordere Großzügigkeit, nicht Gehorsam. Seien Sie großzügig zu sich!«

Zunächst meinte ich, er hätte sich bei seinem letzten Satz wohl versprochen. Bestimmt wollte er sagen, dass ich Bartholomäus gegenüber großzügig sein sollte. Doch im Verlauf unserer Wanderschaft entdeckte ich, dass derjenige, der nicht großzügig zu sich selber ist, anderen Menschen gegenüber auch nicht großzügig sein kann. Wer sich selbst zu viel abverlangt, ist anderen ein Tyrann.

Großzügigkeit war nun einer der größten Träume, die der Traumhändler mit den Menschen im globalen Irrenhaus teilen wollte. Die sogenannten »normalen Menschen« lebten voneinander isoliert, jeder in seiner eigenen Welt, und hatten vergessen, welch unbeschreibliche Freude es bereitet, sich zu verschenken, zu umarmen und einander immer wieder eine

Chance zu geben. Großzügigkeit kam zwar als Begriff in den Wörterbüchern vor, doch selten als Gefühl in den Herzen. So war ich zwar bestens darauf vorbereitet, im täglichen Konkurrenzkampf zu bestehen, aber wie Großzügigkeit sich äußert, das hatte ich vergessen. Ich war in der Lage, sämtliche Fehler und Wissenslücken meiner Kollegen aufzuspüren, doch über sie hinwegsehen konnte ich nicht. Ihre Niederlagen freuten mich mehr als ihre Erfolge. Ich war wie ein Oppositionspolitiker, der nur darauf lauert, dass die Regierungspartei scheitert.

Der einfühlsame Tadel des Traumhändlers hatte mich etwas beruhigt. Aber wo war nun die Wohnung, in der wir unterkommen würden? Da deutete der Meister zu dem Schatten unter der Brücke, die vor uns lag, und sagte:»Und das ist unser Heim.«

Beim Anblick des armseligen Lagers zwischen Betonpfeilern und Schutt wurde mir schwindelig. Allmählich sehnte ich mich nach dem Alpha-Gebäude zurück. Unsere Schlafstatt bestand aus alten, zerschlissenen Matratzen, auf denen statt Bettdecken ein paar Lumpen lagen. Zu trinken gab es nur abgestandenes Wasser aus einem Plastikkanister. Ein solches Elend hatte ich noch nie aus der Nähe gesehen.»Und das ist der Mann, der mich vor dem Selbstmord bewahrt hat?«, fragte ich mich.

Es war alles so jämmerlich, dass sogar Bartholomäus protestierte. Ich begann ihn zu mögen. Er kratzte sich am Kopf und rieb sich die Augen, um sich zu vergewissern, dass er keine Halluzinationen hatte:»Chef, bist du sicher, dass du hier wohnst?«

Langsam kehrte er in die Wirklichkeit zurück und ahnte nun, dass er in das falsche Raumschiff eingestiegen war. Sogar er hatte noch nie unter einer Brücke übernachten müssen, sondern schlief für gewöhnlich im Gartenhäuschen irgendwelcher Bekannten, im Hinterzimmer einer Kneipe oder, wenn es schlimm kam, in einer Obdachlosenunterkunft.

»Ja, Bartholomäus, das ist mein Heim. Und wir haben eine lange Nacht vor uns.«

Damit war mitnichten gemeint, dass wir auf den alten Matratzen vor Rückenschmerzen nicht würden schlafen können, sondern, wie sich später herausstellte, der Horror, den der Meister bereits voraussah.

Zum Abendessen gab es trockenes Brot und altes Gebäck, das aber noch nicht schimmelig war. Obwohl ich sie eigentlich hasste, erschienen mir Hamburger plötzlich als paradiesisches Mahl. Nachdem ich ein paar Stücke abgebissen hatte, beschloss ich, mich hinzulegen. Wer weiß, vielleicht würde ich am nächsten Tag aufwachen und merken, dass alles nur ein Albtraum gewesen war. Ich rollte ein Stück Pappe zusammen und bettete meinen Kopf darauf. Aber mein Geist war in Aufruhr.

Ich wollte entspannen und sagte mir: »Beruhige dich. Studierst du nicht gerne exzentrische Bevölkerungsgruppen? Jetzt bist du ein Teil von ihnen. Das wird deiner akademischen Karriere nützen. Zumindest wirst du eine interessante soziologische Erfahrung machen. Erinnere dich daran: Eroberungen ohne Risiko sind Träume ohne Verdienst.«

Mir war weiterhin schleierhaft, auf was ich mich da eingelassen hatte. Ich wusste nur, dass ich den Mikrokosmos meines Vorlesungssaales verlassen hatte, um in den Kosmos einer gesellschaftlichen Unterschicht einzutauchen, die mir völlig unbekannt war. Ich war ein theoretischer Soziologe.

Da ich es einfach nicht schaffte, einzuschlafen, versuchte ich es mit einer anderen Technik. Ich begann, die Lektionen, die mir in den letzten Stunden erteilt worden waren, Revue passieren zu lassen, und versuchte, mich an alle Einzelheiten zu erinnern. Der Eindruck, den dieser merkwürdige Mann auf mich gemacht hatte, war so stark, dass mein Selbstmordversuch gegenüber dem Lager unter der Brücke und der Wanderung durch die Stadt bereits verblasste.

Plötzlich hatte ich eine Eingebung. Alle Menschen sollten wenigstens einen Tag lang ziellos umherlaufen, um die verlorene Verbindung zu ihrem Inneren wiederherstellen zu können.

Diese Gedanken entspannten mich, sodass auch mein Geist langsam zur Ruhe kam und ich schläfrig wurde. Ich hatte begriffen, dass es unsere Ängste sind, die bestimmen, wie weich das Bett ist. Nur wer lernt, in sich selbst zu ruhen, schläft gut. Ich begann zu denken wie der Meister. Aber ich wusste nicht, welcher Horror mir noch bevorstand. In diesem Moment war die alte Matratze jedenfalls das beste Nachtlager, das ich je gehabt hatte.

Ein Trupp schräger Vögel

Es war vier Uhr morgens, kalt und sehr windig. Ich schreckte plötzlich hoch, weil jemand verzweifelt schrie.

»Die Brücke stürzt ein! Die Brücke stürzt ein!«, brüllte Bartholomäus. Er keuchte und zitterte vor Angst.

Mir schlug das Herz bis zum Hals. Voller Panik sprang ich auf und wollte fliehen.

Doch der Meister hielt mich am Arm fest und sagte, ich solle mich beruhigen.

»Beruhigen?! Wir können erschlagen werden!«, rief ich mit Blick auf alte Risse, die mir im Dunkeln frisch erschienen.

Er antwortete ruhig: »Bartholomäus deliriert. Er hat Entzugserscheinungen.«

Mein Überlebenswille war erwacht, obwohl ich wenige Stunden zuvor meinem Leben ein Ende bereiten wollte. Mein betrunkener, vertrottelter Kumpan hatte mir eine der größten Entdeckungen meines Lebens ermöglicht: Ein Selbstmörder will nicht sich töten, sondern seinen Schmerz. Ich atmete tief durch, um mich zu beruhigen, hatte aber immer noch Herzklopfen. Ich sah Bartholomäus an, der weiterhin völlig verängstigt war.

Er hatte einen Anfall von Delirium tremens. Da er Alkoholiker war und sein letzter Schnaps bereits mehrere Stunden zurücklag, litt er nun unter Atemnot, Herzrasen und Schweißausbrüchen. Das Schlimmste war aber, dass sein bereits vorher verwirrter Geist nun von Halluzinationen heimgesucht wurde.

Nachdem er die Brücke hatte auf sich zustürzen sehen, sah er jetzt riesige Spinnen und Ratten über die Wände laufen und fürchtete, von ihnen gefressen zu werden. Der Schweiß tropfte ihm von der Stirn, seine Hände zitterten, und er schien hohes Fieber zu haben. Wie der Meister später sagte, kann man vor den äußeren Ungeheuern fliehen, aber nicht vor den inneren. Dem menschlichen Geist fällt es erstaunlich leicht, seine eigenen Gespenster zu schaffen, die ihm dann auflauern. Auch im Digitalzeitalter sind unsere primitivsten Gefühle noch lebendig.

Bartholomäus versuchte, sich gegen die Ungeheuer, die ihn verschlingen wollten, zu wehren. Er schrie in Todesangst: »Chef, hilf mir! Hilfeee!«

Wir versuchten, ihn zu beruhigen und dazu zu bringen, sich auf eine alte Tomatenkiste zu setzen. Aber er sprang ständig auf, da ihn immer neue Halluzinationen plagten. Schließlich riss er sich los und rannte quer über die Straße. Nie hätte ich gedacht, dass die fünf Millionen Alkoholiker, die es im Lande gab, solche Torturen durchmachten. Ich hatte mir tatsächlich eingebildet, sie wären fröhliche Zecher.

Da der Meister fürchtete, Bartholomäus könnte überfahren werden, schlug er vor, ihn ins nächste Krankenhaus zu bringen.

Gesagt, getan. So begann ich, einen kleinen Teil meiner Kraft jemand anderem zu widmen, ohne etwas dafür zu verlangen. Wir tun zwar nichts völlig ohne Eigeninteresse, doch es gibt eben auch legitime Interessen jenseits von finanziellem Gewinn und öffentlicher Anerkennung, wie zum Beispiel die Freude daran, zu Wohlbefinden und Gesundheit eines Mitmenschen beizutragen. Ein solcher Tausch ist weder im Kapitalismus noch im Sozialismus vorgesehen und der akademischen Welt gänzlich unbekannt.

Mir wurde langsam klar, dass ein Egoist im Kerker seiner Ängste lebt, während jene, die sich dafür einsetzen, den Schmerz anderer Menschen zu lindern, auch ihren eigenen stillen. Ich wusste nicht, ob ich es bereuen würde, diesen Weg eingeschlagen zu haben, ich wusste nicht, was mich noch erwartete, aber ich begann zu ahnen, dass das Handeln mit Träumen auf dem Markt der Emotionen trotz der Risiken ein »gutes Geschäft« war. Das Leiden meines Kumpans war so groß, dass es zumindest für den Augenblick meine eigene psychische Misere und die unzähligen Knoten in meinem Leben in den Hintergrund treten ließ.

Mir wurde bewusst, welche Anstrengung es den Traumhändler gekostet haben musste, mich zu retten. Aber er hatte weder ein Honorar noch Anerkennung oder Dankbarkeit von mir verlangt. Trotzdem war sein Lohn beträchtlich gewesen. Mir zu helfen hatte ihn so glücklich gemacht, dass er auf der Straße getanzt hatte. Was für ein fantastisches »Geschäft«! Das Einzige, worum er mich gebeten hatte, war, es ihm nachzutun.

Und nun setzte ich mich zum ersten Mal für jemanden ein, ohne etwas dafür zu erwarten. Dem egozentrischen Intellektuellen in mir fiel das nicht leicht. Um die Klinik zu überzeugen, Bartholomäus aufzunehmen, musste ich alle Register ziehen und behaupten, er sei in Lebensgefahr. Seine emotionale Krise schien der Notaufnahme nicht zu reichen. Die Krankenhäuser sind nicht auf den Umgang mit psychischen Störungen vorbereitet. Sie können zwar den Körper behandeln, negieren aber die Welt der Psyche. Schließlich gelang es uns, das diensthabende Personal dazu zu bewegen, sich um Bartholomäus zu kümmern. Er bekam ein starkes Beruhigungsmittel und wurde dann schlafend auf eine Station geschoben.

Am Nachmittag kehrten wir in die Klinik zurück, um nach ihm zu sehen. Glücklicherweise ging es ihm besser. Die Halluzinationen waren verflogen. Er wurde entlassen und wollte von uns wissen, was eigentlich passiert war und wie er uns kennengelernt hatte. Er hatte einen Filmriss und konnte sich an nichts erinnern. Der Meister überließ es mir, das Unverständliche zu erklären, und zog sich dezent zurück, da er es nicht mochte, beweihräuchert zu werden.

Ich erzählte Bartholomäus also, wie ich den Traumhändler kennengelernt hatte, wie er mich gerettet und aufgefordert hatte, ihm zu folgen, und wie wir ihn, Bartholomäus, aufgegabelt hatten. Ich berichtete ihm vom Tanz auf der Straße, von der Frage nach dem größten Traum, vom Lager unter der Brücke und seinen nächtlichen Wahnvorstellungen. Er hörte mir gespannt zu und wiegte den Kopf hin und her. Da alles so unwirklich war, kam ich mir beim Versuch, zu erklären, was ich selbst nicht verstehen konnte, wie ein Trottel vor. Mein bejammernswerter Zuhörer war aber ebenso gut gelaunt wie der Meister. Um mich aus der Klemme zu holen, sagte er: »Du kennst seinen Namen nicht und weißt nicht, wer er ist? Hmmm. Alter, so was Verrücktes versteht man nur, wenn man ein paar Schnäpse intus hat!« Aber gerade, als ich dachte, er würde nun die nächste Kneipe ansteuern, anstatt dem Meister weiter zu folgen, ergänzte er: »Ich wollte mich schon immer jemandem anschließen, der noch übergeschnappter ist als ich!«

So begann ich meine Wanderschaft an der Seite zweier Käuze. Meine soziologische Feldforschung weitete sich aus. Ich hoffte nur, dabei keinem Bekannten über den Weg zu laufen. Besser, meine Kollegen und Studenten glaubten, ich sei gestorben oder ausgewandert. Bartholomäus pfiff sorglos vor sich hin, und der Meister lief freudestrahlend neben uns her.

Plötzlich begann er, ein selbst komponiertes, wunderschönes Lied zu singen, dessen Text sein Lebensmotto spiegelte. Dieses Lied wurde nach und nach unser Leitmotiv.

Ein einfacher Wandersmann bin ich,
Der keine Angst mehr hat, sich zu verlaufen.
Meine Unzulänglichkeiten kenne ich.
Nennt mich ruhig verrückt
Und macht euch über mich lustig!
Was soll's!
Ein Traumhändler bin ich,
Und das ist es, was zählt!
Ich habe weder Kompass noch Agenda,
Ich habe nichts, doch habe alles.
Ein einfacher Wandersmann bin ich,
Auf der Suche nach mir selbst.

Auf unserem Rückweg nach Hause, genauer gesagt unter unserer Brücke, trafen wir auf eine weitere äußerst sonderbare Gestalt namens Dimas de Melo, Spitzname »Engelshand«. Eigentlich hätte er besser »Teufelskralle« heißen müssen, denn er war ein Spitzbube, achtundzwanzig Jahre alt, blondes Haar und Pony, lange, platte Nase und orientalische Gesichtszüge.

Engelshand war in einem Kaufhaus beim Diebstahl eines DVD-Players geschnappt worden. Er hatte bereits unzählige andere, viel wertvollere Dinge geklaut, ohne jemals erwischt zu werden. Aber diesmal hatte eine Überwachungskamera ihn auf frischer Tat ertappt. Als er das Gerät in seinem großen Beutel versenkte, hatte sich der Schlauberger eingebildet, alle Überwachungskameras gemieden zu haben, ohne zu wissen, dass es noch eine versteckte Kamera gab. So wurde er festgenommen.

Auf der Wache bat er um den Beistand eines Anwalts. Noch vor der Vernehmung nahm er den herbeigeeilten Anwalt beiseite und sagte ihm, dass er kein Geld hätte, um die Kaution zu bezahlen. Der Anwalt bestätigte ihm, dass er ohne Kaution ins Gefängnis käme. Darauf erwiderte der Gauner, der, wenn er nervös wurde, stotterte:»W… w… warten Sie mal, ich … ich komm da raus o… o… ohne was z… zu zahlen. P… p… passen Sie auf!« Der Anwalt verstand zwar nicht, was er vorhatte, betrat mit ihm jedoch das Büro des herrischen, schon ungeduldig wartenden Polizeichefs.

Dieser fragte den Beschuldigten nach seinem Namen, worauf Dimas dumm aus der Wäsche guckte, den Finger auf die Lippen legte,»Pscht!« machte und sich dann gegen die Stirn schlug. Irritiert wiederholte der Polizeichef die Frage, und Dimas wiederholte seine Geste.

»Wenn du dich weiter über mich lustig machst, sorge ich dafür, dass du wegen Widerstands gegen die Staatsgewalt eingelocht wirst!«

Als sei es das Natürlichste auf der Welt, wiederholte Engelshand sein Ritual ein weiteres Mal, legte also wieder den Finger auf die Lippen, machte »Pscht!« und schlug sich gegen die Stirn. Er wollte den Eindruck erwecken, ein Geisteskranker zu sein, der weder wusste, wo er war, noch, was gerade vor sich ging, und der sich an den begangenen Diebstahl nicht erinnern konnte.

Nach dem zehnten erfolglosen Versuch, irgendeine Auskunft zur Identität seines Gegenübers zu erhalten, bekam der Polizeichef einen Tobsuchtsanfall. Er schlug mit der Faust auf den Tisch und stieß wilde Drohungen gegen Dimas aus, was jedoch auch keinen Effekt zeitigte. Der Typ war ein äußerst begabter Schauspieler. Sein Anwalt genoss derweil die Schläue seines Mandanten.

»Wahnsinn! Der hat se doch nich mehr alle!« brüllte der Polizeichef.

Da ergriff der Anwalt das Wort und sagte: »Sir, ich habe Ihnen bisher nicht gesagt, dass mein Mandant geistig gestört ist, weil Sie mir das nicht geglaubt hätten. Aber Sie sehen ja, dass er nicht weiß, was er tut.«

Weil er nicht noch mehr Zeit verlieren wollte, ließ der Polizeichef den Spitzbuben schließlich laufen. Auf der Straße dann gratulierte der Anwalt Engelshand und lobte seine Gerissenheit.

»Herzlichen Glückwunsch! Ihre Durchtriebenheit ist unglaublich! Ein so gewitzter Gauner ist mir noch nicht untergekommen!« Und er verlangte nach seinem Honorar, da er noch weitere Termine hatte.

Engelshand schaute dem Anwalt tief in die Augen und legte wieder mit der größten Natürlichkeit der Welt seinen Finger auf die Lippen und schlug sich gegen die Stirn. Der Anwalt musste lachen, sagte dann aber, er habe keine Zeit mehr für Späße. Dimas wiederholte die Gesten. Wir standen derweil auf der anderen Straßenseite und sahen der Szene zu.

»Jetzt reicht es aber! Zahlen Sie mir mein Honorar!«, brüllte der Anwalt.

Engelshand wiederholte das Ritual zum soundsovielten Male, der Anwalt wurde immer wütender, und Dimas reagierte wiederum mit derselben Geste. Den Gauner konnte nichts erschüttern. Der Anwalt drohte ihm mit allem, was ihm einfiel, sogar damit, ihn erneut anzuzeigen. Aber wie? Er hatte dem Polizeichef ja selbst gesagt, dass sein Mandant geistesgestört war; wenn er nun davon Abstand nähme, konnte ihm das Scherereien mit der Justiz einbringen.

Es war das erste Mal in der Rechtsgeschichte, dass ein Filou innerhalb von einer Viertelstunde sowohl einen Kommissar als auch einen Rechtsanwalt aufs Kreuz legte. Nachdem sich der Anwalt erfolglos und wutentbrannt aus dem Staub gemacht hatte, sagte Engelshand zu sich selbst:»Noch so ein Idiot.«

Der Meister beobachtete den Betrüger genau. Ich wunderte mich über sein Interesse an dem Spitzbuben. Aber vielleicht wollte er ihm seinen Traum von Ehrlichkeit verkaufen. Vielleicht wollte er ihm aber auch eine Standpauke, eine Moralpredigt halten. Oder er wollte uns den Rat geben, uns nicht auf ein Subjekt einzulassen, das uns auf dem Weg zur inneren Wahrheit gefährden konnte.

Der Traumhändler ging über die Straße und auf den Gauner zu. Bartholomäus und ich folgten ihm ängstlich, da wir fürchteten, der Schurke könnte bewaffnet sein. Dieser merkte, dass wir ihn im Auge hatten, und sah auf. Was der Meister ihm zu sagen hatte, verblüffte uns dann zutiefst:»Du träumst davon, reich zu werden, aber es ist dir egal, mit welchen Mitteln du das erreichst.«

Diese Worte gefielen mir; ich fand sie sehr mutig. Doch der Satz, der auf sie folgte, verblüffte mich, und sogar der inzwischen nüchterne Bartholomäus konnte nicht glauben, was er vernahm. Der Meister sagte zu Engelshand:»Leute, die stehlen, können einfach nicht mit Geld umgehen. Sie fliehen vor dem Elend, aber das Elend holt sie immer wieder ein.«

Der Betrüger fühlte sich ertappt. Er wusste mit der Beute seiner Raubzüge wirklich nichts anzufangen und war immer pleite. Er hasste die Not und wünschte sich nichts sehnlicher, als sie hinter sich zu lassen. Doch sie blieb ihm treu und verließ ihn nicht. Nun legte der Meister nach, und die Welt seines Gegenübers stürzte in sich zusammen:»Der schlimmste Gauner ist nicht derjenige, der die anderen betrügt, sondern der, der sich selbst betrügt.«

Engelshand wich ein paar Schritte zurück. Er war keiner, der viel nachdachte, aber das, was er gerade gehört hatte, versetzte sein Hirn in äußerste Unruhe. Er fragte sich plötzlich: »Ob ich wirklich der schlimmste aller Gauner bin? Ich bin darauf spezialisiert, andere zu betrügen. Ob ich mich dabei vielleicht selbst betrogen habe? Wer ist dieser Typ, der mir meinen Frieden stiehlt?«

Und dann sagte der Meister etwas, was uns förmlich erschütterte: »Komm und folge mir. Ich werde dafür sorgen, dass du einen Schatz findest, der sich Wissen nennt, der wertvoller ist als Gold und Silber.«

Der Vorschlag war verführerisch. Der Ganove musterte den Traumhändler von oben bis unten, bemerkte dessen zerlumpte Kleidung, die leeren Taschen und schnaufte. Was sollte dieser Wissensschatz sein? Misstrauisch fragte er: »W… was s… s… soll das f… für ein Sch… schatz sein? W… wo ist die K… kohle?«

Ohne weitere Erklärungen antwortete der Meister: »Du wirst es erfahren.«

Und machte sich auf den Weg. Der Gauner folgte ihm, zunächst eher aus Neugier. Vielleicht stellte er sich vor, der Meister sei ein exzentrischer Millionär. Jedenfalls war er faszinierend. Er übte gerade auf Sonderlinge eine besondere Anziehung aus, auch wenn sie zunächst zwielichtige Absichten hegten.

Vor vielen Jahren, als er noch ein bisschen Geld hatte, war Bartholomäus in psychotherapeutischer Behandlung gewesen, ohne dass dies etwas genützt hätte. Eher war dadurch alles noch schlimmer geworden. Er hatte mehrere Therapeuten derart gefordert, dass diese sich selbst in Behandlung begeben mussten, nachdem sie mit ihm zu arbeiten begonnen hatten. Er war einfach unverbesserlich, wenn auch gewieft.

So hatte er bereits auf unserer ersten Wanderung durch die Straßen bis zum Nachtlager unter der Brücke meine Egozentrik, meinen krankhaften Stolz bemerkt und mich daher »Super-Ego« genannt, wobei er unwissentlich Freuds Begriff vom Über-Ich falsch anwendete.

Als er nun sah, wie der Meister einen Gauner aufforderte, ihm zu folgen, zog er mich beiseite und flüsterte mir ins Ohr: »Hey, Super-Ego, dich zu ertragen ist schon schwierig, aber mit diesem Spitzbuben kann ich gar nicht!«

»Schau dich doch mal selbst an!«, erwiderte ich beleidigt. Fast hätte ich ihn noch beschimpft, fragte mich dann aber, ob er vielleicht recht haben könnte. Das neue Familienmitglied konnte gefährlich sein. In meinen schlimmsten Träumen hatte ich mir nicht vorgestellt, eines Tages mit einem gewöhnlichen Kriminellen durch die Gegend zu laufen ...

Also griff ich Bartholomäus' Formulierung auf und persiflierte sie, indem ich ihm zuflüsterte:»Einen durchgedrehten Säufer wie dich zu ertragen ist schon schwierig genug, aber dieser Gauner ist einfach unerträglich. Ich hau ab!«

Zum zweiten Mal erwog ich, das soziologische Experiment aufzugeben. Aber plötzlich lief vor meinem inneren Auge ein Film ab. Ich erinnerte mich daran, dass ich verloren gewesen und gerettet worden war. Da schaute ich in das ruhige Gesicht des Meisters und beschloss, noch ein wenig länger durchzuhalten. Die Neugier, zu sehen, wie das Experiment weitergehen würde, gab mir wieder Mut. Es würde später bestimmt zum Thema vieler Abschlussarbeiten taugen.

Der neue Schüler hatte eine sanfte Stimme, war aber darauf spezialisiert, andere hereinzulegen und zu übervorteilen. Er wusste, wie man Leute übers Ohr haute und gefälschte Lottoscheine verkaufte. Den Frauen, die sich mit ihm einließen, stahl er die Kreditkarte und alten Damen, denen er zuvor freundlich über die Straße geholfen hatte, die Geldbörse. Das Problem war nur, dass er sich, wie alle Schlaumeier, für schlauer hielt, als er war. Er glaubte also, nie in die Falle zu gehen. Nun aber war er jemandem begegnet, der schlauer war als er. Der Ganove wusste noch nicht, dass er, wenn er dem Meister folgte, in den größten Hinterhalt seines Lebens geraten würde.

Nach einer Weile kamen wir an einen Platz und setzten uns, um auszuruhen. Gemäß dem Vorschlag des Meisters sollten Bartholomäus und ich Dimas unser Projekt erklären. Eine schwierige Aufgabe! Der Typ schien kaum Schulbildung zu haben. Aber es war eine Chance, um ihn aus der Gruppe auszuschließen. Also begann Bartholomäus, alles maßlos zu übertreiben:»Pass auf, Kleiner, der Chef ist ein Genie. Ich glaube, er ist aus einer anderen Welt. Er hypnotisiert alle. Er hat uns zu sich gerufen, damit wir die ganze Menschheit mit Träumen anstecken.«

Wenn er betrunken war, halluzinierte Bartholomäus Ungeheuer, und jetzt, da er nüchtern war, litt er unter Größenwahn. Aber unglücklicherweise gefiel Dimas, was er da hörte. Er und Bartholomäus sprachen dieselbe Sprache. Sie waren beide Outsider und sie verstanden sich. Mir wurde bewusst, dass auch ich nun ein Outsider war, aber ich war allein. Am Ende war ich schlechter dran als diese beiden Taugenichtse.

Da wir von den Ereignissen genauso verwirrt waren wie er, waren wir natürlich nicht in der Lage, Dimas zufriedenstellende Erklärungen zu liefern. Aber jemand, der sich in der Wüste verirrt hat, läuft voller Hoffnung der Fata Morgana einer Oase hinterher. So musste ich meinen Wunsch begraben, ihn wieder abzuschütteln. Das war die Geburtsstunde unseres Trupps schräger Vögel.

Die mutigen kleinen Schwalben

Kurz darauf stießen wir auf einen Zeitungskiosk und stellten fest, dass unser Konterfei auf dem Titelblatt einer großen Tageszeitung prangte. Die Schlagzeile lautete: *Ein Trupp schräger Vögel versetzt die Innenstadt in Aufruhr*. In der Bildmitte war der Meister zu sehen, und Bartholomäus und ich standen neben ihm. Bestürzt kaufte ich die Zeitung mit den wenigen Münzen, die ich noch in der Tasche hatte.

Trotz der Gewissheit, dass mein Selbstmordversuch ziemlich Aufsehen erregt hatte, war ich guter Hoffnung gewesen, ihn vergessen und in die Diskretion meines Hochschullehrerdaseins zurückkehren zu können. Aber nun war ich Stadtgespräch. Der Artikel beschrieb, wie ich verzweifelt auf dem Dach des Alpha-Gebäudes stand und von einem Sonderling gerettet wurde, dessen Namen niemand kannte.

Ich war völlig niedergeschmettert. Dimas und Bartholomäus hatten ja, ganz im Gegensatz zu mir, nichts zu verlieren. Mein Image hatte ich immer äußerst sorgfältig gepflegt. Nun würden sich meine Gegner an der Universität in aller Öffentlichkeit über mich lustig machen! Die ewigen Spötter würden kein gutes Haar an mir lassen.

Was war ich doch für ein Esel! Ich hatte mich still und heimlich von der Bühne zurückziehen wollen und dabei aber auch wirklich alles falsch gemacht. Vor aller Augen hatte ich mich blamiert. Was für eine Publicity! Ich war so gekränkt, dass ich am liebsten sämtliche Exemplare der Zeitungsausgabe einkassiert und verbrannt hätte. Ich wollte protestieren, dass ohne meine Einwilligung ein Foto von mir veröffentlicht worden war. Ich wollte den Journalisten wegen Rufschädigung verklagen. Der Artikel war diffamierend, da er behauptete, ich hätte es auf öffentliche Aufmerksamkeit angelegt. Außerdem wurde der Psychiater mit der Äußerung zitiert, mein Retter sei ein Psychopath, der die öffentliche Ordnung gefährdete. Wie in einem auf den Kopf gestellten Hollywoodstreifen war mein Schutzengel also nicht etwa ein Held, sondern ein Bösewicht.

Der Meister, der sich mit seinen beiden anderen Schülern auf die Bank neben mir gesetzt hatte, beobachtete mich nur. Aus Achtung vor meinem Schmerz wartete er schweigend ab, doch die Wogen meiner Verzweiflung glätteten sich nicht. Stattdessen überschlugen sich meine Gedanken, während ich mir vorstellte, wie alle meine Kollegen und Studenten den Artikel lasen. Ich war Dekan der soziologischen Fakultät und hatte noch nie vor einem anderen Hochschullehrer oder gar einem Studenten den Kopf eingezogen. Ich schien unschlagbar und hasste beschränkte Gemüter, doch meine eigene Beschränkung war mir verborgen geblieben. Ich war ein Profi darin, mir Feinde zu machen, hatte aber keine Ahnung, wie man Freunde gewinnt.

»Was die jetzt wohl von mir denken? Ein Lebensmüder mit einem komischen Kauz als Schutzgeist! Und als ob das noch nicht reichen würde, tanzt er nach dem Drama auch noch fröhlich mitten auf der Straße herum! Die halten mich doch für völlig übergeschnappt und werden verbreiten, ich hätte über Durchgeknalltheit habilitiert.«

Ich hatte die kühnsten Träume meiner Rivalen Mario Vargas und Antonio Freitas und aller anderen erfüllt und ihnen gratis geliefert, was sie brauchten, um mein Image in den Schmutz zu ziehen. Völlig niedergeschlagen folgerte ich, dass meine Hochschulkarriere wohl beendet war. Ich würde nie mehr denselben ehrfürchtigen Respekt ernten, wenn ich gesellschaftskritische Gedanken äußerte, jemand anderem widersprach oder ihn gar korrigierte. Das Unbehagen an der Kultur hatte sich bis in die tiefsten Windungen meines Gehirns hineingefressen.

Ich begann, den Schreiberling zu hassen, der den Artikel verfasst hatte. Diese Leute sollten schon im Studium am eigenen Leibe erfahren, was es heißt, diffamiert zu werden, damit sie lernen, Fakten zu recherchieren, anstatt den guten Ruf ihrer Mitmenschen zu ruinieren.

Was für die Journaille ein gefundenes Fressen war, war für mich immerhin meine Geschichte, die mich ausmachte und die ich daher bewahrte, trotz aller Nöte und Schrecken. Und nun erlebte ich, wie wenige Minuten ein Leben verändern können. Wie sollte ich je in meine frühere Existenz zurückkehren? Für die anderen würde ich nie mehr der sein, der ich einmal war. Geblieben war mir nur noch das verrückte Projekt eines Sonderlings, für das ich jede intellektuelle, soziale und finanzielle Sicherheit fahren lassen musste. Und nicht nur das: Zu allem Überfluss scharte er auch noch Leute um sich, die ich nie toleriert hätte und mit denen ich eigentlich nichts zu tun haben wollte.

Ich hatte viele Jahre unter dem schützenden Dach der Alma Mater verbracht, und nun, da ich mich zum ersten Mal hinter all meinen Titeln hervorgetraut und als einfacher Sterblicher zu erkennen gegeben hatte, bekam ich Prügel. Ich war empört, doch plötzlich, während ich noch im Sumpf meiner Verzweiflung feststeckte, hatte ich eine weitere Eingebung.

Aus dem Augenwinkel konnte ich den Meister sehen, und mir fiel wie Schuppen von den Augen, dass das Komma, das er mir verkauft hatte, damit ich meine Geschichte weiterschreiben würde, in hervorragender Weise seinen Dienst tat. Es erlaubte mir nämlich, meine tiefe Frustration, so unangenehm sie auch war, zu empfinden und gerade dadurch meine Lebendigkeit unter Beweis zu stellen. Empfindungen haben nur die Lebenden; die Toten fühlen nichts. Um ein Haar wäre ich am Fuß des Alpha-Gebäudes auf dem Trottoir zerschellt. Ich sollte also das Leben feiern! Doch auch wenn meine unterbewussten Konflikte abgeschwächt worden waren, bestimmten sie mich immer noch. Zwar wünschte ich mir ein einfaches, ruhiges Leben, in dem ich keine Fassade mehr aufrechterhalten musste, aber Angst und Sorge hatten mich weiterhin fest im Griff.

Sogar die schlimmsten Erlebnisse führen nicht automatisch dazu, dass man seinen Panzer ablegt. Ich musste an den Vater eines Kollegen denken, der sechs Monate lang Opfer einer Entführung gewesen war. Er war ein arroganter, streitsüchtiger alter Herr voller Vorurteile gewesen, und als er wieder freikam, erwarteten alle, dass diese schreckliche Erfahrung ihn verändert hätte. Doch statt eines sanften, großzügigen und selbstlosen Menschen begegnete uns jemand, der noch unerträglicher geworden war.

Meine Herrschsucht war immer unter dem Mantel meiner hohen Bildung verborgen geblieben. Sie war auch nicht vom Sturm weggefegt worden, der mich auf das Hochhausdach getrieben hatte. Traurig stellte ich fest, dass selbst das Handeln mit Träumen ein egozentrisches Subjekt wie mich nicht so leicht verändern würde. Ich wäre zwar hoch gebildet, emotional aber völlig unterentwickelt.

Nicht der Schmerz an sich bessert uns, wie wir seit Tausenden von Jahren glauben, sondern der intelligente Umgang mit ihm. Wenn ich meinen Schmerz nicht nutzte, um zu lernen, würde ich nicht gesunden. Ich wäre zwar hoch gebildet, emotional aber völlig unterentwickelt.

Während ich noch darüber nachdachte, kam mir die Gegenwart des Meisters wieder zu Bewusstsein. Er schien in den Strudel meiner Gedanken hineingezogen worden zu sein, und sein Gesicht verriet Sorge. Im Versuch, die Wogen meiner Gefühle zu glätten, sagte er:»Fürchten Sie nicht, was andere sagen. Fürchten Sie Ihre eigenen Gedanken, denn nur sie können Ihre Seele zerstören.«

Ich wurde nachdenklich, und er fuhr fort:»Jemand kann Ihnen gegen Ihren Willen das Fell über die Ohren ziehen, aber er wird niemals in Ihre Seele vordringen, wenn Sie es nicht erlauben. Lassen Sie es nicht zu, dass Ihnen die Seele geraubt wird! Jeder ist, wie er ist.« Dann forderte er mich noch stärker heraus, als ich es mir je hätte vorstellen können:»Der Preis, ein Traumhändler zu sein, ist hoch, aber Sie sind nicht verpflichtet, ihn zu zahlen. Sie haben die Freiheit, zu gehen.«

Ich war in einer Zwickmühle. Einerseits konnte ich auf der Stelle kehrtmachen und gehen, wohin ich wollte. Andererseits: Wollte ich jetzt etwa kapitulieren? Ich hatte immer hartnäckig für meine Ziele gekämpft. Da kam mir eine soziologische Studie über das Verhältnis zwischen Jesus und seinen Jüngern in den Sinn, die ich irgendwann einmal gelesen hatte, und ich begann, psychische und soziale Wahrheiten zu verstehen, über die ich noch nie nachgedacht hatte.

Welch unvorstellbare Wirkung hatten Jesu Worte und Taten entfaltet, dass sie junge Menschen – einige sogar Familienväter und Geschäftsleute – dazu bringen konnten, alles stehen und liegen zu lassen und sich ihm anzuschließen! Sie mussten ja verrückt geworden sein, einem Unbekannten ohne Macht und Einfluss blind zu folgen! Sie ließen ihre Familie, ihre Freunde, ihre Angelegenheiten zurück, obwohl er ihnen weder Geld noch Macht noch andere Annehmlichkeiten versprochen hatte. Was für ein Risiko! Wie groß wohl die inneren

Kämpfe waren, die sie ausgefochten hatten! Alles hatten sie aufgegeben, und am Ende verloren sie auch den Mann, der sie das Lieben gelehrt hatte. Er starb keinen Heldentod, sondern ergeben am Kreuz. Liebend und verzeihend tat er den letzten Atemzug. Nach seinem Tod hätten sich seine Anhänger in alle Winde zerstreuen können, doch sie wurden von einer rätselhaften Kraft erfüllt. Gestärkt gingen sie aus dem Chaos hervor und verbreiteten die Botschaft, die sie gehört hatten, in aller Welt.

Geschenkt haben sie der Menschheit alles, was sie hatten, ihre Tränen, ihre Gesundheit, ihre Zeit. Sie haben Unbekannte geliebt und sich für sie aufgeopfert. Auf der Botschaft dieser jungen Männer, die keinerlei klassische Bildung besaßen, wurden zuerst die Gesellschaft Europas und später große Teile der Gesellschaften Amerikas, Afrikas und Asiens errichtet. Sie ist die Grundlage der Menschenrechte und unserer sozialen Werte.

Doch im Laufe der Jahrhunderte wurde ihre Botschaft selbstverständlich, und in den Kirchen machte sich der Konformismus breit. Heutzutage begehen dort Millionen von Menschen Geburt, Wirken, Tod und Auferstehung Christi, ohne sich eine Vorstellung davon zu machen, wie es ist, umherzuziehen und unter freiem Himmel zu nächtigen, für verrückt erklärt zu werden, gesellschaftlich im Abseits zu stehen. Den Druck, unter dem die Jünger standen, als sie dem geheimnisvollen Propheten folgten, können sie nicht mehr nachfühlen.

Ich dachte an ihre unbequemen Strohlager, ihre verzweifelten Versuche, Eltern und Freunden in Galiläa das Unerklärliche zu erklären. Wie hätten sie erzählen sollen, dass ihre Liebe einem Mann galt! Sie wären gesteinigt worden. Sie konnten nicht darauf verweisen, Teil eines großen Projekts zu sein, denn dieses Projekt war nicht fassbar. Sie konnten nicht sagen, dass sie einem mächtigen Mann, dem Messias, folgten, denn dieser wollte anonym bleiben. Was für ein Mut, seinem Ruf zu folgen!

Es war Bartholomäus, der meine Gedanken unterbrach und mich wieder in die Wirklichkeit zurückholte. Ich weiß nicht, ob er mich lobte oder beleidigte:»Hey, Super-Ego, wenn du ein Schwächling bist und abhaust, dann müssen wir das respektieren. Aber du bist wichtig für's Team.«

Ich atmete tief durch und dachte an den Mann, der meinen Selbstmord verhindert und mich dazu gebracht hatte, unter einer Brücke zu schlafen. Er war nicht Jesus, kein Messias und kein Wundertäter; er versprach weder das Himmelreich noch irdische Reichtümer; er hatte weder Auto noch Krankenversicherung, er war blank. Aber er hatte Charisma, denn er lebte die Kunst der Solidarität und träumte davon, die Menschen aus ihrer Egozentrik zu befreien und dem System die Stirn zu bieten.

Ich fragte mich aber auch, ob es nicht ungefährlicher wäre, das gesellschaftliche Irrenhaus in Ruhe zu lassen. Sollten die Leute doch Individualismus und Oberflächlichkeit frönen und sich in der bunten Warenwelt verlieren, anstatt über das Geheimnis der Existenz nachzudenken! Wir waren doch viel zu klein, um gegen das mächtige System anzukämpfen. Womöglich würden wir noch im Gefängnis landen; auf jeden Fall würden wir weiter verleumdet und verhöhnt werden.

Während sich mein Gedankenkarussell immer schneller drehte, bewies der Meister eine Engelsgeduld. Nachdem er lange geschwiegen hatte, begegnete er meinen Ängsten mit einem einfachen, fast naiven Gleichnis:»In einem großen Waldgebiet gab es einmal eine Sintflut. Das Weinen der Wolken, das Leben spenden sollte, brachte diesmal den Tod. Auf der Flucht vor dem Ertrinken ließen die großen Tiere sogar ihre Jungen zurück und zertraten alles, was ihnen in die Quere kam. Die kleineren Tiere liefen ihnen hinterher. Plötzlich kam ihnen eine kleine, völlig durchnässte Schwalbe entgegen. Sie war auf der Suche nach jemandem, den sie retten könnte. Die Hyänen schauten auf und riefen ihr erstaunt zu: ›Du bist verrückt! Was willst du denn schon tun, so klein und schwach, wie du bist?!‹ Die Geier krächzten: ›Traumtänzerin!‹ Wo immer die kleine Schwalbe vorbeikam, machten sich die Tiere über sie lustig. Sie jedoch suchte eifrig nach jemandem, den sie retten könnte. Ihr Flügelschlag war schon sehr müde, als sie ein Kolibriküken sah, das verzweifelt gegen das Wasser kämpfte und schon aufgeben wollte. Obwohl sie nie tauchen gelernt hatte, stürzte sie sich ins Wasser und packte das winzige Vögelchen mit letzter Kraft am linken Flügel. Dann flog sie zurück, das Kolibriküken im Schnabel. Auf dem Rückweg traf sie wieder auf Hyänen, die ihr nachriefen: ›Du spinnst! Willst wohl die Heldin spielen!‹ Aber die Schwalbe flog weiter und ruhte sich erst aus, als sie den kleinen Kolibri völlig ermattet an einem sicheren Ort abgesetzt hatte. Später traf sie dieselben Hyänen unter einem schattigen Baum wieder. Sie schaute sie an und sagte schließlich: ›Ich habe meine Flügel nur verdient, wenn ich sie nutze, um andere zum Fliegen zu bringen.‹«

Nachdem er tief Atem geholt hatte, fuhr der Traumhändler fort: »In der Gesellschaft gibt es viele Hyänen und Geier. Erwartet nicht zu viel von den großen Tieren. Etwas Besseres als Unverständnis, Ablehnung, Verleumdung und ein krankhaftes Machtbedürfnis werdet ihr bei ihnen nicht finden. Ich rufe euch nicht auf, mir zu folgen, damit ihr große Helden werdet und eure Taten in die Annalen der Geschichte eingehen, sondern auf dass ihr wie kleine Schwalben anonym über die Gesellschaft hinwegsegelt, Unbekannte liebt und für sie tut, was euch möglich ist. Seid eurer Flügel würdig. Die großen Bedeutungen werden in der Bedeutungslosigkeit geschaffen und die großen Taten in der Unscheinbarkeit getan.«

Das Gleichnis hatte mich tief bewegt und gleichzeitig auch verletzt. Ich musste zugeben, dass ich mich in vielen Augenblicken meines Lebens wie eine Hyäne oder ein Geier verhalten hatte. Jetzt musste ich lernen, wie eine unbedeutende, aber mutige Schwalbe zu sein.

Inseln geistiger Klarheit

im Irrenhaus der Gesellschaft

Die sogenannten »Normalbürger« stehen immer auf dieselbe Weise auf, beklagen sich immer auf dieselbe Weise, ärgern sich immer auf dieselbe Weise. Sie fluchen immer mit denselben Worten, begrüßen ihre Liebsten immer gleich, geben immer dieselben Antworten auf dieselben Fragen. Sie zeigen immer dasselbe Temperament, ob zu Hause oder bei der Arbeit, und dieselben Reaktionen auf immer gleiche Umstände. Sie beschenken sich immer zu denselben Anlässen. Sie leben in einer aufreibenden und vorhersehbaren Routine, die Unzufriedenheit, Bedrückung, Leere und Überdruss gebiert.

Das System hat die Fantasie der Menschen ausgehöhlt und ihre Kreativität zersetzt. Nur selten staunen sie, nur selten beschenken sie sich ohne offensichtlichen Anlass, nur selten reagieren sie in spannungsgeladenen Situationen anders als erwartet. Nur selten befreien sie ihren Geist, um gesellschaftliche Phänomene aus neuen Perspektiven zu betrachten. Sie sind gefangen und wissen es nicht.

»Normale« Eltern werden von ihren Kindern unterbrochen, wenn sie sie zurechtweisen oder ihnen einen Rat geben. Die Kinder können die immer gleichen Argumente nicht mehr ertragen und sagen:»Das weiß ich doch schon …« Und sie wissen es wirklich. Die »Normalbürger« können nicht bezaubern. Sie sind nicht in der Lage, von ihren Erfahrungen zu erzählen und damit die Gedanken ihrer Zuhörer anzuregen.

Für meine Studenten war ich immer sehr vorhersehbar gewesen, aber das verstand ich erst an der Seite des Traumhändlers. Ich unterrichtete immer im gleichen Tonfall, kritisierte und tadelte immer auf dieselbe Weise. Ich veränderte zwar Verben und Substantive, aber nicht Form und Inhalt. Die Studenten hatten die Nase voll von einem Dozenten, der eher einer ägyptischen Mumie glich als einem vielseitigen menschlichen Wesen. Sie ertrugen es nicht mehr, zu hören, dass sie im Leben unterliegen würden, wenn sie sich nicht anstrengten. Der Traumhändler dagegen verkaufte ununterbrochen den Traum der Verzauberung. Wie schafft es ein äußerlich derart unattraktiver Mensch, so zu fesseln? Wie gelingt es jemandem ohne pädagogische Bildung, unsere Fantasie zum Sprudeln zu bringen? Ihn zu begleiten war eine ständige Aufforderung zu erfinderischem Denken. Wir segelten ohne vorgegebenen Kurs, und er betrachtete die gewöhnlichsten Situationen aus völlig neuen Perspektiven. Wir wussten die Antwort nicht schon im Voraus. Aber er wusste im Grunde sehr gut, was und wohin er wollte: Er schulte uns darin, unvorstellbare Freiheit zu erlangen. Jeder Tag hielt vielerlei Überraschungen bereit, von denen einige überaus angenehm, andere dagegen absolut verwirrend waren.

Am nächsten Morgen erhob sich der Meister, nachdem er eine Weile schweigend über seine Sorgen sinniert hatte, sog mehrmals die abgasverpestete Luft der Großstadt in sich ein und dankte Gott auf ungewöhnliche Weise: »Gott, Du bist in jedem Winkel der Zeit, unendlich fern und unendlich nah, und ich weiß, dass Deine Augen mich sehen. Erlaube mir, zu verstehen, was Du fühlst. Hab Dank für eine weitere Aufführung in dieser überraschenden Existenz.«

Honigschnauze wurde hellwach und rief begeistert: »Was für eine Aufführung sehen wir uns denn an, Chef?«

Der Traumhändler reagierte erstaunt: »Aufführung? Jeder Tag ist eine Aufführung, jeder Tag ist eine Sensation. Nur der, den die Langeweile niedergestreckt hat, bemerkt das nicht. Drama und Komödie finden in unserem Kopf statt. Man muss sie nur wecken.«

Bartholomäus benötigte den Alkoholrausch, um sich von seiner existenziellen Angst und seiner Langeweile zu befreien. Nun entdeckten sowohl er als auch Dimas und ich eine andere Welt, eine andere Bühne. Der Meister brach auf, und wir folgten ihm. Die Straße stieg an und führte an drei Häuserblocks vorbei. Wir bogen in die vierte Seitenstraße rechts ein, passierten vier weitere Häuserblocks und nahmen dann die nächste Seitenstraße nach links. Bartholomäus, Dimas und ich schauten uns fragend an. Wohin sollte es gehen?

Nach etwa vierzig Minuten Fußmarsch fragte Dimas, den die Worte des Meisters noch nicht sprachlos gemacht hatten: »Wohin gehen wir?«

Der Meister hielt inne, schaute ihm in die Augen und sagte: »Traumhändler sind wie der Wind: Man hört ihre Stimme, weiß aber nicht, woher sie kommen oder wohin sie gehen. Wichtig ist nicht das Ziel, sondern der Weg.«

Dimas verstand so gut wie nichts, wurde aber nachdenklich und begann, seinen verkümmerten Geist zu üben. Wir setzten unseren Weg fort. Nach weiteren fünfzehn Minuten hielt der Meister kurz an. Vor uns war ein Menschenauflauf zu sehen. Nach kurzem Zögern ging er direkt darauf zu. Wir verlangsamten unsere Schritte, sodass sich zwischen ihm und uns ein Abstand von etwa sechs Metern ergab. Dimas sah mich an und sagte besorgt: »Das sieht aber gar nicht gut aus. Wir sollten uns fernhalten.«

Ich pflichtete ihm bei: »Du hast recht. Ich glaube, der Meister weiß nicht, was er da tut.«

Wie sich herausstellte, waren die Leute zu einer Trauerfeier zusammengekommen, bei der Unbekannte natürlich nicht erwünscht sind und um die sie normalerweise auch einen Bogen machen. Honigschnauze, respektlos, wie er war, wollte aber nicht klein beigeben und provozierte mich:»Super-Ego, komm runter von deiner Wolke! Wir gehen da jetzt rein.«

Ich hatte nicht übel Lust, ihm eine runterzuhauen. Ob er sich beim Meister einschmeicheln wollte oder ob er ihm wirklich mit ganzem Herzen folgte – ich weiß es nicht. Aber da wir der Trauergemeinde schon sehr nah gekommen waren und daher Respekt zeigen mussten, hielt ich meinen Zorn zurück. Die Atmosphäre war schmerzerfüllt. Die Anwesenden beweinten einen Mann, der an einem rasch wuchernden Krebs gestorben war und einen zwölfjährigen Sohn hinterlassen hatte.

Der Ort, an dem der Tote aufgebahrt war, wirkte pompös: umgeben von marmorverzierten Bogen und hell erleuchtet von riesigen Kronleuchtern. Ein wunderschöner Raum für so viel Trauer! Aus Angst davor, an diesem Ort der Stille aufzufallen, wurden wir noch langsamer, sodass sich der Meister schließlich etwa zwölf Meter vor uns befand. Er wandte sich um, bemerkte unsere Anspannung, ging auf seine verunsicherten Schüler zu und fragte:»Welcher ist der nüchternste Ort im großen Irrenhaus unserer Gesellschaft? Sind es die Gerichtssäle? Oder die Zeitungsredaktionen? Etwa die Rednertribünen der Politiker? Oder die Universitäten?«

Ich versuchte noch, Honigschnauze das lose Mundwerk zu stopfen, aber zu spät:»Die Kneipen, Chef!«

Immerhin ruderte er sofort zurück:»War bloß ein Witz!«

Da wir auf seine Frage keine Antwort wussten, führte der Traumhändler nun aus:»Hier ist der nüchternste Ort! Auf Trauerfeiern sehen wir endlich klar. Wir legen Waffen und

Schminke ab und entledigen uns unserer Eitelkeiten. Hier sind wir wirklich, was wir sind. Wer hier nicht er selbst sein kann, ist noch kränker, als er es sich je vorstellen könnte. Für den kleinen Kreis derer, die dem Verstorbenen sehr nahestanden, ist die Friedhofskapelle ein Ort der Verzweiflung. Für die große Gruppe der übrigen Gäste ist sie ein Ort der Reflexion. Und für alle ist die Wahrheit grausam: In der Stille des Grabes sind wir keine Doktoren, Intellektuelle, politische Führer oder Stars mehr, sondern einfache Sterbliche.«

Mir kam bei diesen Worten der Gedanke, dass wir auf Trauerfeiern erkennen: Wir sind keine Götter, sondern einfache Menschen. Es sind solche Gelegenheiten, bei denen wir unserem Irrsinn und unserer Feigheit ins Auge sehen. Trauerfeiern sind für die sogenannten »normalen Menschen« eine Art Gruppentherapie.

Hier sagten einige: »Der Arme! Er ist so früh gestorben!« Sie gehörten zu jenen, die sich mit dem Toten identifizieren konnten und sich fragten, ob ihnen das Leben wohl günstiger gesinnt sei. Andere sagten: »Das Leben ist voller Risiko. Und am Ende sterben wir alle.« Das waren jene, denen klar wurde, wie dringend sie entspannen und insgesamt langsamer machen sollten. Wieder andere bemerkten: »Er hat doch so hart gekämpft, und jetzt, da er endlich die Früchte seiner Arbeit genießen wollte, ist er gestorben!« Sie stellten fest, dass das Leben vorüberzieht wie der Schatten einer Wolke, derweil sie ihre Gesundheit für die Anhäufung eines Vermögens ruinierten, das am Ende nur ihre Erben genießen würden, und ebendeshalb müssten sie ihren ungesunden Lebensstil ändern.

Auf Beerdigungen kaufen die Leute verzweifelt Träume, die von der Dampfwalze des Systems jedoch binnen weniger Stunden oder Tage wieder plattgemacht werden, sodass alles wieder in den »Normalzustand« zurückkehrt. Die meisten verstehen nicht, dass Träume nur dann andauern, wenn sie mit feinem Faden in die geheimen Winkel des Geistes eingewebt werden. Ich zum Beispiel war im Sumpf des »Immerweiter-wie-Bisher« steckengeblieben. Dabei war das Elend der anderen für mich wie ein Film oder eine Fiktion, die zwar versuchte, in meiner Psyche Wurzeln zu schlagen, jedoch nicht auf fruchtbaren Boden traf.

»Erwartet keine Blumen dort, wo kein Same vergangen ist. Sorgt euch nicht, und lasst uns zu den Trauernden stoßen!«, sagte der Meister und lächelte.

Er hatte nichts weiter dazu zu sagen, aber das Brodeln in unserem Innern war durch diese Worte nicht weniger geworden. Der Tod ist verstörend, doch das Leben auch. Ersterer lässt den menschlichen Atem verlöschen, Letzteres kann ihn ersticken. Was wollte der Meister in einer Situation sagen, in der es keine richtigen Worte gibt? In der alles Reden ins Leere läuft? Was wollte er sagen an einem Ort, an dem die Leute nicht zuhören, sondern angesichts des schmerzlichen Verlusts nur den bitteren Kelch ihres Leids an die Lippen setzen wollen? Welche Worte würden sie da schon erleichtern – und dann auch noch aus dem Munde eines Fremden?

Wir wussten, dass der Meister sich nicht wie ein weiterer Trauergast verhalten würde. Das war das Problem. Wir wussten, dass er nicht schweigen würde. Und das war erst recht ein Problem, und zwar ein großes …

Eine feierliche Ehrung

Ich selbst hatte ein solches Drama durchlitten, als ich meine Mutter verlor. Keine Beileidsbekundung hatte mich trösten können, erst recht nicht die billigen Ratschläge. Jedes Wort des Zuspruchs war an den Stahlplatten um mein Herz abgeprallt. Ich hätte schweigende Umarmungen oder ein paar gemeinsam vergossene Tränen vorgezogen.

Der Meister bahnte sich seinen Weg durch die Menge, und wir folgten ihm. Je näher wir dem Sarg kamen, desto schmerzerfüllter waren die Gesichter der Umstehenden. Schließlich sahen wir den aufgebahrten Verstorbenen: ein etwa vierzigjähriger Mann mit schwarzem, schütterem Haar und hageren, gezeichneten Gesichtszügen.

Die Witwe am Sarg schien untröstlich. Auch den nahen Verwandten und Freunden liefen Tränen über das Gesicht. Der Sohn des Verstorbenen war völlig aufgelöst. Ich sah mich selbst in ihm, sodass sein Schmerz mir viel näherging als meinen Gefährten. Sein junges Leben hatte noch kaum richtig begonnen und war gleich von einem solchen Verlust getroffen worden! Auch ich hatte mein Leben noch gar nicht verstanden, als mein Vater dem seinen ein Ende setzte und meine Mutter kurz darauf ebenfalls verstarb. Mein Tischgenosse war die Einsamkeit gewesen, und die Nächte hatte ich in meiner eigenen, verschlossenen Welt verbracht, voller Fragen, die nie beantwortet wurden. Damals dachte ich, ich wäre Gott einfach egal. Als Jugendlicher empfand ich Ihm gegenüber nichts als Bitterkeit.

Und als ich schließlich erwachsen war, war Er zu einer Fata Morgana und ich zum Atheisten und hoffnungslosen Pessimisten geworden. Als ich die innere Leere dieses Jungen spürte, konnte ich die Tränen nicht zurückhalten.

Auch der Meister sah seine Verzweiflung, umarmte ihn und fragte nach seinem Namen und dem seines Vaters. Dann blickte er auf die Trauernden und richtete zu unserem Erschrecken einen Satz an sie, der ihnen den Boden unter den Füßen wegzog und geeignet war, einen Tumult auszulösen.

»Warum seid ihr so verzweifelt? Marco Aurélio ist nicht tot!«

Bartholomäus, Dimas und ich gingen sofort auf Abstand zum Meister. Wir wollten lieber nicht als seine Schüler erkannt werden.

Die Trauergäste reagierten unterschiedlich auf den gewagten Vorstoß des Meisters. Einige wechselten von den Tränen zu verhaltenem Spott und lachten den Verrückten hinter vorgehaltener Hand aus. Andere reagierten aber auch neugierig. Sie dachten, der Meister wäre ein exzentrischer spiritueller Führer, der die Totenrede halten sollte. Und es gab jene, die den Auftritt des Meisters bei ihrer privaten Feier als Respektlosigkeit empfanden und darüber so wütend waren, dass sie ihn am liebsten vertrieben hätten. Einige packten ihn sogar am Arm und wollten ihn wegziehen, um den Skandal so schnell wie möglich zu beenden.

Doch der Meister ließ sich nicht beirren und fuhr mit lauter und fester Stimme fort:»Ich bitte euch nicht darum, euren Schmerz zu unterdrücken, sondern eure Verzweiflung aufzugeben. Ich erwarte nicht, dass ihr eure Tränen zurückhaltet, sondern dass ihr eure Hoffnungslosigkeit fahren lasst. Die Sehnsucht nach dem Verstorbenen kann nicht gestillt werden, doch das Verzagen ehrt ihn nicht.«

Diejenigen, die den Meister gepackt hatten, ließen ihn los, da sie merkten, dass der Mann mit der merkwürdigen Kleidung und dem langen Bart zwar exzentrisch sein mochte, aber offensichtlich intelligent war. Antonio, der Sohn des Verstorbenen, und Sofia, die Witwe, starrten ihn an.

Mit einer Ruhe, die etwas Geheimnisvolles an sich hatte, fügte der Meister hinzu: »Wie jeder Mensch hat Marco Aurélio in seinem Leben Fantastisches erlebt; er hat sich begeistern lassen, hat geliebt, hat geweint, hat gewonnen und verloren. Ihr seid traurig über seine Abwesenheit und fühlt euch innerlich leer, weil ihr ihn am einzigen Ort sterben lasst, an dem er lebendig bleiben muss, nämlich in eurem Inneren.«

Nun, da seine Zuhörer etwas nachdenklicher gestimmt waren, bediente er sich wieder der sokratischen Methode: »Welche Narben hat Marco Aurélio in euch hinterlassen? In welche Richtungen hat er euren Schritt gelenkt? Welche seiner Reaktionen haben euren Blick auf das Leben verändert? Welche seiner Worte und Taten haben euren Geist beflügelt? Wo spricht er immer noch zu euch?«

Nachdem er diese Fragen aneinandergereiht hatte, schockierte der Traumhändler alle mit seiner Klarheit. Auch wir, die wir ihm folgten, schämten uns unseres Mangels an Weisheit und Sensibilität. Er formulierte um, womit er seine Zuhörer bereits zu Beginn seiner Rede aufgerüttelt hatte: »Ist dieser Mann in eurem Inneren tot oder lebendig?«

Einmütig schallte ihm entgegen, der Verstorbene lebe in den Herzen seiner Lieben weiter. Nun erzählte er eine Geschichte, die die Leute aus ihrer Verzweiflung holte und besänftigte: »Kurz bevor Jesus getötet wurde, übergoss eine Frau namens Maria, die ihn liebte, seine Füße mit dem teuersten aller Parfümöle. Sie hatte alles dafür gegeben, was sie hatte. Mit dieser Geste wollte sie ihn für all das ehren, was er getan und durchlebt hatte. Während Jesus gerührt ihre Großzügigkeit lobte, tadelten die Jünger ihre Verschwendung eines derart wertvollen Parfüms, da doch das Geld, das sie dafür ausgegeben hatte, für Wichtigeres hätte verwendet werden können. Jesus jedoch widersprach ihnen. Sein Tod sei nahe, und wo immer später seine Botschaft Verbreitung fände, würde auch ihre ehrende Geste stets erinnert werden.«

Konzentriert folgten die Trauergäste diesen Worten. Diejenigen, die weiter weg standen, drängten sich an ihre Vorderleute, um den Meister besser hören zu können. Dieser beschloss seine Rede mit den Worten:»So hat uns Jesus gelehrt, dass eine Trauerfeier zwar tränenreich sein kann, aber vor allem mit Ehrbezeugungen und Erinnerungen gefüllt sein muss. Trauer muss duften und denjenigen ehren, der von uns gegangen ist. Seine Taten und Worte müssen erzählt werden. Über jeden Menschen kann man etwas Lobendes sagen. Bitte erzählen Sie von den Taten dieses Mannes! Erklären Sie, welche Bedeutung sie für Ihr Leben haben. Sein Schweigen soll unsere Stimmen in die Lüfte erheben.«

Zunächst schauten sich die Leute reglos an. Was dann geschah, war unglaublich. Viele begannen, von einzigartigen Momenten zu berichten, die sie mit dem Verstorbenen erlebt hatten. Sie sprachen vom Erbe, das er hinterlassen hatte. Einige kommentierten seine Freundlichkeit, andere seine Herzenswärme. Wieder andere sprachen von seiner Güte und Kameradschaft oder betonten seine Treue. Die nächsten lobten seine Fähigkeit, mit Niederlagen umzugehen. Jemand erzählte, er sei ein großer Naturliebhaber gewesen. Die Sorgloseren erinnerten an seine Schrullen, und ein Freund sagte:»Ich habe noch nie jemanden gesehen, der so hartnäckig und stur war.« Die Leute lächelten in einer Situation, in der sich dies eigentlich verbietet, sogar Antonio und die Witwe, die besser als alle anderen wussten, wie verbohrt er manchmal gewesen war. Und der Freund fügte hinzu:»Aber er hat mich gelehrt, dass wir das, was wir lieben, niemals aufgeben dürfen.« Es waren unglaubliche zwanzig Minuten, erfüllt von tief empfundenen Erinnerungen. Den Leuten fehlten die Worte für die faszinierende emotionale Erfahrung, die die Beziehung zu Marco Aurélio für sie gewesen war. Er war lebendig, zumindest in den Herzen derer, die ihn betrauerten. Da schaute der Meister uns, seine Schüler, an, und sagte scherzhaft, obwohl er es vielleicht auch ernst meinte:»Und wenn ich sterbe, dann verzweifelt nicht! Sprecht von meinen Träumen, meinen unbändigen Sehnsüchten.«

Einige Leute lachten über diesen fremden, aber unterhaltsamen Mann, der sie aus dem Tal der Verzweiflung befreit und auf den Gipfel der Gelassenheit geführt hatte. Unglaublicherweise lächelte sogar der junge Antonio. In dieser vor Ehrbezeugungen duftenden Atmosphäre verkaufte der Meister dem Jungen, der seinen Vater verloren hatte, noch einen weiteren Traum. Seine ungeheure Wirkung auf die Trauergemeinde war wirklich ein soziologisches Phänomen, das zu erleben ich mir nie erträumt hätte.

»Antonio, sieh, was für ein brillanter Mensch dein Vater war, trotz seiner Fehler. Halte deine Tränen nicht zurück und weine, sooft du willst, aber verliere nicht die Hoffnung. Im Gegenteil, ehre ihn, indem du gereift weiterlebst. Ehre ihn, indem du deinen Ängsten begegnest. Ehre ihn durch Großzügigkeit, Kreativität, Herzlichkeit, Ehrlichkeit. Lebe weise. Ich glaube, wenn dein Vater jetzt meine Stimme nutzen könnte, um dir etwas zu sagen, dann würde er dich zum Leben ermutigen und laut rufen: ›Mein Sohn, schreite voran! Hab keine Angst vor dem Weg, sondern davor, ihn nicht zu gehen!‹«

Antonio war zutiefst erleichtert. Diese Worte waren genau das, was er brauchte. Er würde noch viel weinen, die Sehnsucht würde unbarmherzig sein Herz umklammern, aber er würde in seinem Leben hinter Einsamkeit und Angst Kommas statt Punkte setzen können. Sein Leben würde neue Formen annehmen.

Der Traumhändler machte sich daran, aufzubrechen, nicht jedoch ohne seine Zuhörer mit abschließenden Fragen sprachlos zu machen, denselben, mit denen er mich auf dem Dach des Alpha-Gebäudes getroffen hatte: »Sind wir etwa nichts als lebende Atome, die zerfallen, um nie wieder das zu sein, was sie waren? Was bedeutet es, zu existieren oder nicht zu existieren? Welcher Sterbliche weiß das schon? Wer hat die Innereien des Todes seziert, um seine Essenz freizulegen? Ist der Tod Ende oder Anfang?«

Euphorisch bedrängten mich die Leute und fragten: »Wer ist das? Woher kommt dieser Mann?« Was sollte ich antworten? Ich wusste es ja auch nicht. Daraufhin richteten sie die Frage leider an Bartholomäus, der es bekannterweise liebte, Reden zu schwingen über Dinge, von denen er keine Ahnung hatte. Mit stolzgeschwellter Brust antwortete er: »Wer mein Chef ist? Er ist aus einer anderen Welt. Sollten Sie etwas benötigen – ich bin sein Berater für internationale Angelegenheiten.« Dimas, unser Neuzugang, war völlig frappiert von dem, was er gehört hatte, und antwortete ehrlich: »Ich weiß nicht, wer er ist. Ich weiß nur, dass er zwar rumläuft wie ein Landstreicher, aber massenhaft Kohle zu haben scheint.«

Sofia, die Mutter von Antonio, war genauso wie ich für die Worte des Meisters zutiefst dankbar und platzte vor Neugier. Als sie sah, wie er nun ohne Weiteres einfach gehen wollte, fragte sie ihn: »Wer sind Sie? Welche Religion verkünden Sie? Wo werden Ihnen diese Lehren zuteil?«

Er blickte sie an und antwortete seelenruhig:»Ich bin nicht religiös und weder Theologe noch Philosoph. Ich bin ein Wanderer, der zu verstehen versucht, wer er ist. Ich bin ein Wanderer, der an Gott einmal zweifelte, aber nach der Durchquerung einer großen Wüste entdeckt hat, dass ER der Schöpfer der Existenz ist.«

Diese Aussagen brachten mich wieder zum Grübeln. Ich wusste nicht, dass der Meister Atheist gewesen war wie ich auch. Aber irgendetwas hatte ihn dazu veranlasst, seine Gesinnung zu ändern. Seine Beziehung zu Gott verwirrte mich – sie war weder religiös noch traditionell noch auf Selbstmitleid gegründet, sondern wurzelte in einer unverständlichen Freundschaft. Wer war er also? Welche Wüste hatte er durchquert? Hatte er etwa mehr Tränen vergossen als die Mitglieder dieser Trauergemeinde? Wo hatte er gelebt, wo war er geboren? Bevor weitere Fragen aus den Tiefen meines Geistes hervorsprudelten, entfernte er sich langsam.

Sofia streckte ihm die Hände entgegen und dankte ihm wortlos. Antonio konnte sich nicht zurückhalten, umarmte ihn zur Rührung aller und fragte:»Wo kann ich dich wiederfinden? Wo wohnst du?«

Der Meister antwortete:»Mein Haus ist die Welt. Du kannst mich auf irgendeiner der Straßen des Lebens wiederfinden.«

Dann ging er und ließ seine Zuhörer mit offenem Mund stehen. Ich und meine beiden Freunde waren angesichts seiner Antworten ebenfalls sprachlos. Er hatte uns völlig gefangen genommen und unsere Ungewissheiten zum Schweigen gebracht, zumindest für den Augenblick. Allmählich glaubten wir daran, dass es sich lohnte, ihm zu folgen, ohne jedoch die Stürme zu kennen, die noch über uns hereinbrechen würden.

Langsam durchquerten wir die Menge. Die Leute wollten ihn kennenlernen, mit ihm sprechen, einige Kapitel aus ihrem

Leben offenlegen, aber er ging an ihnen vorbei wie ein gewöhnlicher Passant. Er mochte es nicht, gepriesen zu werden. Wir dagegen begannen uns wichtig zu fühlen. Dimas und Bartholomäus, die immer am Rande der Gesellschaft gelebt hatten, plusterten sich auf, befallen von einem Virus, das ich sehr gut kannte.

Ein selbstverliebter Wunderheiler

Der Tag wäre perfekt gewesen, wenn uns nicht noch eine weitere Überraschung erwartet hätte. Die Halle, in der die Trauerfeier für Marco Aurélio stattfand, war in große Räume unterteilt, sodass dort gleichzeitig mehrere Trauerfeiern abgehalten werden konnten. So trafen wir dann auf eine weitere Gruppe, die den Tod einer fünfundsiebzig Jahre alten Dame beklagte.

Der Meister setzte nun seinen Weg nicht etwa weiter fort, sondern nahm einen Unbekannten in den Blick, der soeben an ihm vorbeigegangen war. Es handelte sich um einen Mann von etwa dreißig Jahren mit krausem, kurzem Haar, der einen dunkelblauen Anzug und ein weißes Hemd trug. Er sah schmuck und respektabel aus, und der Traumhändler folgte ihm unauffällig.

Der Mann näherte sich mit sicherem Schritt dem Sarg der alten Dame. Er war eine Art Prediger und wirkte auf mich völlig harmlos, was er in den Augen des Traumhändlers jedoch nicht war. Er stellte sich zu den Füßen der Verstorbenen auf und machte eine ehrerbietige Handbewegung. Dann enthüllte sich nach und nach sein wahres Gesicht, und wir waren fassungslos.

Der Mann hieß Edson, doch sein Spitzname war »der Wunderheiler«, da er sich unwiderstehlich dazu hingezogen fühlte, »Wunder« zu vollbringen. Er wollte den Menschen zwar helfen, hatte dabei aber immer noch andere Absichten: Er liebte es nämlich, sich in den Vordergrund zu spielen. Edson war nicht der bestellte offizielle Trauerredner, sondern vielmehr aus Eigeninteresse gekommen. Es war unglaublich, aber Edson wollte tatsächlich die alte Dame wieder zum Leben erwecken. Er wollte eine Show abziehen, damit die Leute sich ihm zu Füßen werfen, und die Verstorbene dem Tod entreißen, um wegen seiner übernatürlichen Gaben anerkannt zu werden. So, wie Caligula als Gott verehrt werden wollte und seine Macht dafür nutzte, um dieses Ziel zu erreichen, nutzte Edson sein Wissen über biblische Texte und die Macht, die er zu besitzen glaubte, um als Halbgott verehrt zu werden, obwohl er das niemals zugegeben hätte.

Als Soziologe war mir bewusst, dass keine Macht so penetrant ist wie religiöse Macht. Kein Diktator, Politiker, Intellektueller, Psychiater oder Psychologe schafft es, derart in die Psyche anderer einzudringen wie gewisse geistliche Führer. Da sie das Göttliche repräsentieren, schaffen sie es, im kollektiven Unterbewusstsein ihrer Gemeinschaft einen Status zu erlangen, den Napoleon, Hitler, Kennedy, Freud, Marx oder Einstein nie erreicht haben.

Auf unserer Wanderung unterstrich der Meister immer wieder, dass die wahren geistigen Führer, die einen selbstlosen, solidarischen und großzügigen Gott repräsentieren, zum Wohle der Menschheit beitragen, während jene, die einen alles beherrschenden, rachsüchtigen Gott vertreten, der nach ihrem eigenen Bilde gemacht ist, schreckliches Unglück hervorrufen und die Freiheit der Menschen zerstören. Der Traumhändler hatte uns schon häufiger davor gewarnt, unserer blühenden Fantasie nachzugeben, der es so leichtfällt, einen manipulierenden Gott zu schaffen. Es war, als wollte er uns impfen, um uns menschlicher zu machen.

Der Scharlatan auf der Trauerfeier hegte widersprüchliche Absichten. In manchen Augenblicken wollte er zum Wohle der Menschen beitragen und war ehrlich und warmherzig. In anderen war er von Hochmut erfüllt und wollte in ewigem Glanze auf dem Thron sitzen wie ein Gott.

Unser Wunderheiler war zwar ehrgeizig, aber nicht dumm. Er wollte eine Show abziehen, aber keinen Skandal verursachen. Er wollte die alte Dame zum Leben erwecken, doch nicht unangenehm auffallen. Viele Gedanken schossen ihm durch den Kopf.»Und wenn die Alte nicht wieder aufwacht? Und wenn ich sie auffordere, aufzustehen, und sie liegen bleibt? Dann ist mein Ruf hinüber.«

Der Meister beobachtete ihn aufmerksam wie ein Leopard die Steppenlandschaft. Wir wussten zwar inzwischen, dass er es liebte, mit komplizierten Menschen umzugehen, doch waren uns seine Absichten in dieser Situation noch nicht klar. Nach und nach wurde uns aber deutlich, was der pfiffige Wunderheiler vorhatte.

Nach einem Augenblick der Andacht näherte sich dieser der Verstorbenen und sagte fast unhörbar:»Steh auf!« Er flüsterte, um sich gegen die Folgen eines möglichen Scheiterns seines Glaubens abzusichern.

Die alte Dame gab kein Lebenszeichen von sich. Hartnäckig sagte er noch einmal mit leiser Stimme:»Steh auf!«

Sollte sie auch nur die leiseste Bewegung zeigen, würde Edson die Stimme erheben und erklären, dass er der Urheber dieses außergewöhnlichen Ereignisses war. Das wäre sein Ruhmestag. Unzählige Menschen voll Hunger nach Übernatürlichem würden ihm folgen.

Aber es passierte nichts. Die Verstorbene lag weiterhin steif und starr in ihrem Sarg. Obwohl Bartholomäus, Dimas und ich alles andere als Heilige waren, empörte uns das Manöver des Wunderheilers.»Was für ein anmaßendes Subjekt!«, dachten wir.

Doch anstatt nun aufzugeben, plusterte der sich noch weiter auf und erhob die Stimme, um dann, damit niemand ihn wirklich gut verstünde, zwischen den Zähnen hervorzustoßen: »Steh auf, Frau, ich befehle es dir!«

Und da geschah das Unwahrscheinliche. Die Frau bewegte sich, jedoch aus anderen Gründen. Ein Mann war aufgetaucht, mindestens so betrunken wie Bartholomäus am Tage, als ich ihn kennengelernt hatte. Doch der Wunderheiler war derart auf sich selbst und die Verstorbene konzentriert, dass er ihn zunächst gar nicht bemerkte.

Der Betrunkene torkelte an die andere Seite des Sargs und stieß dagegen, wodurch der Sarg wackelte und der Körper der Dame derart erzitterte, dass ihre auf der Brust gefalteten Hände auseinanderfielen.

Der Wunderheiler war begeistert. Er spürte, dass dies sein großer Tag sein würde. Überaus erregt und von unkontrollierbarer Euphorie ergriffen, dachte er, seine übernatürlichen Kräfte hätten endlich Wirkung gezeigt. Damit alle diese Heldentat ihm zuschrieben, hob er die Stimme noch mehr und trompetete laut und deutlich: »Steh auf, Frau! Ich befehle es dir!«

Diesmal hatten ihn alle gehört und erschraken über sein Gebrüll. Von der Dame erwartete er, dass sie sich nun in ihrem Sarg aufsetzen, und von der Menge, dass sie ihm wegen seiner ungeheuerlichen Macht huldigen würde. Doch die Tote gab kein weiteres Lebenszeichen mehr von sich.

Niedergeschlagen dachte er, dass wohl noch ein wenig mehr Glauben vonnöten wäre, um den Sarg in Bewegung zu versetzen. Nun richtete er seinen Befehl zwar erneut an den Leichnam, beobachtete die Menge aber aus den Augenwinkeln: »Frau, steh auf!«, flehte er, doch die Verstorbene folgte seinem Appell nicht.

In dem Maße, wie sie reglos blieb, begannen seine Beine zu zittern. Ihm brach der kalte Schweiß aus, sein Mund wurde trocken, und sein Herz schlug wild. Verstört sah er, wie der Betrunkene versuchte, sein Gleichgewicht wiederzufinden, indem er sich auf dem Sargrand aufstützte. Da merkte er, dass er in das größte Fettnäpfchen seines Lebens getappt war, und fühlte sich nun als schwache Beute, umgeben von Raubtieren. Aber er war doch äußerst gewitzt und vollbrachte mit einem überraschenden Kunstgriff schließlich mehr als nur ein Wunder. Mit lauter und fester Stimme sagte er: »Frau! Wenn du nicht aufstehen willst, um in dieser schlechten Welt weiterzuleben, so ruhe in Frieden!«

Viele Umstehende, sogenannte »normale« Menschen, antworteten im Chor: »Amen.«

Nach diesen Worten zog der Wunderheiler ein Taschentuch aus der Hosentasche, vergoss ein paar Krokodilstränen und verkündete feierlich: »Die Ärmste! Sie war eine so gute Frau!«

Ein ziemlich komplizierter Jünger

Es sah ganz danach aus, als wäre diese Trauerfeier für den Wunderheiler nur eine weitere der vielen Gelegenheiten gewesen, bei denen er seine »Spiritualität« einsetzte, um die Naivität der Leute auszunutzen. Die sogenannten »normalen« Menschen neigen dazu, Führungspersönlichkeiten hinterherzulaufen, ohne sie infrage zu stellen. Ich muss zugeben, dass ich, während ich den Wunderheiler beobachtete, Dimas angeschaut und gedacht hatte: »Nicht mal Engelshand wäre derart dreist.« Dieser hatte seinerseits durch Bartholomäus schon ein wenig über meinen Charakter erfahren und gedacht: »Nicht mal dieser arrogante Intellektuelle würde die anderen derart manipulieren.« Und Honigschnauze, der offenherziger war als wir beide, sagte laut: »Also solche Halluzinationen wie dieser Typ hatte ich nur mit zwei Litern Wodka in der Birne!«

Kaum hatten wir unserer Missbilligung Ausdruck verliehen, kamen wir ins Grübeln. Derselbe Gedanke war uns plötzlich durch den Kopf geschossen: »Warum beobachtet der Meister diesen Kerl? Ob er ihn womöglich in unser Team aufnehmen will?« Diese Vorstellung war so unangenehm, dass wir wie aus einem Munde sagten: »Dann steige ich aus!«

Beklommen beobachteten wir den Meister aus den Augenwinkeln und hofften inständig, er möge Edson den Rücken zukehren, doch das Gegenteil geschah, er näherte sich ihm. Ihre Blicke kreuzten sich, und uns schlug das Herz bis zum Hals. Zu unserer Erleichterung sagte der Meister nichts, sondern schüttelte nur tadelnd den Kopf.

Der Traumhändler verzieh jede Verfehlung. Das Einzige, was er nicht tolerierte, war das Laster, seine Mitmenschen manipulieren zu wollen. Das menschliche Bewusstsein war für ihn unantastbar. Die Entscheidungsfreiheit durfte nicht eingeschränkt werden. Seine größte Kritik am Gesellschaftssystem bestand darin, dass es eine nicht existierende Freiheit verkaufte, eine Freiheit, die zwar in den Demokratien verbrieft, aber nicht in den Individuen verankert war. Es gab viele Sklaven, die an ihre verstörenden Gedanken und Sorgen gekettet waren.

Nachdem er den Wunderheiler schweigend getadelt, aber nicht an den Pranger gestellt hatte, servierte der Meister ihm zwei Feststellungen und zwei Schlussfolgerungen: »Wunder überzeugen niemanden. Würden sie überzeugen, hätte Judas nicht Jesus verraten. Wunder können den Körper verändern, aber nicht den Geist. Würden sie ihn verändern, so hätte Petrus niemals geleugnet, Jesus zu kennen.«

Edson verschlug es die Sprache. Er wusste nicht, was er sagen sollte, denn darüber hatte er noch nie nachgedacht. Der Meister schob noch eine bombastische Schlussfolgerung nach, die mich als Hochschullehrer erschütterte: »Der Mann aus Nazareth, dem du zu folgen vorgibst, hat seine Macht nie dafür genutzt, die Menschen zu beherrschen, seine Zuhörer zu verführen und Anhänger zu gewinnen. Deshalb hat er gegen jede Vermarktungslogik alle, denen er geholfen hat, darum gebeten, niemandem etwas davon zu erzählen. Es sollten ihm nur diejenigen folgen, die sich aus einem spontanen Gefühl heraus zu ihm hingezogen fühlten. Er wollte nämlich keine Diener, sondern Freunde.«

Diese Worte regten mich zu einem gedanklichen Spaziergang durch die Geschichte an. Mir kam in den Sinn, was für entsetzliche Dinge die Europäer in den vergangenen Jahrhunderten im Namen Christi getan hatten: Sie hatten getötet, gefoltert, Kriege geführt, unterworfen, verletzt, verstoßen. Sie hatten die Sanftheit des Mannes, der niemanden beherrschte und niemals Diener akzeptierte, mit Verachtung gestraft. Es waren Jahrhunderte schrecklicher Kämpfe mit Millionen von Toten im Namen einer Fantasiegestalt gewesen, Jahrhunderte voller Hass und Feindschaft gegenüber Andersgläubigen, einer Feindschaft, deren Auswirkungen bis heute zu spüren waren. An der Seite des Meisters begann ich zu ahnen, dass ich gar kein überzeugter Atheist war, wie ich bisher immer gedacht hatte, sondern ein scharfer Gegner religiöser Institutionen.

Der Wunderheiler war wie versteinert; noch nie hatte ihn jemand belehrt, ohne ihn dabei bloßzustellen. Nachdem der Meister alles Nötige gesagt hatte, ging er von dannen, während seine verblüfften Zuhörer sich fragten, was eigentlich passiert war. Wir, seine drei Begleiter, atmeten auf. Doch wie lange würde unsere Erleichterung wohl anhalten? Wir wussten es nicht.

Am nächsten Tag erschien in den *Eilnachrichten* ein Artikel über die letzten Ereignisse. Die Schlagzeile lautete:»Ein Fremder verwandelt Trauerfeier in einen blühenden Garten«. Ein heimlich aufgenommenes Foto, das zeigte, wie wir die Feier verließen, prangte auf der Titelseite. Die Reportage enthielt keine Verleumdungen, sondern einige interessante Beobachtungen. Es war zu lesen, dass ein kühner Unbekannter die Trauerfeiern von ihrer Atmosphäre der Hoffnungslosigkeit befreien und sie zu einer Bühne für die feierliche Ehrung des Verstorbenen machen wollte.

Der Journalist hatte Trauergäste befragt, die den Meister gehört hatten. Einige wollten ihren Verwandten mitteilen, dass sie nach ihrem Tod keine Trauerfeier voller Hoffnungslosigkeit und Selbstmitleid wünschten, sondern ein Fest der Erinnerung an ihre Taten und Worte der Liebe, an ihre Träume und Freundschaften wie auch an ihre Torheiten. Trotz des schmerzlichen Verlusts sollten sich die Herzen derer, die ihnen nahestanden, mit Freude füllen.

Im Artikel war auch zu lesen, dass der geheimnisvolle Fremde derselbe war, der bereits in der Umgebung des Alpha-Gebäudes für Unruhe gesorgt hatte, und er schloss mit zwei Fragen: Hatten wir es mit einem der größten Atheisten zu tun, von denen die Welt je gehört hatte, oder im Gegenteil mit einem Mann von unerklärlicher Spiritualität? Handelte es sich um einen Propheten der modernen Welt oder um einen Verrückten?

Als wir am nächsten Morgen erwachten, war der Meister allein und in Selbstgespräche versunken. Es war das zweite Mal, dass wir ihn so sahen. Er machte dabei Handbewegungen, als hätte er Halluzinationen oder als diskutierte er mit sich selbst. Zehn Minuten später kam er dann entspannt auf uns zu, so als hätte er seine Psyche von allem Unrat gereinigt, der sich darin angesammelt hatte.

Der Himmel war dunkel von schweren Regenwolken, und in der Ferne blitzte es. Dimas hatte zwar keine Angst vor Polizisten und vor dem Kittchen, doch Donner und Blitz versetzten ihn in Schrecken. Wir liefen gerade eine mehrspurige Straße entlang, als es direkt über uns krachte, worauf er sich ängstlich zusammenkauerte.

Ich versuchte, ihn zu beruhigen, indem ich sagte, dass die Gefahr eines Blitzeinschlags bereits vorüber ist, wenn wir den Donner hören. Doch der menschliche Geist ist voller Tücken: Obwohl Dimas dieser Argumentation auf rationaler Ebene folgen konnte, hatte die Einsicht keinerlei Auswirkungen auf seinen angespannten Gemütszustand. Und ich konnte ihn dafür noch nicht einmal kritisieren, denn ich war nicht anders als er: Einerseits hatte ich der wissenschaftlichen Logik immer die größte Wertschätzung entgegengebracht, um andererseits mein ganzes Leben lang unter inexistenten Dingen zu leiden, insbesondere unter meiner Vergangenheit, die mich nicht losließ.

Nun setzte der Regen ein, und wir suchten Schutz in einem Kaufhaus. Noch während wir es betraten, hörten wir einen ohrenbetäubenden Knall, worauf Dimas sich unter dem nächstbesten Tisch verkroch. Er wirkte wie ein kleiner Junge, der sich vor einem Gespenst versteckt. Ich dachte:»Der Meister hat recht. Es gibt keine Helden. Jeder Riese trifft irgendwann auf Hindernisse, die ihn wieder zum Kind machen. Man muss nur lange genug abwarten.«

Der Knall war auf einen Blitzeinschlag zurückzuführen, für den der Blitzableiter auf dem Kaufhausdach zu schwach gewesen war. In einem der Geschäftsräume waren gerade zwei Maler am Werk gewesen. Es waren Vettern. Einer der beiden stotterte noch schlimmer als Dimas, und wenn er nervös war, brachte er kein einziges Wort mehr heraus. Sein Cousin hatte oben auf einer zwei Meter langen Leiter gestanden, um einen metallenen Fensterrahmen zu streichen.

Der plötzliche Blitz war die Wände hinuntergefahren, am Fenster entlang geglitten und hatte ihn getroffen, sodass er von der Leiter fiel. Nun wand er sich vor Schmerzen. Sein entsetzter Vetter eilte zu ihm, um Hilfe zu leisten. Auch wir wollten uns dorthin bewegen, als jemand mit heldenhafter Miene uns zuvorkam. Woher er so plötzlich auftauchte, war schleierhaft, aber er war uns nicht unbekannt: Es handelte sich um den Wunderheiler, den wir am Vortag bei der Trauerfeier gesehen hatten. Dieser sah den am Boden liegenden Mann, der vor Schmerzen wimmerte und sich den rechten

Knöchel hielt. Er sah dessen völlig deformierten Fuß und zögerte nicht, dies auf den erlittenen Blitzschlag zurückzuführen. Ohne Zeit zu verlieren, sagte er zum anderen Maler, der dem Verletzten beistand:

»Lassen Sie – ich kümmere mich um ihn. Ich bin ein Fachmann für solche Dinge.«

Er kniete sich neben den liegenden Mann und versuchte, dessen Fuß gerade zu biegen, was ihm aber nicht gelang. Daher setzte er sich zusätzlich auf das Bein und begann, dem Fuß Befehle zu erteilen, im Versuch, seine übernatürlichen Kräfte zu aktivieren.

»Heile! Werd wieder gerade! Richte deine Knochen aus!«

Aber der Knöchel blieb verbogen. Der gequälte Maler wimmerte lauter. Der Wunderheiler packte stärker zu. Es konnte doch nicht sein, dass er außerstande war, einen derart simplen Fall zu lösen. War er denn in Gottes Gunst derart gesunken? Der Mann brüllte vor Schmerz. Die Menge der Schaulustigen wurde größer, was den »guten Samariter« in der Zurschaustellung seiner übernatürlichen Wohltätigkeit noch anspornte.

Unter denen, die ihn beobachteten, dachten viele, er sei Arzt und seine Handgriffe dienten dazu, die Schmerzen des Verletzten zu lindern. Dessen stotternder Vetter stieß ein verzweifeltes Krächzen aus, so als wollte er Edson etwas mitteilen, doch der fühlte sich dadurch in seiner Konzentration gestört. Er verlor die Geduld und sagte zu ihm: »Beruhigen Sie sich! Ich werde das Bein dieses Mannes wieder gerade biegen!«

Und er schaffte es wirklich. Zwei lange Minuten später hatte der Wunderheiler seine Mission erfüllt. Er wischte sich den Schweiß von der Stirn und sagte zum Publikum, obwohl der Maler sich umso stärker vor Schmerzen wand: »Das Fußgelenk ist wieder heil.«

Der Maler betrachtete seinen Knöchel und schien verzweifelter denn je. Wir dachten, es läge am Schock.

Als die Zuschauer gerade begannen, Edson zu applaudieren, löste sich die Zunge des Stotterers. Er wollte dem Wunderheiler eine Ohrfeige verpassen und brüllte:»Hau ab! Du Schlächter! Du Scharlatan!«

Keiner verstand, was vor sich ging, nicht einmal der Meister. Es schien, als wäre der Stotterer ein undankbarer Geselle. Doch dieser erklärte:»Mein Vetter hat seit dreißig Jahren einen verkrüppelten Fuß! Er hatte immer Angst vor der Operation. Und jetzt kommt dieser Mistkerl und biegt ihn wieder grade … und das ohne Narkose!«

Die Stimmung schlug um, und die Menge, die Sekunden zuvor dem Wunderheiler noch applaudieren wollte, war nun drauf und dran, ihn zu verprügeln. Doch der Meister hinderte sie daran. Mit einer bemerkenswerten Frage hielt er den aufgebrachten Mob zurück und rettete den Mann, der die Macht liebte:»Wartet! Warum wollt ihr ihn verletzen? Was ist mehr wert: seine Tat oder seine Absicht?«

Die Leute wurden nachdenklich, beruhigten und zerstreuten sich allmählich. Bartholomäus sagte schüchtern:»Chef, kannst du das erklären, *please*?«

Unser gerade erst trockengelegter Alkoholiker, der jeden Moment rückfällig werden konnte, gab weiterhin gern mit seinen paar Brocken Englisch an.

Der Meister erläuterte mit ruhiger Stimme:»Die Taten eines Menschen können tadelnswert sein und verurteilt werden, aber das, was zuallererst betrachtet werden muss, sind seine wahren Absichten.«

Edson hatte zum allerersten Mal ein »Wunder« vollbracht und wäre dafür fast gelyncht worden. Wir hatten seine Haltung wieder einmal ausschließlich anhand seiner Taten beurteilt, ohne die altruistischen Absichten dahinter zu erkennen. Wir wollten ihn einfach nur so weit wie möglich fernhalten von unserem Projekt. Bevor wir etwas sagen konnten, tat der Meister nun das, was wir am meisten fürchteten. Er sah den Wunderheiler an und sagte zu ihm, als wäre es das Natürlichste auf der Welt:»Komm und folge mir. Ich werde dir Wunder zeigen, die du noch nicht kennst, Wunder, die dieses alles erstickende System etwas durchlässiger machen können.«

Bartholomäus, Dimas und ich fielen uns in die Arme. Wahrscheinlich dachten die Leute, wir wären gerührt, doch wir waren furchtbar enttäuscht. Wie leicht man doch vom Virus des Vorurteils befallen wird! Wir hatten eine kleine Clique gebildet und akzeptierten darin zwar Diebe, Trinker und Leute mit krankhaftem Stolz, diskriminierten aber religiöse Menschen und erst recht sogenannte Wunderheiler.

Nun waren wir herausgefordert, den Willen des Meisters mit noch größerer Geduld und Toleranz zu akzeptieren. Doch die Gruppe würde mit Edson eine Färbung erhalten, die uns widerstrebte.

Der Wunderheiler hingegen war begeistert von der Einladung. Er verstand sie zwar nicht, hatte aber bemerkt, dass der Mann, der ihn gerufen hatte, obgleich exotisch, über große Überzeugungskraft verfügte. Wenn er, Edson, auch nur einige seiner rhetorischen Kniffe erlernen konnte, würde er sicher noch weit kommen. Aber er hatte keine Ahnung, auf welchem Boot er sich einschiffte. Er konnte sich nicht vorstellen, auf welch schmerzhafte Weise er von seinem Machthunger geheilt würde. Im Grunde genommen war er nämlich süchtig, so wie Honigschnauze süchtig nach Alkohol war, ich nach meinem Ego und Engelshand nach Gaunerstückchen. Wir waren alle auf Droge.

Der Zwangsneurotiker

Wir waren weder eine Sekte noch eine politische Splittergruppe oder Partei. Wir gehörten auch keiner Stiftung oder irgendeiner anderen offiziellen Organisation an. Wir bekamen keinerlei staatliche Unterstützung und wussten weder, wo wir schlafen, noch was wir essen würden. Wir waren abhängig von den spontanen Spenden der Passanten und duschen konnten wir manchmal in Obdachlosenunterkünften. Wir waren ein Haufen Träumer, die die Welt verändern wollten, zumindest unsere Welt. Und es war völlig offen, ob wir das schaffen oder womöglich das Chaos noch vergrößern würden. Doch ich begann, das Leben wunderbar zu finden und unsere Wanderschaft als angenehmes soziologisches Experiment zu sehen, trotz der vielen unbekannten Größen darin.

Durch die mediale Berichterstattung wurde der Meister auf der Straße immer häufiger von Leuten erkannt, die ihm auf der Suche nach Rat von ihren Problemen erzählten. Freudig hörte er ihnen teilweise stundenlang zu und ermunterte sie dann, Entscheidungen zu treffen und mutig das Risiko einzugehen, nicht nur zu gewinnen, sondern manchmal auch enttäuscht zu werden.

Nach und nach gewann er weitere Jünger, von denen einer interessanter war als der andere. Die Schwalben lernten fliegen in einem System, das ihre Flügel stutzen wollte. Doch wir lernten auch, keine großen Zukunftspläne zu machen, da die Zukunft niemals in unserer Hand liegt. Das Leben war uns ein Fest, auch wenn der Wein immer zur Neige ging.

Wir lernten, alte Leute zu küssen und dabei die Spuren der Zeit zu spüren. Wir lernten, auf Kinder zu achten und uns an ihrer Naivität zu erfreuen. Wir lernten, mit Bettlern zu reden und durch ihre unglaublichen Welten zu reisen. Katholische Priester und Nonnen, evangelische Pastoren, Menschen muslimischen und buddhistischen Glaubens, depressive, selbstmordgefährdete und phobische Individuen – wir waren von unzähligen wunderbaren, höchst interessanten Persönlichkeiten umgeben, die in den Statistiken der Soziologen nichts als eine Nummer sind.

Ich meinerseits lernte, mich in andere einzufühlen und Empathie zu empfinden, auch wenn mein Egoismus noch nicht verschwunden war, sondern nur schlummerte. Wie viele namenlose Menschen, simple Statisten, hatte ich schon in Actionfilmen sterben sehen, ohne dass ich je einen einzigen Gedanken daran verschwendet hätte, dass jeder Namenlose eine ganze Lebensgeschichte voller Ängste und Liebe, Mut und Feigheit mit sich herumträgt! Für den Meister gab es in der wahren Welt keine Statisten. Er half den Elenden auf und lud sie ein, seine engsten Freunde zu werden. Bei ihm fanden die Outsider des Systems Beachtung.

Doch gerade, als ich mir einbildete, nach dem Vorbild des Meisters überaus sensibel geworden zu sein, lief mir ein »Statist« über den Weg und machte mir bewusst, dass mein Mitgefühl erst ein zartes Pflänzchen war und noch sehr oft gegossen werden musste.

Wir befanden uns auf der Avenida Kennedy und sahen plötzlich einen jungen, vielleicht zwanzigjährigen Mann dunkler Hautfarbe. Er hieß Salomon Salles und verhielt sich so merkwürdig, dass sogar die Kinder ihn anstarrten. Er bewegte den Kopf derart hektisch in alle Richtungen, dass sich dabei auch seine Trapezmuskeln ständig hoben und sanken.

Dabei zwinkerte er immerzu mit den Augen. Vor jeder Tür machte er drei Hüpfer, bevor er durch sie hindurchging, da er der Ansicht war, dass jemand aus seiner Familie sterben würde, wenn er das nicht tat. Kurz und gut: Er litt unter einer schweren obsessiv-kompulsiven Störung.

Die bizarrste all seiner Zwangshandlungen bestand jedoch darin, dass er kein Loch in einer Wand, auf dem Boden oder in Möbeln sehen konnte, ohne nicht seinen rechten Zeigefinger hineinzustecken. Als wir ihn entdeckten, hockte er gerade auf dem Gehsteig und steckte seinen Finger in die Ritzen zwischen den Gehwegplatten.

Die Passanten machten sich über ihn lustig, und ich muss zugeben, dass auch wir uns nicht zurückhalten konnten. Wir versuchten zwar, uns das Lachen zu verkneifen, waren aber davon überzeugt, jemanden vor uns zu haben, der noch gestörter war als wir alle zusammen. Dem Meister missfiel unsere Reaktion. Er wandte sich zu uns um und fragte:»Was glaubt ihr: Ist dieser junge Mann schwächer oder stärker als wir? Welchen Preis er wohl dafür zahlen muss, dass er seine Rituale in der Öffentlichkeit vollzieht? Ist er etwa ein Schwächling oder zeigt er nicht eher bemerkenswerten Mut? Für euch kann ich nicht sprechen, aber stärker als ich ist er zweifellos.«

Wir wurden still, und er fuhr fort:»Wie oft, glaubt ihr, hat sich dieser junge Mann schon wie in einer Zirkusmanege gefühlt? Wie viele schlaflose Nächte hat er hinter sich, in denen ihm das Gelächter der anderen in den Ohren hallte? In wie vielen Situationen ist er abgestempelt und in eine Schublade gesteckt worden, der er nicht mehr entrinnen konnte?«

Und damit uns ganz klar würde, wie sehr unsere Vorurteile zum Himmel stanken, schloss er:»Kritik kann verletzend sein, aber Diskriminierung ist vernichtend.«

Immer wenn der Traumhändler einem ins Herz blickte, fühlte man sich ausgezogen und nackt. Ich verstand, dass selbst Leute wie ich, die die Fahne der Menschenrechte vor sich herschwenkten, in bestimmten Bereichen voller Vorurteile sind und sich, wenn auch nur subtil, durch stumme Gleichgültigkeit oder ein geheucheltes Lächeln gegen die Menschlichkeit versündigen. Wir waren schlimmer als die Vampire, denn wir ernährten uns nicht vom Blut unserer Opfer, sondern töteten es einfach so.

»Wenn ihr den Traum der Solidarität verkaufen wollt, müsst ihr lernen, die nie geweinten Tränen zu erkennen, die nie ausgesprochenen Ängste und die hinter einem reglosen Gesicht verborgene Seelenpein. Wer diese Fähigkeit nicht entwickelt, wird psychopathische Züge ausbilden, auch wenn er sich an so unverdächtigen Orten aufhält wie in den Hochschul- oder Unternehmenstempeln, in den Tempeln der Politik oder der Religionen. Er wird andere unter Druck setzen, verletzen oder nötigen, ohne ihren Schmerz zu spüren. Gehört ihr etwa zu dieser Sippschaft?«, fragte er uns.

Ich atmete tief durch, um mein Gehirn mit Sauerstoff zu versorgen. Ob ich psychopathische Züge an mir hatte? Klassische Psychopathen sind leicht zu erkennen, aber diejenigen mit subtilen psychopathischen Zügen können ihr mangelndes Einfühlungsvermögen auch hinter akademischen Titeln, einer besonders ethischen Einstellung oder ihrer Spiritualität verbergen. Und ich konnte das gut.

So hatte ich meinen Sohn João Marcos nie nach seinen Ängsten oder Frustrationen gefragt, sondern ihm immer nur Regeln auferlegt und ihn kritisiert. Den wichtigsten Traum aber hatte ich ihm nie verkauft, nämlich dass ich ihn kennen und lieben und von ihm geliebt werden wollte. Ich hatte auch nie einen meiner Studenten angesprochen, wenn er traurig, ärgerlich oder teilnahmslos wirkte. Ich hatte nie einem Kollegen meine Schulter angeboten, damit er sich ausweinen konnte. Dozenten waren für mich Fachleute gewesen, keine Individuen. Nie hatte ich kranken Kollegen einen Besuch abgestattet. Und dann hatte sich meine Arroganz gegen mich gekehrt wie ein Bumerang.

Ich war drauf und dran gewesen, meinem Leben ein Ende zu setzen, ohne dass meine Kollegen und Studenten davon etwas ahnten. Ein Intellektueller wie ich konnte seinen Schmerz nicht öffentlich erklären. Nur Schwächlinge hatten Depressionen. So hatte niemand die Verzweiflung bemerkt, die mir heimlich ins Gesicht geschrieben stand. Waren sie alle blind gewesen, oder lag es daran, dass ich meine Gefühle nicht zu zeigen vermochte? Ich weiß es nicht.

Der Meister betonte immer wieder, dass niemand einfach nur Schurke oder einfach nur Opfer ist. Die Leute um mich herum waren so unsensibel gewesen wie ich selbst. Doch nicht Applaus, akademisches Lob oder Glückwünsche waren das, was ich wirklich gebraucht hatte, sondern einfach nur eine Schulter zum Ausweinen, die Wärme eines Menschen an meiner Seite, der mir gesagt hätte:»Ich bin da. Zähl auf mich.«

Nachdem der Meister uns die Augen für den Mut und die Größe des zwangsgestörten jungen Mannes geöffnet hatte, forderte er uns heraus:»Wollt ihr diesem Mann Träume verkaufen?«

Dann schwieg er und wartete auf Antwort.

Für Sekunden, die uns wie eine Ewigkeit schienen, standen wir herum mit einem Kloß im Hals und dachten nur:»Wir sind verloren!« – eine doch ziemlich seltsame Reaktion für einen Haufen angeblich erfahrener Männer. Was sollten wir dem jungen Mann sagen? Was würde er von uns denken? Noch vor wenigen Minuten hatten wir ihn als Verrückten abgetan und nun fürchteten wir, von ihm als Verrückte abgetan zu werden. Wenn das nicht geisteskrank war! Wir fielen ständig von einem Extrem ins andere.

Der Meister schwieg weiterhin. Wir waren betreten, denn wir konnten uns zwar über das Leid eines anderen lustig machen, waren aber unfähig, es zu lindern. Wir hatten äußerst kreative Ideen, wenn es darum ging, jemanden auszuschließen, aber keine Ahnung, wie wir es anstellen sollten, um jemanden in unseren Kreis aufzunehmen. Würde der Wunderheiler aufgefordert, ein langes, schwülstiges Gebet für den jungen Mann zu sprechen, wäre ihm das ein Leichtes, aber die Bitte, ihm Träume zu verkaufen, machte ihn hilflos. Würde Bartholomäus darum gebeten, sich mit dem Unbekannten anzufreunden, fände er das in betrunkenem Zustand kinderleicht, doch nüchtern war es schon kniffliger. Sollte Engelshand, um Finderlohn zu kassieren, dem jungen Mann zuerst die Brieftasche stehlen und sie ihm anschließend zurückgeben, würde ihm das keinerlei Schwierigkeiten bereiten. Doch den Zwangsgestörten mit Worten zu fesseln war für ihn eine unerfüllbare Aufgabe.

Sollte schließlich ich ihm einen Vortrag halten, um damit meine Kultiviertheit zu demonstrieren, würde mich das nichts kosten, aber ich hatte keine Ahnung, wie ich diesen unbekannten, einfachen Mitmenschen für mich einnehmen konnte, ohne mit meiner Belesenheit anzugeben. Ich war zwar in der Lage, vor großem Publikum zu sprechen, aber nicht, ein einzelnes menschliches Wesen mit dem zu überzeugen, was ich jenseits allen Wissens bin. Ich hatte gelernt, über Kant, Hegel, Comte und Marx zu reden, aber nicht über mich. Und ich hatte mit meinem Auftreten ein System genährt, das die Menschlichkeit auf die Müllhalde der Geschichte geworfen hatte.

Wie man einem Zwangsgestörten Träume verkauft, war in keiner Gebrauchsanleitung nachzulesen, und der Meister weigerte sich, uns den Weg vorzuzeichnen. So gingen wir unsicher auf den jungen Mann zu, ich, der Intellektuelle der Crew, noch steifer als die anderen. Honigschnauze, der längst in der Gosse gelandet war, hatte am wenigsten Berührungsängste. Er hockte sich neben ihn und wollte Kontakt aufnehmen, indem er ebenfalls seinen dicken Finger in die Ritzen zwischen den Gehwegplatten zu zwängen versuchte. Doch Salomon lachte ihn lauthals aus. Bartholomäus fühlte sich wie ein begossener Pudel, und sein Gegenüber setzte das Ritual fort.

Beim Anblick dieser Szene konnte Edson nicht mehr an sich halten. Er drehte den beiden den Rücken zu und hielt die Hand vor den Mund, um sich das Lachen zu verkneifen. Der Zwangsgestörte blickte auf, sah das Loch in der Gehörmuschel des Wunderheilers, sprang auf und steckte seinen Finger hinein. Erschrocken stieß dieser einen Schrei aus, um dann pathetisch auszurufen:»Fall ab von mir, Beelzebub, dieser Leib ist nicht dein!«

Salomon wich bestürzt zurück, und Edson, dem seine Grobheit bewusst wurde, legte sich die Hände an den Kopf. Schon wieder war er seiner Sucht verfallen, alles um sich herum durch die Brille des Übernatürlichen zu sehen. Doch diesmal war er damit zu weit gegangen. Er hatte tatsächlich eine tief im Unterbewusstsein wurzelnde psychische Erkrankung wie einen Teufel austreiben wollen.

Salomon war tief verletzt und sagte:»Ich bin's gewohnt, dass die Leute sagen, ich sei verrückt, durchgedreht, unzurechnungsfähig, geistesgestört und blöde. Aber noch nie hat jemand gesagt, ich sei vom Teufel besessen.«

Edson wurde klar, wie sehr er den jungen Mann beleidigt hatte und wie wenig er Menschen akzeptierte, die anders waren. Statt Träume verkaufte er ja Albträume! Er blickte Salomon an und sagte:»Es tut mir leid. Bitte verzeih mir, dass ich so unsensibel, ungerecht, dumm und oberflächlich war. Ich habe das Gefühl, dass du viel stärker bist als ich. Du erträgst den öffentlichen Spott, und ich suche immer nur nach Beifall.«

Edsons mutige, ehrliche Worte beeindruckten uns. Mit seiner Demut hatte er endlich eines der schwierigsten Wunder überhaupt vollbracht. Wie er hatte auch ich noch nie jemanden um Verzeihung gebeten, egal, wer er war. Wir hatten uns beide für kleine Götter gehalten, ich im Tempel des Wissens und er im Tempel der Spiritualität. Nun verstanden wir langsam, dass wir gerade dann, wenn wir uns schwach zeigen, stark sind.

Wir hatten unsere Scheu jetzt verloren und stellten uns dem jungen Mann vor. Salomon seinerseits erzählte, dass er sein Psychologiestudium aufgeben musste, weil seine Professoren gesagt hatten, jemand mit einer Zwangsneurose könnte niemals andere Geisteskranke behandeln. Er hatte es dann mit Jura versucht und bekam zu hören, jemand mit derartigen Obsessionen würde von seinen Mandanten nicht ernst genommen und könnte schon gar nicht vor Gericht auftreten.

Er hatte nirgendwo länger als drei Monate gearbeitet. Niemand wollte einen jungen Mann einstellen, der sein Verhalten offenbar nicht kontrollieren konnte. Er war noch nie mit einer Frau zusammen gewesen, denn es gab keine, die mit jemandem ausgehen wollte, der ständig verspottet wurde. Sein ganzes Leben lang war er ausgeschlossen worden. Und trotzdem war er unglaublich stark, denn obwohl er vor so vielen Hürden stand, hatte er keine Depressionen oder gar Selbstmordgedanken, ganz im Gegensatz zu mir. Natürlich waren seine Probleme riesig, doch abgesehen von den Momenten, in denen er sich abgelehnt fühlte, hatte er gelernt, sich am Leben zu freuen und es zu genießen. Er lebte besser als die Schüler des Meisters. Eigentlich hatten *wir* es nötig, *seine* Träume zu kaufen, und das wusste er.

Salomons Welt zu betreten war ein fantastisches Abenteuer. Jemand, der von der Gesellschaft verhöhnt wurde, entpuppte sich für uns als wundervolles menschliches Wesen. Nach unserer Entdeckungsreise auf dem faszinierenden neuen Kontinent namens Salomon rief der Meister ihn zu sich und forderte ihn auf, Träume zu verkaufen.

Anschließend führte er uns auf eine Grünfläche und erzählte uns dort vom anderen Salomon, dem König Israels, der in eine goldene Wiege gelegt worden war, jedoch weder Gold noch Silber noch politische Macht wollte, sondern den größten aller Schätze, die Weisheit. Durch seine Weisheitsliebe war Israel zu einem der ersten mächtigen Reiche der Antike aufgestiegen und lebte friedlich mit seinen Nachbarländern zusammen. Doch im Laufe der Zeit verfiel der König dem Rausch der Macht. Er ließ von der Weisheitssuche ab und wandte sich weltlichen Genüssen zu, doch ohne je Befriedigung zu finden. Schließlich fiel er in eine tiefe Depression und war ehrlich genug, um zuzugeben, dass ihn sein Leben unendlich langweilte. Alles war eitel, und nichts konnte ihn mehr aufmuntern.

»Der große König hatte Hunderte von Frauen, Wagen, Dienern und goldenen Kleidern; er besaß unzählige Paläste, gebot über ein riesiges, siegreiches Heer und war so oft geehrt worden wie kaum ein anderer König vor ihm; doch er hatte vergessen, zu lieben und sich an den Lilien auf dem Felde zu freuen, dem Symbol für Reinheit und Hingabe.«

Gerade als der Meister seine Lektion weiter ausführen wollte, wurde er wieder einmal vom unmöglichen Bartholomäus mit einer Bemerkung unterbrochen, die großes Gelächter hervorrief. »Chef, darf ich was fragen?«

»Sprich!«

»Ob Salomon deshalb so deprimiert war, weil er auch Hunderte von Schwiegermüttern hatte?«

Der Meister schmunzelte über Bartholomäus' Spontaneität, antwortete ihm aber mit einem feinen Nadelstich: »Ich weiß es nicht, aber ich weiß, dass manche Schwiegermütter liebenswerter sind als viele Mütter.«

Dann schloss er seine Rede mit folgender Mahnung: »Es ist schwieriger, mit Erfolg umzugehen als mit Misserfolg. Die Geschichte von König Salomon lehrt uns, darauf achtzugeben, trotz eines erfolgreichen Lebens auch abzuschalten, die kleinen Dinge zu genießen und zu träumen. So kann ein idyllischer Landstrich, ein Blumengarten oder ein wunderbares Gemälde seinen Betrachter mehr inspirieren als seinen Besitzer. Gott hält den Zugang zu den höchsten Genüssen des Lebens allen offen. Reich sind jene, die nach diesem Schatz suchen, und elend jene, die ihn besitzen wollen.«

Daraufhin legte er seine Hände auf Salomons Schultern und würdigte ihn mit den Worten: »Alle wirklich großen Menschen stehen am Rande der Gesellschaft. Hier seht ihr jemanden vor euch, der sehr wenig und damit gleichzeitig alles hat. Salomon, wir danken dir dafür, dass du uns deine Träume verkaufst.«

Ein Altersheim

wird auf den Kopf gestellt

Am nächsten Morgen stieg die Sonne über unserem improvisierten Lager auf und lud uns zu einem neuen Tag aufregender Entdeckungen ein. Wie immer war Bartholomäus der Letzte, der aufstand. In einem bequemen Bett würde er wahrscheinlich den ganzen Tag verschlafen.

Bevor wir zur Wanderschaft durch die gesellschaftliche Geografie aufbrachen, sprach der Meister eine ungewöhnliche Einladung aus, die sich mit der Zeit als zentral für seine Lehre herausstellen sollte. Er lud uns zur Kunst des Nichtstuns ein, die darin bestand, den Geist zu befreien und einfach nur zu beobachten, was sich uns darbot.

Dann führte er uns in eine belebte Allee in der Innenstadt, gab jedem ein knitteriges Blatt Papier und einen billigen Kugelschreiber und forderte uns auf, alle interessanten Geräusche und Bilder zu notieren, die nicht vom Menschen stammten. Der Verkehrslärm war ohrenbetäubend, die Luft voller Abgase und das betriebsame Hin und Her groß. Was sollte uns anderes auffallen als die Farben von Läden und Waren, die unterschiedlichen Modelle vorbeifahrender Autos und das Äußere der Passanten? Und was hatte das mit der Veränderung des menschlichen Denkens zu tun? Welcher Zusammenhang ließ sich zwischen der Kunst der Beobachtung und dem Verkauf von Träumen herstellen? Die Übung schien mir banal und keinerlei intellektuelle Herausforderung zu sein.

Doch schon nach kurzer Zeit fing der Meister an, uns zu provozieren.

»Wer seine Beobachtungsgabe nicht schult, geht an der Fülle des Lebens vorbei. Er mag eine wandelnde Enzyklopädie sein, wird aber nie große Ideen entwickeln.«

Ich musste daran denken, wie ich am Vortag keinen Blick für das komplexe menschliche Wesen übrig gehabt hatte, das sich hinter den Ritualen Salomons verbarg. Meine Beobachtungsgabe war verkümmert. Ich sah nur, was jedem »normalen Menschen« auffällt.

Auch Edson und Dimas wussten nicht, was sie mit dem Blatt Papier anfangen sollten, und Bartholomäus summte in der vergeblichen Hoffnung auf Inspiration vor sich hin und schaute sich um, kam aber nicht weiter und verharrte schließlich regungslos. Die Minuten vergingen, und keiner von uns machte irgendeine interessante Entdeckung, mit Ausnahme von Salomon. Der schien tatsächlich seine Zwangsneurose vergessen zu haben und schrieb ununterbrochen und begeistert irgendetwas auf seinen Zettel.

Ab und zu hörte man ihn ausrufen: »Wow! Das ist ja unglaublich! Fantastisch!«

Ich war derweil vollständig blockiert. Da verpasste mir der Traumhändler einen Stoß in die Rippen: »Du kannst die Kunst der Beobachtung erst dann entfalten, wenn du die schwierigste Kunst des menschlichen Intellekts beherrschst!« Die Erklärung, welche das sei, blieb er mir aber zunächst schuldig.

Ein Weilchen später erläuterte er: »Es ist die Kunst, nicht zu denken. Manch ein glänzender Geist hat sein Leben schließlich im Mittelmaß verbracht, weil er seine Gedanken nicht im Zaum halten konnte. Große Schriftsteller, bemerkenswerte Wissenschaftler, wunderbare bildende Künstler haben ihre

Inspiration überstrapaziert, weil ihr Geist nie zur Ruhe kam. Die Gedanken, mentalen Bilder und Fantasien, die die Kreativität beflügeln können, stutzen auch deren Flügel und blockieren, wenn sie überhandnehmen, Intuition und Einfallsreichtum.«

»Das ist genau mein Problem!«, dachte ich. Mein Geist war ständig in Aktion. Ich war aufs Denken spezialisiert, auch wenn es Blödsinn war, und immer ein Feind der Stille gewesen. Aber nach diesen Worten versuchte ich, meine innere Stimme zum Schweigen zu bringen. Es war nicht einfach, denn mein Hirn wurde von Bildern überschwemmt. Sie folgten aufeinander mit einer Geschwindigkeit, die höher war als die der Autos auf der mehrspurigen Straße, an der wir standen. Ich litt unter geistiger Verschmutzung.

Zunächst waren meine Freunde genauso verloren wie ich. Doch nach und nach fanden wir tatsächlich den Eingang zur unendlichen Welt der Stille. Von da an schärfte sich unsere Wahrnehmung. Ich hörte plötzlich den durchdringenden Ruf eines Vogels, der mit unglaublich langem Atem eine wunderschöne Melodie sang, die ich notierte. Dann hörte ich den weinerlichen Singsang eines anderen Vogels und sah, wie ein Täuberich einen Balztanz für eine Taube vollführte.

Schließlich hatte ich über zehn außergewöhnliche Vogelmelodien aus dem Straßenlärm herausgehört. Auch wenn sie in dieser kargen Betonlandschaft eigentlich keinen Grund zur Freude hatten, jubelten die Vögel, ganz im Gegensatz zu mir. Dann fiel mir die Zähigkeit, ja Tapferkeit der verwitterten Baumstämme auf, die hier trotz undurchdringlicher Böden und mangelnder Wasserversorgung überlebten. Im Vergleich zu ihnen war ich überaus feige. Millionen von Menschen waren im Laufe der Jahre an diesen Bäumen vorbeigegangen, und höchstens zehn hatten sie vielleicht im Detail betrachtet.

Ich begann, mich in dieser gesellschaftlichen Wüste als Privilegierter zu fühlen.

Bartholomäus, der normalerweise nicht mal einen Elefanten vor seiner Nase sehen würde, hatte schließlich auch Erfolg. Er beobachtete fünf in der Luft tanzende bunte Schmetterlinge und notierte, dass er im Unterschied zu ihnen nur dann tanzte, wenn er betrunken war. Edson lauschte den unterschiedlichen Geräuschen der Blätter im Wind, die bescheiden den Passanten applaudierten, anstatt wie er selbst nach Applaus zu suchen. Dimas hatte Ameisen entdeckt, die ohne Unterlass arbeiteten, um sich auf den Winter vorzubereiten, was er selbst nie getan hatte. Lieber beging er einen Diebstahl und warf das Geld dann zum Fenster hinaus, weil er glaubte, das Leben sei ein ewiger Frühling.

Nach dieser erquicklichen Übung riefen wir einen unserer Lieblingssätze aus: »Wie ich dieses Leben liebe!« Nie war es derart interessant gewesen, so wenig zu tun. Mir war die Gegenwart der Natur mitten in der Stadt gar nicht bewusst gewesen. Ich fragte mich, wie jemand, der auf Gesellschaftsanalyse spezialisiert war, diese Übung noch nie gemacht haben konnte. Zum ersten Mal liebte ich die Stille, und in dieser Stille entdeckte ich, dass ich keine Kindheit gehabt hatte.

Ich konnte mich an kein einziges schönes Kindheitserlebnis erinnern. Vielleicht war ich ein so steifer Erwachsener geworden, weil ich mich als Kind nie entspannt hatte. Vielleicht war ich deshalb paranoid, weil ich nie erfahren habe, was eine unschuldige Kindheit ist. Und meine chronisch schlechte Laune und depressive Stimmung waren vielleicht darauf zurückzuführen, dass ich schon als Junge nicht unbeschwert und fröhlich war, da der Verlust meiner Eltern mich viel zu früh hatte erwachsen werden lassen. Ich war ein junger Mann, der viel nachdachte, aber wenig fühlte.

Während ich mich an meine Kindheit erinnerte, schien der Meister mich zu beobachten. Er tat einen tiefen, geräuschvollen Atemzug und begann, über den heutigen Mord an der Kindheit zu sprechen, eines der Themen, die ihn am meisten beschäftigten: »Internet, Videospiele, Computer sind nützlich, haben aber etwas Unantastbares zerstört: die Kindheit. Wo ist der Genuss der Stille geblieben? Die unbeschwerte Freude, im Freien zu spielen? Die Kunst der Beobachtung? Die Unschuld? Es bedrückt mich, dass das System unglückliche, gehemmte Kinder hervorbringt, die höchstwahrscheinlich später auf der Couch des Psychiaters liegen werden, anstatt frohgemut und frei zu sein.«

Plötzlich zeigte er eine Reaktion, die ich noch nie an ihm wahrgenommen hatte. Er richtete seinen Blick auf die Eltern mit ihren sieben- bis neunjährigen Kindern, die an uns vorbeigingen, um einzukaufen. Die meisten Kinder waren äußerst gut und modisch gekleidet – die Kleidungsstücke waren farblich alle aufeinander abgestimmt – und hielten Handys in der Hand. Doch sie wirkten eindeutig unzufrieden, obwohl sie es schafften, mit ihrem Geschrei ihre Eltern dazu zu zwingen, ihnen zu kaufen, was sie haben wollten.

Der Traumhändler schien wütend und sprach die Eltern an: »Was tun Sie da mit Ihren Kindern? Fahren Sie mit ihnen in den Wald! Ziehen Sie ihnen die Schuhe aus und lassen Sie sie barfuß die Erde spüren! Geben Sie ihnen Gelegenheit, auf Bäume zu klettern, und regen Sie sie an, sich ihre eigenen Spiele auszudenken! Die Menschen haben sich unter der Glasglocke aus Egoismus und Konsum abgeschottet. Lassen Sie Ihre Kinder mit Tieren zusammenkommen, sodass sie andere Verhaltensweisen kennenlernen.« Dann paraphrasierte er den Satz Jesu: ›Die Kinder leben nicht von Einkaufszentren allein, sondern von all den Abenteuern der Kindheit.‹«

Sein Mut gegenüber fremden Leuten beeindruckte mich. Einige Eltern wurden nachdenklich, andere aber auch ärgerlich. Ein Vater sagte:»Ist das nicht der Verrückte aus der Zeitung?«

Ein Intellektueller, der wohl wie ich hochmütig auf die ungebildete Menschheit herabblickte, wurde deutlicher:»Ich bin Doktor der Psychologie und dulde keine Einmischung in meine Angelegenheiten. Für meine Kinder bin immer noch ich zuständig.« Dann sah er uns missbilligend von oben bis unten an und bemerkte halblaut zu seinen Freunden:»Was für ein Pack!«

Honigschnauze hörte diese Beleidigung und konnte sein schnelles Mundwerk nicht im Zaum halten.»*My friend*, ich hab zwar keinen verdammten Doktortitel ... – Kinder, bitte entschuldigt die Ausdrucksweise! –, aber ich weiß, wie wichtig es ist, dass die Kinder in der Natur aufwachsen. Das ist die beste Garantie dafür, dass sie nicht zum Säufer und Nichtsnutz werden wie ich!« Er beruhigte sich etwas und bat mit einer Handbewegung um Geduld:»Aber ich bin immerhin auf dem Wege der Besserung, Chef!« Dann wandte er sich wieder an die Kinder und wollte einen Scherz machen:»Wer wie ein Schmetterling fliegen möchte, soll die Hand heben!«

Drei Kinder meldeten sich, zweien war es gleichgültig, und weitere drei versteckten sich hinter dem Rücken ihrer Eltern und riefen:»Schmetterlinge machen mir Angst!«

Beleidigt von der Anmaßung der Fremdlinge, riefen einige Eltern die Sicherheitskräfte, die am Eingang des Kaufhauses standen, das sie gerade betreten wollten.

Diese zögerten nicht, uns zu vertreiben:»Weg hier, Lumpenpack!«

Doch bevor wir den Schauplatz verließen, drehte sich der Meister noch einmal zu den Eltern um, die sich gegen ihn gewandt hatten, und sagte:»Bitte verzeihen Sie mir, was ich getan habe! Ich hoffe, dass Sie nicht eines Tages Ihre Kinder um Verzeihung bitten müssen.«

Die Ideen, die der Meister ausgesät hatte, waren nicht bei allen Eltern unfruchtbar geblieben. Einige hatten trotz ihrer Wut gemerkt, dass sie das Verhältnis zu ihren Kindern grundsätzlich ändern mussten. Zwar boten sie ihnen im Rahmen des Systems die bestmögliche Erziehung, sodass ihre Kinder zu Konsum- und Computerspezialisten geworden waren, doch waren die Kinder chronisch unzufrieden und konnten weder beobachten noch sich einfühlen noch schlussfolgern. Der Meister hatte deutlich gemacht, dass die Natur inzwischen für das emotionale Überleben der Menschheit fast wichtiger war als für das körperliche. Die Anregungen der Natur bildeten eine unersetzliche, allen Erziehungstheorien überlegene Pädagogik zur Erweiterung des psychischen Horizonts. Manche Eltern gingen deshalb mit ihren Kindern in den Wald, in den Zoo und in den botanischen Garten.

Die Aufmerksamkeit, die der Meister und Bartholomäus den Kindern zukommen ließen, rührte mich. Ich hatte mich nie besonders um Kinder gekümmert, war viel zu sehr damit beschäftigt gewesen, in meinen Vorlesungen die Klassengesellschaft zu kritisieren. Ich hatte nicht verstanden, dass ich Studenten unterrichte und nicht Inhalte. Anstatt mein Augenmerk darauf zu richten, dass ich menschliche Wesen ausbildete, plagte ich mich damit, sie zur Ruhe und zur Konzentration zu ermahnen.

Am Nachmittag desselben Tages liefen wir durch eine wohlhabende Wohngegend und blieben schließlich vor einem großen, düsteren Gebäude stehen. Der Rasen im Garten war hoch gewachsen und die riesigen Bäume warfen so viel Schatten, dass die bodennahen Pflanzen zu wenig Licht bekamen und nicht blühten. Das alte Gebäude war mit seinen Rundbogen wunderschön, die Farbe war jedoch abgeblättert. Die Fensterrahmen aus angefaultem Holz waren moosgrün gestrichen, die weißen Wände waren sehr schmutzig, und der Putz bröckelte. Es war ein Altersheim, doch dieses war definitiv kein angenehmer Ort, um seinen Lebensabend zu verbringen.

Viele alte Leute zogen nicht deshalb hierher, weil ihre Familie sie links liegen gelassen hätte, sondern einfach weil gar keine nahen Verwandten mehr da waren. Die meisten Bewohner hatten nur ein oder zwei Kinder. Wenn dann ein Einzelkind starb oder weit weg lebte oder körperlich oder finanziell nicht in der Lage war, seinen alten Eltern zu helfen, mussten diese ins Heim gehen, weil sie dort wenigstens ein Minimum an medizinischer und pflegerischer Unterstützung bekamen. Sie flohen vor Vereinsamung und Vernachlässigung. Einrichtungen dieser Art schossen in der heutigen Gesellschaft aus dem Boden wie Pilze.

Der Meister blickte auf das Gebäude und sagte: »Dies ist eine gute Umgebung für Träume. Geht hinein und erfreut die Bewohner.«

Naiv und voller Vorurteile dachten wir: »Träume? In einem Altersheim? Diese Leute sind deprimiert und apathisch! Was sollte sie denn noch aufmuntern?« Nachdem wir uns mit der Welt der Kinder befasst hatten, begaben wir uns jetzt in die Welt der alten Leute. Welten, die so weit voneinander entfernt lagen und sich doch so nah waren!

Das Problem war nur, dass der Meister uns seine Unterstützung nun völlig entzog. Er gab uns nicht den kleinsten Fingerzeig, sondern sagte lediglich, er würde derweil eine Runde drehen.

Bevor er sich aus dem Staub machte, stotterte Dimas noch mit nervösem Blinzeln: »Erfreuen… d… die A… Alten? Wie nur, Meister? D… diese L… Leute stehen mit einem Fuß im Grab!«

Er war zwar in der Lage, alten Leuten das Portemonnaie zu klauen und sie damit zu Tode zu erschrecken, hatte sich aber noch nie länger mit einem alten Menschen unterhalten oder ihm eine Freude bereitet.

»Dimas, Vorurteile machen älter als Lebensjahre. Du bist älter als viele dieser Heimbewohner!«, bemerkte der Traumhändler.

»Wenn ich es auf meine Weise machen darf, hab ich das Problem in zwei Minuten im Griff!«, prahlte Bartholomäus, als hätte er eine magische Lösung parat. »Genug Schnaps für alle und die Bude brennt!«

Er hatte die Beherrschung verloren und entschuldigte sich für seinen Rückfall. Aber auch Edson, der selbsternannte Wundertäter, wusste nicht, wie er das Wunder der Freude vollbringen sollte, und Salomon und ich fühlten uns genauso hilflos.

Der Meister hatte sich inzwischen unbemerkt zurückgezogen, sodass wir auf uns allein gestellt waren. Wir beratschlagten, und jeder steuerte seine Vorschläge bei. Dann machten wir einen Plan, trennten uns, um Kostüme und Requisiten zu besorgen und fanden uns zwei Stunden später wieder vor dem Altersheim ein.

Honigschnauze kreuzte mit einer langen Perücke und einer Sonnenbrille auf. Er kaute Kaugummi und rief aufgekratzt: »Leute! Lasst uns so tun, als wären wir normal.« Wir brachen in Gelächter aus.

Dann gingen wir auf das Altersheim zu. Bevor ich etwas sagen konnte, kam Bartholomäus mir wieder zuvor und schärfte uns noch einmal die Story ein, die wir uns als Vorwand ausgedacht hatten: »Also, die Sache ist so: Wir sind eine

Profiband und wollen für die Alten aufspielen. Gratis! Wir wollen keine Gage, aber Spenden sind natürlich immer willkommen.«

Ich stieß ihm den Ellenbogen in die Rippen. Von Spenden war nicht die Rede gewesen. Dimas trug einen roten Hut und hatte ebenfalls eine dunkle Sonnenbrille auf der Nase. Ich hatte mir eine Perücke mit langen Zöpfen verpasst, Salomon hatte sich künstliche Koteletten angeklebt und imitierte Elvis Presley, und Edson trug ein rotes Band um den Kopf und ein langes T-Shirt. Es war ein Kampf gewesen, an die Sachen zu kommen, aber mit dem Argument, wir würden sie für eine Wohltätigkeitsveranstaltung benötigen und anschließend wieder zurückgeben, konnten wir sie schließlich ausleihen.

Die Heimleitung war von unserem Outfit etwas schockiert, doch da sich jüngere Leute eher selten für alte Leute interessieren, war sie doch neugierig auf das, was wir vorhatten. Ich fragte mich:»Was tue ich hier eigentlich? Das geht doch in die Hose!« Eine Bühne wurde improvisiert, und schließlich setzten sich über Hundert alte Damen und Herren brav ins Publikum, um der »Band« zu lauschen.

Wir hatten zwei geflickte Gitarren mitgebracht. Die eine trug der Wunderheiler, der behauptete, er habe in der Musikgruppe seiner Kirchengemeinde spielen gelernt. Aber die Gitarre war verstimmt. Salomon trug die andere, doch auch er konnte kaum Gitarre spielen. Ich hielt ein Saxophon in der Hand und versuchte, mich an einige der wenigen einfachen Melodien zu erinnern, die mein Großvater mir beigebracht hatte. Dimas hatte tatsächlich einen Kontrabass und wusste nicht, was er damit anstellen sollte. Und Honigschnauze war – natürlich! – der Sänger. Er hatte uns versichert, dass er die Töne träfe und früher in Nachtlokalen gesungen hätte, als er noch nicht so viel trank.

Schüchtern und zaghaft spielten wir das erste Lied, einen romantischen Rocksong. Die Stimme von Honigschnauze war ein Desaster. Er hätte besser den Mund halten sollen, denn es gelang ihm nicht, mit den Instrumenten mitzuhalten, obwohl er selbst glaubte, Begeisterungsstürme loszutreten. Die Alten blieben regungslos, sodass wir dachten, wir müssten noch mehr Leben in die Bude bringen. Also unterbrachen wir den ersten Song und stimmten einen schnellen Rocksong an. Der ging wirklich ab! Wir waren voll in Fahrt, schwangen die Hüften und sprangen auf der Bühne herum, aber von den Alten kam keine Reaktion. Dann trällerte Honigschnauze bizarre Koloraturen, doch das Publikum gab immer noch keinen einzigen Lacher von sich.

Ich dachte nur: »Wir sind geliefert. Statt sie aufzumuntern, verschlimmern wir ihre Depressionen!« Da legte sich Bartholomäus noch mehr ins Zeug und stimmte seine persönliche Hymne an, einen Samba. Wir versuchten, irgendwie im Takt zu bleiben.

»Ich trinke, ja, und ich lebe! Andre Leute trinken nicht und sterben! Ich trinke, ja …« – und er wiederholte den Refrain, schaute die Alten an und fand, dass sie wohl nur mit Alkohol aufgemuntert werden konnten.

Aber niemand lächelte. Niemand bewegte sich. Niemand klatschte. Niemand sang mit. Am ersten Tag, da wir versuchten, Träume zu verkaufen, verkauften wir in Wirklichkeit Peinlichkeiten. Wir schauten zu den Altenpflegern hinüber und sahen, dass sie ebenfalls ungerührt waren. Wie wir waren sie der Meinung, die Alten stünden sowieso schon mit einem Fuß im Grab und warteten nur auf den Tod. Als der Nachmittag zu einem der schlimmsten zu werden drohte, den wir seit unserer Begegnung mit dem Meister erlebt hatten, erschien er. Sofort gingen mehrere alte Leute auf ihn zu und umarmten ihn überschwänglich, sodass uns klar wurde, dass er das Heim häufiger besuchte.

Dann nahm er uns die Instrumente aus der Hand und gab sie ans Publikum weiter, obwohl die Alten so schwach waren, dass sie sie kaum halten konnten. Wir dachten, sie wüssten gar nicht, was eine Gitarre, ein Kontrabass oder ein Saxophon sei. Doch zu unserer Überraschung griffen sich drei alte Männer namens Lauro, Michel und Lúcio die Gitarren und den Bass, stimmten geschickt die Saiten und begannen, furios aufzuspielen. Ungläubig rissen wir die Augen auf. Sie waren so gut, dass wir eine Gänsehaut bekamen.

Eine alte Dame hatte sich das Saxophon genommen, und was sie dem Instrument entlockte, haute uns schlicht um. Ich war sprachlos. Hatte das Altersheim nicht wie ein Abstellgleis für alte Leute ausgesehen?

Beschämt mussten wir unsere Unwissenheit und Missachtung eingestehen und erkennen, dass an diesem Ort begabte, sachkundige, erfahrene Menschen lebten, die ihr Potenzial nicht mehr ausschöpfen konnten.

Der Meister hörte der improvisierten Band freudestrahlend zu. Dann reichte er Bartholomäus' Mikrofon einem sehr alten Mann, der kaum noch stehen konnte, dessen unvergleichliche Stimme jedoch sogar die von Frank Sinatra übertraf. Kurz darauf rief der Meister die alten Damen und Herren, die sich noch bewegen konnten, auf die Tanzfläche und begann, mit ihnen zu tanzen. Da stürzte auch ich mich ins Gewimmel. Es war ein Riesenspektakel. Die Alten selbst mischten das Altersheim mit ihrer Freude auf. Endlich fühlten sie sich wieder als Menschen!

Wir hatten uns vor ihnen blamiert, hatten ihnen respektlos das Schlechteste vom Schlechten geboten und wirklich gedacht, ihre Sinne und Gefühle vertrügen jeden Mist, nur weil sie alt und schwach waren und ein schlechtes Gedächtnis hatten. Im Gegensatz zu mir hatten aber viele von ihnen eine wunderbare Kindheit gehabt, und so war das Kind, das in ihnen schlummerte, wieder erwacht.

Später sagte der Meister, er hätte uns zu den Alten geschickt, damit wir von ihnen Träume kauften und nicht umgekehrt. Dann lehrte er uns, dass es keine unnützen Menschen gibt, sondern nur Menschen, die nicht wertgeschätzt werden und deren Potenzial deshalb verkümmert.

Bei diesen Worten fiel mir – wieder einmal! – wie Schuppen von den Augen, welch großen Fehler ich in meiner Jugend gemacht hatte.

Mein Großvater Paulo war extrovertiert und gesellig gewesen. Er war fünfzehn Jahre nach meiner Mutter gestorben. Doch ich war ihm nie in seine Welt gefolgt. Da ich mich von meinen Onkeln, Tanten und Cousins abgelehnt fühlte, lehnte ich schließlich auch meinen Großvater ab. Jedes Opfer ist zugleich auch Täter. Ich hatte zwar seine Fähigkeit bewundert, Instrumente zu spielen, ihn aber nie gefragt, welche Sorgen und Nöte er in seinem Leben durchstehen musste. Ich hatte seine gute Laune und seinen reichen Erfahrungsschatz nie zu schätzen gewusst. Weil ich es versäumt hatte, das zu empfangen, was ein so erstaunlicher Mensch mir hätte geben können, hatte ich viel verpasst.

Zum Abschluss des Tages äußerte der Meister ein paar Gedanken, die mir unvergesslich geblieben sind: »Die Spanne zwischen Jugend und Alter ist kürzer, als ihr denkt. Wer als junger Mensch die Welt der Alten missachtet und sich nicht erfreut an dem, was sie geben können, hat seine Jugend nicht verdient. Täuscht euch nicht – der Mensch stirbt nicht etwa, weil sein Herz aufhört zu schlagen, sondern weil er das Gefühl hat, nicht mehr wichtig zu sein.«

Mir wurde klar, wie viele alte Menschen wir bereits für tot erklären und in Heimen begraben, auch wenn wir ihnen dort die nötige Betreuung gewähren, damit sie körperlich überleben. Aber im Grunde praktizieren wir seelische Euthanasie.

Der Tempel der Elektronik

Schnell sprachen sich die Ereignisse im Altersheim in der ganzen Stadt herum, jedoch nicht, weil etwa ein Journalist vor Ort gewesen wäre, sondern weil ein Altenpfleger fotografiert und die Bilder an eine Zeitung weitergegeben hatte. Danach erlebten wir an der Seite des Meisters noch viele weitere Abenteuer, und die Ablehnung, der wir dabei begegneten, schweißte uns immer enger zusammen.

Mindestens einmal pro Woche lud der Meister Menschen, die wir auf unserer Wanderschaft durch die Großstadt trafen – Bauarbeiter, Tankstellenwärter, Mechaniker, Müllmänner, aber auch Künstler – in unser großes Haus unter freiem Himmel ein. Dort setzten wir uns auf alten Obstkisten zu einer großen Runde zusammen, um von ihrem Leben zu hören und mit ihnen über das Gesellschaftssystem zu diskutieren.

Während sie darüber beglückt waren, dass sich jemand wirklich für sie interessierte, genossen wir es, etwas von den Schwierigkeiten, Hoffnungen, Träumen, Albträumen, Leidenschaften und Enttäuschungen dieser unbekannten und uns gleichzeitig so nahen Menschen zu erfahren. Ich empfand diese Runden als eine magische Lehrzeit und einzigartige soziologische Erfahrung.

Unterdessen wuchs der Ruhm des Meisters in der Stadt, und er wurde immer mehr zu einer mythischen Figur. Manchmal zeigten Leute aus dem vorbeifahrenden Auto auf ihn und riefen:»Ist das nicht der Typ, der das Verkehrschaos beim Alpha-Hochhaus verursacht hat? Hat der nicht auch das Altersheim und diese Trauerfeier aufgemischt?« Die Sensationsgier der Leute war groß; es fehlte nicht mehr viel, und sie hätten erzählt, er habe den Toten wieder auferweckt.

Eines Tages erkannte ihn ein etwa sechzigjähriger, gequält dreinblickender Mann auf der Straße. Er rief hinter uns her und beschleunigte dann seinen Schritt, bis er uns erreicht hatte.

»Meister, ich habe dreißig Jahre lang meiner Firma gedient, in den letzten Jahren als äußerst erfolgreicher Manager. Doch irgendwann wurde dem Chef mein Erfolg zu viel. Er begann, mir Steine in den Weg zu legen, und hatte plötzlich immer etwas anderes an mir auszusetzen. Ich wurde regelrecht fertiggemacht und am Ende entlassen. Mein Blut habe ich für das Unternehmen gegeben, und dann haben sie mich weggeworfen wie einen gebrauchten Plastikbecher! Ich fühle mich verraten und leide unter starken Depressionen. In einer anderen Firma noch mal von vorn anzufangen traue ich mir nicht mehr zu. Es werden ja sowieso junge Leute bevorzugt, die niedrigere Gehälter akzeptieren. Meinen ehemaligen Chef hasse ich abgrundtief. Ich weiß nicht mehr ein noch aus!«

Seine Lippen zitterten. Auf dem Gipfel seiner Qual schien er um Erleichterung zu flehen. Der Meister schaute erst uns und dann ihn an und bemerkte: »Unter allen Lebewesen kennen nur die Menschen Neid und Rache. Ihr Chef hat Sie beneidet, weil Sie fähiger waren als er selbst. Rächen Sie sich an ihm!«

Ich war verwirrt. Was für einem Mann folgte ich da? War er etwa nicht der Meister der Versöhnung?

Bartholomäus dagegen gefiel die Haltung des Meisters. Stürmisch rief er aus: »Genau! Aug um Aug, Zahn um Zahn. Gib dem Burschen ordentlich eins auf die Mütze!« Und Dimas plusterte sich auf: »Wenn du einen Kumpel brauchst, um die

Sache zu erledigen – hier ist er!« Dabei nahm er die Pose eines Karatekämpfers ein.

Honigschnauze ließ sich anstecken. Er stieß Kampfesschreie aus und hüpfte angriffslustig herum, um zu beweisen, wie kampferprobt er war. Dann vergaßen sich die beiden und gingen aufeinander los. Dabei gab Dimas Bartholomäus versehentlich einen solchen Hieb auf den Kopf, dass dieser zu Boden ging und für einen Augenblick das Bewusstsein verlor. Ich war geschockt.

Als wir Bartholomäus wieder aufhalfen, fragte dieser Dimas: »Bist du wütend auf mich?«

Ihm wurde langsam klar, dass »Zahn um Zahn« eine gefährliche Sache war.

Der entlassene Manager wusste angesichts unserer Sippschaft nicht, ob er weinen oder lachen sollte. Dann fragte er den Traumhändler: »Aber, Meister, wie soll ich mich denn rächen?«

Die Antwort kam ohne Zögern: »Töte ihn!«

Mir blieb das Herz stehen. Das hatte ich nie und nimmer erwartet. Meine Beine begannen zu schlottern, und ich war drauf und dran, mich aus dem Staub zu machen. Hasserfüllt verriet der Mann nun seine wahren Absichten: »Genau das habe ich gerade vor! Dieser Hundesohn verdient es nicht, weiterzuleben!«

Bevor er jedoch davonstürmen konnte, um seinen Plan in die Tat umzusetzen, hakte der Meister nach: »Die größte Rache an einem Feind besteht darin, ihm zu verzeihen. Töte ihn in dir selbst!«

»Wie das?«, fragte der Mann überrascht.

»Nur ein Schwächling tötet den Körper seines Feindes. Der Starke tötet die Bedeutung, die der Feind für ihn hat. Wer den Körper eines Menschen tötet, ist ein Mörder. Derjenige jedoch, der den Einfluss seines Feindes im eigenen Herzen tötet, ist ein Weiser.«

Dem Mann wurde schwindelig. Wir mussten ihn stützen und an die nächste Wand anlehnen. Dann ging der Meister auf ihn zu, sah ihm tief in die Augen und schloss: »Rächen Sie sich an ihm, indem Sie Ihre Ruhe wiederfinden und in Ihrem nächsten Job noch besser sind! Sonst lauert er Ihnen für den Rest Ihres Lebens auf!«

Einige Sekunden lang war der Mann wie gelähmt. Dann jedoch fing er sich wieder, denn er hatte verstanden, dass er so lange nichts als ein armseliges Opfer war, wie er seinen Hass nährte. Wenn er sich befreien wollte, musste er anders reagieren als erwartet.

Dankbar für diese Erkenntnis fiel er dem Meister um den Hals und umarmte ihn wie ein Sohn seinen Vater. Als er uns verließ, konnte man sehen, dass er einen ganz anderen Weg einschlug als jenen, den er sich ursprünglich vorgenommen hatte.

Und erst da bemerkte ich den Revolver, der sich unter seinem Hemd abzeichnete. Ich war fassungslos. Der Mann hatte wirklich kurz davor gestanden, einen Mord zu begehen. Jetzt verstand ich auch die schockierende Reaktion des Meisters. Kein leerer Rat hätte den Mann von seinem Vorhaben abgebracht, genauso wie mich nichts daran gehindert hätte, meinem Leben ein Ende zu bereiten. Der Meister hatte dem Wunsch nach Rache nicht widersprochen, sondern ihn umgelenkt. Was das wohl für eine therapeutische Technik war?

Ein paar Tage später wurde im reichsten Teil der Millionenstadt die Consumer Electronic Show eröffnet, die größte Elektronikmesse weltweit. Über 2 500 Unternehmen stellten ihre Produkte aus, und es wurden 140 000 Besucher aus 130 Ländern erwartet. Der ungebrochene Zustrom von Endverbrauchern und Zwischenhändlern bewies, dass dieser Industriezweig auch in Zeiten der Wirtschaftskrise weiter wuchs.

Der Meister wandte seine Aufmerksamkeit dem Megaevent zu; er wollte unbedingt im Tempel der Informatik aufkreuzen. Sein plötzliches Interesse an Computern war uns schleierhaft, denn offensichtlich hatte er noch nie an einem gesessen. Doch er sagte nur ohne jede weitere Erklärung: »Wir gehen auf die Messe.«

Besorgt folgten wir ihm. Das Event war viel zu abgehoben für Leute unseres Schlages. Wir waren doch nur eine Horde ungepflegter Gesellen in zerrissenen Hemden und geflickten Jeans. Weder arbeiteten wir für einen der Aussteller noch hatten wir eine Eintrittskarte vorzuweisen. Wir sahen eher aus wie Landarbeiter aus dem 19. Jahrhundert, die direkt auf den Höhepunkt des 21. Jahrhunderts gebeamt worden waren. Wir konnten noch nicht einmal so tun, als gehörten wir zum Reinigungspersonal oder zu den Möbelschleppern.

Bartholomäus wollte uns beruhigen und sagte seinen berühmten Satz: »Leute, lasst uns so tun, als wären wir normal.«

Also nahmen wir Haltung an, strichen uns die Haare glatt und versuchten, nicht so zu schlurfen.

Als der Haupteingang vor uns auftauchte, legte Dimas den Arm über Salomons Schulter, um ihm den Hals zu stützen und seinen nervösen Tic unter Kontrolle zu halten. Doch Salomon entwand sich ihm und sagte scherzhaft: »Weg da, du Langfinger! Du hast es mit einem echten Kerl zu tun!«

»Für dich bin ich immer noch Engelshand!«, protestierte Dimas. Darauf rief Bartholomäus: »Wohl eher Teufelskralle!«

Dimas fand das gar nicht witzig und wollte sich fuchsteufelswild auf ihn stürzen, sodass Bartholomäus schnell nachschob: »Früher, Dimas, früher! Vor langer Zeit!« Dann lief er davon, aus Furcht, eine Kopfnuss zu ernten.

Die Bande war wirklich unmöglich. Aber unsere gute Laune verebbte, als wir die Eingangshalle betraten.

Der Luxus schüchterte uns ein, und der Meister fragte: »Fürchtet ihr immer noch, abgelehnt zu werden? Fühlt ihr euch in einer angespannten Atmosphäre wie dieser immer noch bedroht? Habt ihr immer noch nicht gelernt, dass ihr zwar körperlich verletzlich seid, aber niemals seelisch, außer ihr lasst es zu?«

Diese Worte machten uns nur noch nervöser. Wir spürten, dass ein Sturm über uns hereinbrechen könnte. Bange standen wir in dem wunderschönen Innenhof mit dem farbig ausgeleuchteten Springbrunnen und Dutzenden von Blumenvasen voller Rosen, Hibiskus, Margeriten und Tulpen.

Endlose Leuchtbänder mit den Namen der wichtigsten Aussteller blinkten über dem Eingang zu den Messehallen. Ein roter Teppich führte geradewegs auf die Einlasskontrolle zu, wo die Besucher Eintrittskarte und Personalausweis vorzeigen und eine Sicherheitsschleuse passieren mussten. Außerdem wurden ihre Taschen durchleuchtet. Wir lebten in einer unsicheren Welt, in der es nicht mehr viel wert war, nur sein Wort zu geben.

Plötzlich fiel mir auf, dass ich, der Intellektuelle der Clique, am unsichersten war und daher ganz hinten stand. Der Meister wollte das Messegelände eigentlich gar nicht betreten, sondern nur in der Eingangshalle die Leute beobachten. Doch überraschend forsch versuchte Bartholomäus, hineinzugelangen. Natürlich wurde er vom Einlasspersonal aufgehalten und von einem Sicherheitsbeamten, der einen Metalldetektor in der Hand hielt, aufgefordert, die Arme zu heben. Der Beamte fuhr mit dem Gerät über seinen Körper und berührte unversehens seine Geschlechtsteile, sodass Bartholomäus erschrocken ausrief: »Immer mit der Ruhe, Bruder! Da nicht!«

Wir liefen hinzu, und der Meister versuchte, Bartholomäus zu beruhigen. Uns forderte er auf, lieber draußen zu warten. Währenddessen waren weitere Sicherheitsleute aufgetaucht. Sie warfen einen langen Blick auf uns und forderten unsere Eintrittskarten. Da wir keine hatten, begannen sie, uns mit ihren Detektoren abzutasten und uns zu durchsuchen, wie sie es bereits bei Bartholomäus getan hatten. Salomon war kitzelig und konnte nicht still halten. Die Beamten wurden sauer. Sie wollten uns hinauswerfen, obwohl die Eingangshalle öffentlich und für jeden zugänglich war.

Da wurde Engelshand von einem der Sicherheitsbeamten erkannt, der ihn mit den Worten beiseitestieß:»Hau ab, du Gauner!«

In einem plötzlichen Rückfall nutzte Dimas das Handgemenge, um dem Beamten die Brieftasche aus der hinteren Hosentasche zu ziehen. Doch schon während er zu Boden ging, wurde ihm bewusst, was er getan hatte. Er stand wieder auf und gab dem Beamten die Brieftasche zurück. Der Meister freute sich darüber, doch die Sicherheitskräfte wurden noch misstrauischer.

Edson schäumte vor Wut. Am liebsten hätte er Feuer vom Himmel regnen lassen, um seine Peiniger zu vernichten. Der Meister dagegen zeigte eine beunruhigende Ruhe, so als hätte er die ganze Situation längst vorhergesehen. Doch wir sollten nicht nur vertrieben werden, die Beamten machten sich auch noch über uns lustig. Einer rief:»Sind das nicht die Clowns, die auf der Messe für Spaß sorgen sollen?« Sie lachten. Tatsächlich schienen wir einer Komödie oder aber einem Horrorfilm entsprungen. Ein anderer Beamter schubste den Meister derart, dass dieser stolperte. Er konnte sich gerade noch fangen und fragte:»Warum greifen Sie mich an? Habe ich Sie etwa angegriffen? Was habe ich Ihnen denn getan?«

Da rief einer der Beamten aus, was sie alle dachten: »Raus mit euch, ihr falschen Gaukler!«

Erstaunlicherweise rutschte mir darauf eine Bemerkung heraus, die mich selbst überraschte: »Schade, dass ich kein Millionär bin! Dann würde ich diesen Armleuchtern einen Tritt in den Hintern verpassen!«

Als ich merkte, was ich gesagt hatte, war es schon zu spät. Ich, der überzeugte Sozialist, hatte zugegeben, dass ich das Geld im Grunde liebte. Seine Macht verführte mich auf subtile Weise, was ich aber bisher noch nicht einmal mir selbst eingestanden hatte. Insgeheim liebte ich Luxusschlitten, Kreuzfahrten und Ferienhäuser. Zwar kritisierte ich die Reichen, die in der ersten Klasse reisten, aber eigentlich beneidete ich sie. Ich hasste es, in der Touristenklasse eingepfercht zu werden wie eine Ölsardine.

Inzwischen hatten die Sicherheitsleute von uns abgelassen. Wir hatten uns ein wenig von ihnen entfernt und standen weiter in der Eingangshalle herum. Mit seiner üblichen guten Laune sagte der Meister: »Kommt! Wir sprechen die Leute an, die hier rein- und rausgehen. Schließlich ist unsere Bühne die ganze Welt.«

»Die Leute ansprechen? Aber ich dachte, wir wären hergekommen, um uns die Computer anzusehen?«, dachte ich im Stillen. Engelshand, der das Gefühl hatte, dass sich die Atmosphäre nicht gerade dazu eignete, um Träume zu verkaufen, flüsterte mir ins Ohr: »Hmm! Ich glaube, hier kämpfen wir auf verlorenem Posten!«

Dann sah ich etwas Merkwürdiges. Ein äußerst elegant gekleideter Mann, der aussah wie ein wichtiger Manager, ging vorbei und musterte uns von oben bis unten. Er trug ein Namensschild mit dem Logo der Megasoft-Gruppe, einer der größten Computerfirmen weltweit. Ich betrachtete ihn aus den Augenwinkeln und sah, wie er weiter vorne einige Männer ansprach, die, wie wir später erfuhren, einer Antiterroreinheit angehörten. Dabei zeigte er in unsere Richtung. Eilig kamen die Männer auf uns zu und forderten den Meister noch einmal auf, sich auszuweisen. Da dieser keinerlei Dokumente hatte, bekam er einen Schlag ins Gesicht, wurde zu Boden geworfen und mit dem Ruf »Terrorist!« festgehalten. Das alles geschah so schnell, dass wir zunächst wie angewurzelt dastanden. Als wir reagieren konnten und den Meister schützen wollten, wurden wir ebenfalls angegriffen.

Honigschnauze warf sich wieder einmal in seine Kämpferpose und wurde mit einem einzigen Hieb niedergestreckt. So viel Gewalt hatte ich noch nie gesehen. Soziologisch betrachtet könnte man sagen: Unter Blinden ist ein Einäugiger kein König, sondern wird verprügelt. Gerade erst waren mir von einem Fremden die Augen geöffnet worden, da merkte ich, dass es manchmal besser ist, blind zu sein.

Im Durcheinander zog einer der Männer seine Waffe und richtete sie auf den Meister. Wäre in dem Augenblick nicht ein Polizeiwagen mit drei Beamten vorgefahren, wäre er vielleicht erschossen worden. Doch ein Polizist sprang mit gezückter Waffe aus dem Wagen und brüllte: »Halt! Nicht schießen! Ich bin der Polizeichef dieses Bezirks und ich kenne diesen Mann. Er ist kein Terrorist.«

Der Anführer der Antiterroreinheit schnaubte: »Der Mann kann sich nicht ausweisen. Wer ist er?«

Der Polizeibeamte zögerte kurz und sagte dann: »Er ist … ein Straßenverkäufer … Wenn Sie ihn nicht in Ruhe lassen, kriegen Sie eine Anzeige wegen Gewalttätigkeit an den Hals.«

Der Polizist, der den Meister auf diese Weise schützte, war derselbe, der auf dem Alpha-Gebäude anwesend gewesen war. Er hatte den Traumhändler nicht vergessen, der ihn mit dem

Kommentar über seinen Sohn ein paar schlaflose Nächte gekostet hatte. Seitdem verfolgte er über die Zeitungen aufmerksam seine Schritte.

Ich war überglücklich und begann tatsächlich, der Polizei wieder zu vertrauen. Obwohl der Meister blutete, wiegelte er ab: »Das sind gute Leute – es war bestimmt ein Missverständnis.«

Da erwachte Bartholomäus aus seiner Ohnmacht und fragte: »Wo bin ich?« Er erinnerte sich, dass er einen Schlag gegen den Kopf bekommen hatte, und sah, dass die Situation bereits unter Kontrolle war. Also spielte er wieder den Helden: »Die kriegen's jetzt mit mir zu tun! Ich bin Schwarzgurt im Judo, Karate, Capoeira und anderen Krempel. Haltet mich fest, sonst wird's böse enden!«

Anstatt ihn festzuhalten, ließen wir ihn los, und er sprang auf. Als er jedoch merkte, dass die Antiterroreinheit ihn abermals in den Blick nahm, wich er zurück: »Ja, ja, ja, bin ganz ruhig.«

Die Terrorbekämpfer drehten uns nun den Rücken zu, um zu gehen, und kurz darauf verabschiedete sich auch der Polizeichef. Aber zuvor bedankte er sich beim Meister für die wenigen Sätze, die dieser ihm auf dem Alfa-Gebäude gesagt hatte, und bat: »Mein Sohn würde Sie gerne kennenlernen.«

»Eines Tages. Sagen Sie ihm, dass er viel träumen und für seine Träume kämpfen soll.«

Das rechte Auge des Meisters war geschwollen, und aus seinem linken Mundwinkel lief Blut, aber er beschwerte sich nicht.

Wir hatten zwar gewusst, dass wir, wenn wir ihm folgten, dem Spott ausgesetzt sein würden, aber jetzt war uns zum ersten Mal klar geworden, dass sogar unser Leben in Gefahr schwebte.

Ich war entsetzt darüber, dass die Leute mit solcher Leichtigkeit gewalttätig werden konnten. Am meisten schockierte mich jedoch, dass das Gespenst der Aggressivität auch in mir steckte. Ich kannte zwar meinen Hochmut, aber nicht mein Potenzial an latenter Gewalt.

Denn obwohl ich begonnen hatte, an Harmonie und Solidarität zu glauben, hatte ich nicht übel Lust, mich wütend auf den Mann zu stürzen, der den Meister verletzt hatte. Nie hätte ich gedacht, dass Nächstenliebe und Aggressivität, Krieg und Frieden im gleichen Menschen wohnen können. Auch sanfte Menschen beherbergen Ungeheuer in den Tiefen ihrer Seele.

Die Entschleunigung des Lebens

Was wir auf der Elektronikmesse erlebt hatten, war so schlimm gewesen, dass wir dem verletzten Meister unter die Arme griffen, um ihn nach draußen zu führen. Er musste zum Arzt und brauchte Ruhe. Davon wollte er jedoch nichts wissen. Stattdessen stieg er auf die Umrandung des Springbrunnens und begann tapfer, die Leute zusammenzurufen und ihnen die letzten Messeneuigkeiten anzukündigen.

Wir trauten unseren Ohren nicht. Einige Messebesucher, die den Meister als den in der Presse beschriebenen Unruhestifter erkannt hatten, näherten sich. Polemisch, wie er war, stellte er ihnen nun provozierende Fragen:»Jedes Kind, und sei es noch so vernachlässigt, hat ein komplexeres Gehirn als alle Computer auf der Welt zusammen. Aber wo wird mehr Forschung und Geld investiert, in die Kinder oder die Maschinen?«

Ein Wissenschaftler, der nur halb zugehört hatte, unterbrach den Meister:»Sie haben ja keine Ahnung von künstlicher Intelligenz! In wenigen Jahren werden die Computer das menschliche Denkvermögen haushoch überflügeln! Sie werden programmiert sein wie das menschliche Gehirn, aber mit dem Vorteil eines größeren Gedächtnisses. Sie werden fantastische Fähigkeiten haben! Warten Sie es ab!«

Der Meister stellte sich der Herausforderung:»Einspruch! Computer sind für immer zum Schlaf der Bewusstlosigkeit verdammt. Sie tragen keine Konflikte aus und fragen nicht nach ihrem Ursprung und ihrem Ende. Sie können weder Philosophie noch Religion hervorbringen und werden immer Sklaven ihrer Programmierung sein.«

Ich dachte:»Woher hat der Meister dieses Wissen und wie schafft er es, bei kontroversen Themen eine derartige Sicherheit an den Tag zu legen?«

Einige der Computeringenieure und Programmierer, die ihn hörten, fragten nun ein wenig befangen:»Ob die künstliche Intelligenz wirklich niemals wissen wird, dass es sie gibt?«

Der Meister fuhr fort:»Unsere Konflikte sind Zeichen unserer Komplexität. Auch wenn wir nicht glücklich über sie sein können, so sollten wir in ihnen doch die Frucht unserer geistigen Größe bewundern.«

Ich schaute unsere Crew an und hatte den Eindruck, dass meine Weggenossen schon länger nicht mehr folgen konnten. Insbesondere Bartholomäus schien völlig verloren, aber ich verkniff mir jede Bemerkung. Da flüsterte er mir zu:»Super-Ego, ich war schon immer ein wunderbar komplexer Mensch, aber du bist unerträglich brav und langweilig!«

Unser Honigschnauze hatte es mal wieder geschafft, mir in einer Situation auf die Füße zu treten, in der ich mich nicht wehren konnte, ohne anschließend erst recht der Dumme zu sein. Ich hatte nicht übel Lust, ihn mit meiner Bildung zu erschlagen, musste mich aber nun in dem üben, was mir völlig abging: Geduld. Obwohl ich nie religiös gewesen war, sandte ich ein Stoßgebet gen Himmel:»Lieber Gott, schenk mir Langmut, damit ich mich im Zaum halten kann!«

Nachdem er den Technikoptimismus kritisiert hatte, richtete der Meister seine Geschütze nun gegen das Internet:»Das System hat Internet und Handys hervorgebracht und damit den Zugang zu Kommunikation und Information in nie da gewesenem Maße revolutioniert. Die Leute können inzwischen besser mit der Technik als mit ihren Mitmenschen umgehen. Es ist zwar meist noch tolerabel, sich nicht mit seinen Nächsten auseinanderzusetzen, aber absolut unerträglich, sich nicht mit sich selbst auseinanderzusetzen.«

Jetzt verstand ich, warum der Meister sich isolierte. Bisher hatte ich es äußerst seltsam gefunden, wenn ich ihn in Selbstgespräche versunken sah. Für mich war sein Verhalten ein Symptom von Geisteskrankheit gewesen, doch nun stellte er diese Vorstellung auf den Kopf und betrachtete Selbstgespräche als Ausdruck geistiger Gesundheit. Aus dieser Perspektive war ich, der ich bisher nie Selbstgespräche geführt hatte, behandlungsbedürftiger als mancher Psychotiker; wohl nicht von ungefähr war ich kurz davor gewesen, mich aufzugeben.

Immer mehr Menschen versammelten sich, sodass der Meister seine Stimme erheben musste. Die Leute, die auf die Messe geströmt waren, um die allerneuesten technischen Innovationen zu bewundern, erfuhren stattdessen das Allerneueste über den Rechner in ihrem Gehirn. Um noch helleres Licht in das Dunkel ihrer Gedanken zu bringen, sagte der Meister:

»Millionen von Menschen sind sich selbst noch nie begegnet. In ihrem Grab wird später ein Fremder liegen, der nie sein wahres Zuhause gefunden hat.«

Die Leute meditierten über diese Worte, als wären sie ein Gebet. Da meldete sich unser Freund Honigschnauze zu Wort. Er hätte lieber den Mund halten sollen, um die Konzentration nicht zu stören. Da er aber seine Zunge noch weniger im Zaum halten konnte als seine Trunksucht, sagte er: »Chef, ich glaube ja, wir sind noch mehr am Arsch als diese Typen hier!«

»Warum, Bartholomäus?«, fragte der Meister geduldig.

Honigschnauze war wirklich ein Meister darin, die Lektion auf ihrem Höhepunkt zu unterbrechen.

»Wir haben ja noch nicht mal ein Zuhause! Wir wohnen doch unter der Brücke!«

Die Leute lachten, und Bartholomäus merkte, dass er dummes Zeug geredet hatte. Doch der Meister tadelte ihn nicht, sondern lächelte über seine Spontaneität. Er war einfach ein hyperaktives und vorlautes Kind, und für den Meister war die Spontaneität die Mutter der Freiheit.

Im Gegensatz zu Honigschnauze hatten die meisten Menschen ihre Spontaneität in Schule, Kirche und Firma getötet. Auch die Messebesucher waren Roboter, die andere Maschinen bewunderten. Sie sagten nicht, was sie dachten.

Da ging ich in mich und merkte, dass ich mich gar nicht von ihnen unterschied. Im Namen der Diskretion war ich förmlich, überlegt und zurückhaltend. Ich kannte mich selbst nicht und ließ auch nicht zu, dass andere mich kennenlernten. Und ich war darauf spezialisiert, so zu tun, als sei alles gut. Es fiel mir schwer zuzugeben, dass Honigschnauze mir etwas voraushatte.

Ruhig sagte der Meister zu ihm: »Du hast recht, Bartholomäus. Wir haben kein Zuhause, aber wir sind auf der Suche nach dem besten Zuhause, das es gibt. Denk nur an unser Lied!«

Und wieder einmal verblüffte er seine Zuhörer mit seiner Exzentrik. Er unterbrach seine Rede, um sein Lied anzustimmen, und wedelte dabei wie ein Dirigent mit den Armen, sodass wir mit einfielen. Bei den ersten Zeilen war ich noch völlig steif, während Honigschnauze und Dimas bereits aus voller Brust sangen.

Wir stiegen von den hohen Bergen der Reflexion hinab, um ein entspannendes Bad im Wasserfall der Freude zu nehmen:

Ein einfacher Wandersmann bin ich,
Der keine Angst mehr hat, sich zu verlaufen.
Meine Unzulänglichkeiten kenne ich.
Nennt mich ruhig verrückt
Und macht Euch über mich lustig!
Was soll's!
Was zählt, ist, dass ich ein Wandersmann bin,
Der den Passanten Träume verkauft.
Ich habe weder Kompass noch Agenda,
Ich habe nichts, doch habe alles.
Ein einfacher Wandersmann bin ich,
Auf der Suche nach mir selbst.

Manche der Umstehenden wussten gar nicht mehr, was sie denken sollten. Verwirrt fragten sie sich gegenseitig: »Was ist das für eine Combo? Von wo sind die aufgetaucht? Was ist das für ein Dirigent? Ob die Schleichwerbung für einen der Aussteller machen?«

Andere ließen sich mitreißen und sangen mit; sie hatten die Angst davor verloren, sich gehen zu lassen, und sie hatten entdeckt, dass sie nicht Forscher, Ingenieure oder Unternehmer waren, sondern einfache Wanderer wie wir.

Wieder andere schimpften: »Der Typ ist ja völlig durchgeknallt!«, und gingen erbost von dannen.

Die Reaktionen waren zwar widersprüchlich, aber jedenfalls war es unmöglich, dem vorwitzigen, schäbig gekleideten Mann gegenüber gleichgültig zu bleiben, der mit seinen Worten die intimsten Winkel der Einsamkeit erreichte. Wir schauten uns um und sahen, dass einige Leute auch gerührt waren, insbesondere zwei elegante Geschäftsfrauen. Obwohl sie von Menschen umgeben waren, fühlten sie sich völlig verlassen. Sie waren beruflich erfolgreich, aber unglücklich.

Als der Traumhändler merkte, dass die Leute nachdenklich geworden waren, sprach er noch ein weiteres Thema an, indem er zunächst etwas fragte, was offensichtlich zu sein schien:»Ist die durchschnittliche Lebenszeit heute wirklich länger als in der Vergangenheit?«

Einer der Zuhörer preschte vor und rief:»Natürlich, was glauben Sie denn?!«

Der Meister blickte erst auf seine Schüler, insbesondere auf mich, dann auf die Menschenmenge, und widersprach:»Nein! Wir sterben heute früher als in der Vergangenheit!«

Darauf machten sich die Zuhörer über den Meister lustig, und ich fand, dass er sich diesmal wohl in seinen eigenen Fallstricken verheddert habe. Einer der Wissenschaftler konnte sich nicht mehr bremsen und rief höhnisch:»Was für ein Blödsinn! Jeder schlechte Student weiß doch, dass sich die durchschnittliche Lebenszeit durch Hygiene und Impfstoffe erhöht hat.«

Der Traumhändler war aber nicht dumm, sondern wusste ganz genau, wovon er sprach.

Er sah den Mann an und bemerkte:»Bei den Römern lag die durchschnittliche Lebenserwartung bei knapp vierzig Jahren, im Mittelalter bei knapp fünfundvierzig. Heute liegt sie immerhin bei fast achtzig Jahren. Ich spreche aber von der durchschnittlichen Lebenszeit des Geistes. Geistig sterben wir heute früher. Haben Sie etwa nicht das Gefühl, dass Sie im gleichen Alter eingeschlafen und wieder erwacht sind, meine Damen und Herren?«

Er erhob die Stimme:»Natürlich hat das System auch seine gute Seite. Es hat Impfstoffe, Antibiotika, Kläranlagen, landwirtschaftliche Technologien und haltbare Lebensmittel hervorgebracht und damit die physische Lebenserwartung erhöht. Doch dasselbe System, das uns mit Frischluft versorgt hat, hat uns mit seinen Exzessen den Sauerstoff entzogen. Verstehen Sie, was ich meine?«

Wir verstanden es nicht, zumindest nicht vollständig. Der Meister sparte oft an Worten und sprach in Rätseln. Was er wohl mit den »Exzessen« des Systems meinte? Um uns auf die Sprünge zu helfen, tat er, was er immer gern tat – er erzählte uns eine Geschichte: »Im Jahre 1928 untersuchte der schottische Bakteriologe Alexander Fleming eine gefährliche Bakterie in seinem Labor. Da er als guter Wissenschaftler auch unter Arbeitsüberlastung litt, ließ er zerstreut die Tür offen, als er abends nach Hause ging. Über Nacht machte sich daraufhin ein Pilz auf den Bakterienkulturen breit und überzog sie mit Schimmel. Doch das, was zunächst ein Unglück schien, führte zu einer bemerkenswerten Entdeckung: Der Schimmel hatte die Bakterien abgetötet. Auf der Grundlage dieser Entdeckung wurde das erste Antibiotikum hergestellt, das Penizillin, das Millionen von Leben gerettet hat. Doch das Penizillin ist exzessiv und wahllos eingesetzt worden. Und was ist das Ergebnis? Eine Katastrophe! Der übermäßige Einsatz von Antibiotika hat resistente Bakterien hervorgebracht, die deshalb noch viel gefährlicher sind. Das Penizillin, eines der größten Geschenke der Medizin an die Menschheit, wird heute für die Entstehung von Supermikroben verantwortlich gemacht, die in der Lage sind, der Menschheit größten Schaden zuzufügen! Auf dieselbe Weise ist das System, das die durchschnittliche Lebenserwartung erhöht hat, aufgrund seiner Exzesse dabei, uns geistig und seelisch früher ins Grab zu bringen als zur Zeit der Pocken.«

Der Meister machte eine Atempause, bevor er die Lehre aus seiner Geschichte zog: »Körperlich leben wir heutzutage länger als in der Vergangenheit, aber wir haben das Gefühl, dass die Zeit viel schneller vergeht. Die Monate und Jahre verfliegen. Viele sind geistig noch kaum gereift, wenn sie merken, dass sie bereits siebzig oder achtzig Jahre alt sind. Achtzigjährige haben heute die Mentalität von Zwanzigjährigen. Welche Exzesse sind es, die eure Seele ersticken?«, fragte er seine Zuhörer, die durcheinanderriefen:»Exzessive Verpflichtungen!«

»Exzessive Informationen!«

»Exzessiver Druck ... Konkurrenz ... immer mithalten zu müssen!«

Wir lebten in einer Gesellschaft der Exzesse – sogar in einer Gesellschaft des exzessiven Wahnsinns!

In dem Durcheinander der Stimmen ließ sich auch Bartholomäus nicht lumpen. Wie so oft schoss er aber ein Eigentor: »Exzessives Saufen.« Und da er es nicht lassen konnte, andere zu piesacken, guckte er uns nacheinander an und sagte:»Exzessives Ego, exzessive Betrügerei, exzessive Religiosität!«, worauf er von uns ein paar Knüffe und Püffe erntete.

Langsam begriffen die Leute, wie der Exzess ihr Leben umklammert hielt und wie dringend nötig sie es hatten, wieder zu träumen. Und dieser Mann, der mit einer geschwollenen Lippe und einem blauen Auge vor ihnen stand, wollte ihnen Träume verkaufen.

»Aber wie soll man dem Stress und der Hektik im Leben denn bloß entkommen?«, fragte ein etwa sechzigjähriger Mann verzweifelt.

Der Meister antwortete lakonisch: »Lassen Sie die Exzesse sein, auch wenn Sie dabei an Geld und Ansehen einbüßen! Wenn Sie als alter Mann nicht Ihrer Jugend nachweinen wollen, müssen Sie den Mut zu Einschnitten haben. Es gibt keinen Schnitt ohne Schmerzen.«

Ich dachte: »Ob der Meister wohl in seinem eigenen Leben den Mut zu solchen Einschnitten gehabt hatte? Oder war er etwa einer dieser Theoretiker, die über etwas sprechen, was sie nicht selbst erlebt haben? Kann überhaupt jemand ohne eigene Erfahrung anderen die Augen öffnen?«

Der Traumhändler hatte mir deutlich gemacht, dass mein bisheriges Leben nur so verflogen war. Ich steckte bis zum Hals im Schlamm exzessiver Arbeit, Sorgen und Gedanken, exzessiver Schwarzmalerei, Klagen und Schulden. Ich hatte »Superbakterien« geschaffen und damit meine Psyche infiziert.

Der Meister sprach nicht nur von Einschnitten im Lebensstil, sondern verkaufte den Leuten auch seine berühmte Übung der Kunst der Beobachtung, die wir inzwischen wöchentlich wiederholten. Und er schloss: »Das Leben verrinnt schnell. Die große Herausforderung besteht darin, es mit Bedacht und Begeisterung zu leben.«

Diese Worte erinnerten mich daran, dass die Tage im letzten Jahr so schnell vergangen waren, dass ich es nicht einmal gemerkt hatte. Jetzt dagegen, in dieser ungewöhnlichen Familie, waren sie viel länger und intensiver geworden.

Nun wurde dem Meister schwindelig. Der Stress der Auseinandersetzung mit den Sicherheitsleuten, die Prügel, die er bezogen hatte, und die Anstrengung seiner Rede hatten ihn völlig erschöpft. Wir mussten ihn stützen und halfen ihm vom Mäuerchen herunter. Dann fassten ihm Salomon und Dimas unter die Arme und führten ihn vom Messegelände hinaus auf die Straße.

Sein Abgang wurde von herzlichem Applaus begleitet, und wir schlugen den Weg zur Brücke ein, die nur einen Katzensprung entfernt war.

Ein Mann hielt uns auf und sagte sehr aggressiv: »So viel Schwachsinn auf einmal hab ich ja noch nie gehört! Sie sind doch ein Betrüger, ein Bauernfänger, ein Blender!«

Wir wurden wütend, aber der Meister beschwichtigte uns und antwortete dem Mann:»Ich hoffe wirklich, dass meine Gedanken schwachsinnig sind und die Ihren weise!«

Dann setzte er seinen Weg fort, und die Leute schauten ihm nach. Sie waren beeindruckt und fragten sich:»Will er eine neue Gesellschaft schaffen?« Oder:»Woher nehme ich die Kraft für die nötigen Einschnitte in meinem exzessiven Lebensstil?« Einige hatten schon früher davon geträumt, sich aufs Land zurückzuziehen und Orchideen zu züchten oder Tiere zu halten; andere wollten immer schon einen zweiten Anlauf wagen und die Arbeitsstelle wechseln oder ehrenamtlich tätig werden, zum Beispiel in Krebskrankenhäusern oder Kinderkliniken. Doch in ihrem exzessiven Leben hatten sie diese Pläne bisher auf unbestimmte Zeit verschoben. Diesmal gingen sie jedoch nachdenklich nach Hause und konnten nicht schlafen, weil sie verstanden hatten, dass sie die Angst davor verlieren mussten, Umwege zu machen oder sich gar zu verlaufen.

Langsam kam heraus, dass unser Meister nicht nur Träume, sondern auch schlaflose Nächte unters Volk brachte.

Wir waren noch nicht unter der Brücke angelangt, als uns obendrein eine elegante Dame ansprach. Wir wollten sie abwimmeln, doch der Meister vergaß für einen Augenblick seinen angegriffenen Zustand, um ihr zu lauschen.

Deprimiert erzählte sie:»Meine kleine Tochter ist sechs Jahre alt und hat Krebs. Nach Meinung der Ärzte hat sie nur noch drei Monate zu leben. Ich kann nicht mehr! Ich möchte an ihrer Stelle sterben! Immer wenn ich sie ansehe, bin ich so verzweifelt, dass ich es zu Hause nicht mehr aushalte. Dabei ist sie so wunderbar – manchmal versucht sie sogar, mich zu trösten!«

Wir waren voller Mitleid und schämten uns für die Grobheit, mit der wir die Frau hatten abweisen wollen.

Der Meister sagte: »Meine Liebe – ich kann keine Wunder vollbringen und deine Tochter wieder gesund machen. Aber ich kann dir folgenden Rat geben: Bedenke, dass drei schlecht gelebte Monate wie Sekunden vorüberziehen, während drei in Fülle gelebte Monate wie eine Ewigkeit scheinen. Begrabe deine Tochter nicht unter deiner Angst! Geh nach Hause, entdecke sie neu und lass sie dich entdecken. Erlebe die verbleibende Zeit mit ihr so intensiv und fröhlich du kannst!«

Ermutigt ging die Frau nach Hause, um aus jeder Minute einen einzigartigen Augenblick zu machen. Wir wussten zwar nicht, ob ihre kleine Tochter dadurch länger leben würde. Aber wir waren sicher, dass die beiden in drei Monaten ein reicheres Leben führen würden als die meisten Eltern mit ihren Kindern in dreißig Jahren.

Ich musste daran denken, wie ich selbst als Vater gewesen war, und wollte am liebsten sofort zu João Marcos rennen und ihn bitten, mir meine Oberflächlichkeit und Gefühlskälte zu verzeihen.

Verführerisches Rampenlicht

Auf dem Rückweg zu unserem Lager unter der Brücke blieb Bartholomäus plötzlich hinter uns zurück. Ein Reporter hatte ihn angesprochen, um ihn über den geheimnisvollen Traumhändler und seine Absichten zu befragen. Bartholomäus war äußerst entzückt und aufgeregt darüber, ein Interview geben zu dürfen. Er merkte gar nicht, dass er vermintes Gebiet betrat.

Ohne Umschweife fragte der Journalist: »Stimmt es, dass dieser Mann Sie aufgefordert hat, ihm zu folgen, ohne Ihnen Geld oder irgendwelche Sicherheiten zu bieten?«

»Ja«, antwortete Bartholomäus freimütig.

»Stimmt es, dass Sie unter einer Brücke leben?«

»Nicht nur unter einer!«, prahlte Bartholomäus. »Wir wohnen unter vielen Brücken!«

»Aus welchem Grund? Wer sind die Mitglieder Ihrer Gruppe und wer ist der Mann, dem Sie folgen?«

Da er sich in die Ecke gedrängt fühlte, weil er nicht in der Lage war, präzise Auskünfte zu geben, sagte Bartholomäus, ohne viel nachzudenken: »Wir? Wir sind Künstler.«

»Künstler? Sind Sie Maler, Bildhauer oder Schauspieler?«, fragte der Journalist, der neugierig geworden war und glaubte, eine bizarre Künstlertruppe vor sich zu haben. Aber er wurde enttäuscht.

Schelmisch warf Honigschnauze ein: »Nein. Wir sind Künstler darin, das Leben zu verkomplizieren.« Dann lachte er so laut, dass es auch fünfzig Meter weiter noch zu hören war.

Der Journalist fühlte sich auf den Arm genommen. Aber Bartholomäus war spontan und ehrlich gewesen. Um zu verdeutlichen, was er meinte, fügte er erläuternd hinzu:»Wir haben das Leben im Laufe der Geschichte immer weiter verkompliziert, doch jetzt machen wir einen komplizierten Prozess der Entkomplizierung durch. Ist nicht leicht, aber wir werden's schon schaffen.«

Honigschnauze war ganz beseelt, denn er gab immerhin das erste Interview seines Lebens und sonnte sich doch recht gern im Rampenlicht.

»Aber wer ist der Mann, dem Sie folgen, und wo kommt er her?«, fragte der Journalist begierig.

»Keine Ahnung. Aber er handelt mit Träumen!«, sagte Bartholomäus treuherzig.

»Was soll das heißen, er handelt mit Träumen? Der Mann soll völlig irre sein! Ist er nicht gefährlich?«

Da deutete der arglose Schüler auf die Umgebung und sagte:»Ob er irre ist, weiß ich nicht, aber ich weiß, dass er sagt, dass das hier ein großes Irrenhaus ist! Der Chef will die Welt verändern!«, bauschte Bartholomäus die Ziele des Meisters auf. Dieser wollte eher den Wunsch nach Veränderungen in den Menschen wecken, da die Verantwortung für die eigene Transformation nur bei jedem Einzelnen selbst liegen konnte.

Der Journalist reagierte entgeistert:»Was? Diese zerlumpte Gestalt behauptet, wir leben in einem Irrenhaus? Und will die Welt verändern? Und das glauben Sie?«

»Keine Ahnung, ob er die Welt verändern wird, aber er verändert gerade meine Welt!«, erwiderte Bartholomäus offenherzig.

»Sind Sie vielleicht Anarchisten?« Der Reporter gab dem Gespräch eine neue Richtung.

Bartholomäus hatte keine Ahnung vom historischen Anarchismus. Er wusste nicht, dass Pierre Joseph Proudhon, einer der Ideengeber, im 19. Jahrhundert eine neue Gesellschaft aufbauen wollte, in der die Freiheit des Einzelnen größer wäre und die Arbeiter nicht mehr von den Kapitalisten ausgebeutet würden. Er war der Meinung, dass in dieser neuen Gesellschaftsordnung auf der Basis der Organisation der Arbeiter jeder seine Mitmenschen gerecht behandeln und sein Potenzial entwickeln würde. Die Anarchisten lehnten Regierung, Gesetze und Institutionen ab und lebten selbstbestimmt. Ohne die Bevormundung des Staates wäre der Mensch ihrer Meinung nach frei.

Der Meister war mit dieser zentralen Idee des Anarchismus nicht einverstanden. Für ihn war der Mensch mit oder ohne Institutionen in der Lage, schreckliche Dinge zu tun, seinen Mitmenschen die Menschenrechte abzusprechen, sie auszupressen und zu ermorden, nur für sein Eigeninteresse zu leben und unvorstellbar grausam zu sein. Er wollte auch nicht die Hippiebewegung wieder auferwecken, die im Zusammenhang mit dem Vietnamkrieg entstanden war. Die Empörung der Jugend über den Krieg führte damals zur Erschütterung ihres Glaubens an die Institutionen, woraus sich eine große Bewegung für Frieden und Liebe entwickelte, die jedoch keine gesellschaftlichen Verpflichtungen eingehen wollte.

Im Gegensatz dazu war das Projekt des Meisters, mit Träumen zu handeln, gegenüber der Gesellschaft tief verpflichtet, zumal was die Einhaltung der Menschenrechte, die individuelle Freiheit und die psychische Gesundheit jedes Einzelnen anging. Deshalb riet er denen, die ihm folgen wollten, ihre gesellschaftlichen Aktivitäten nicht aufzugeben. Er rief nur einige Auserwählte, vielleicht die absonderlichsten seiner Anhänger, dazu auf, bei ihm in die Lehre zu gehen.

Bartholomäus wusste nicht, was er darauf antworten sollte. Er kratzte sich am Kopf und antwortete mit philosophischer Schlichtheit: »Sehen Sie mal, mein Freund, ich weiß nicht, ob wir Anarchisten sind. Aber ich weiß, dass ich noch vor Kurzem nicht sagen konnte, wer ich bin.«

»Und jetzt können Sie es?«, fragte der Journalist.

Darauf schaffte es Honigschnauze, seine Gedanken völlig zu verknoten. »Jetzt? Keine Ahnung. Ich weiß nicht, wer noch was ich bin, denn der, für den ich mich gehalten hab, ist nicht der, der ich bin. Ich bin gerade auf Entzug von dem, der ich war, um zu sein, der ich bin. Ich versteh noch nicht, wer ich bin, aber ich bin auf der Suche nach mir. Verstehen Sie?«

»Nein!«, antwortete der Reporter verwirrt.

»Uff! Gott sei Dank! Hab schon gedacht, ich wär der Einzige, der's nicht kapiert! Sehen Sie, mein Freund: Ich weiß nur, dass ich früher jeden Tag betrunken umgekippt bin, und jetzt helf ich den Leuten aufzustehen.« Dann schaute er dem Reporter in die Augen und lud ihn herzlich ein, sich uns anzuschließen. Doch dieser wehrte nervös ab: »Ich? Ausgeschlossen! Ich bin doch nicht verrückt!«

Darauf konterte Bartholomäus: »Pfff! Woher woll'n Sie das wissen? Fühlt sich echt gut an, verrückt zu sein!«

Verächtlich zeigte er dem Journalisten nun die kalte Schulter, stimmte mit ausgebreiteten Armen einen seiner Lieblingssongs an und tanzte im Sambarhythmus davon, wobei er regelrecht außer sich geriet: »Ein Spi-hi-hinner bin ich und ein Spi-hi-hinner will ich sein!« Dazwischen brüllte er: »Ah! Wie ich dieses Leben liebe!«

Der Journalist hatte seinen Artikel bereits vor dem Gespräch mit Bartholomäus entworfen und wollte einfach nur seine Behauptungen bestätigt wissen. Seine Scheuklappen führten dazu, dass auch er nur das sah, was er erwartet hatte.

Bartholomäus dagegen war nach dem Interview derart euphorisch, dass er sich vergaß und beschloss, das Ereignis zu feiern. Er ging in eine Kneipe und ließ sich volllaufen. Es war sein dritter und schlimmster Rückfall seit Beginn unserer Wanderschaft. Diesmal schlug er völlig über die Stränge und landete schließlich in der Gosse.

Als wir merkten, dass er fehlte, machten wir uns Sorgen. Der Meister schickte uns auf die Suche. Ungeduldig schimpften wir vor uns hin: »Nicht schon wieder! Bei dem sind doch Hopfen und Malz verloren!« Nach einer Stunde hatten wir ihn gefunden: Er lag bewusstlos neben dem Bürgersteig. Wir halfen ihm auf, aber er fand sein Gleichgewicht nicht wieder, sondern ließ sich hängen und wollte nicht laufen. Also griffen wir ihm von beiden Seiten unter die Arme, und Dimas schob ihn von hinten an.

Bartholomäus lallte: »Langsam, Junge … ich hab empfindliche Stoßdämpfer!« Ab und zu ließ er lautstarke, stinkende Fürze los und machte sich noch über uns lustig: »*Sorry*, Leute! Der Auspuff ist kaputt!«

Ich hatte nicht übel Lust, ihm eine runterzuhauen.

Es war unfassbar: Ich hatte tatsächlich die akademische Gedankenwelt verlassen, um mir die abstrusen Gedanken dieses Besoffenen anzuhören! Bis vor Kurzem war mir selbstlose Nächstenliebe unbekannt gewesen; ich hatte für andere nur dann etwas getan, wenn ich etwas dafür erwarten konnte. Und jetzt kümmerte ich mich um jemanden, der mir nicht nur null Komma nichts zurückgab, sondern mich auch noch veräppelte! Auf den letzten dreißig Metern kurz vor der Brücke mussten wir ihn schließlich sogar tragen, denn er konnte wirklich nicht mehr gehen. Dabei überschüttete er uns lallend mit Liebeserklärungen: »*I love you*, Leute. *I love you very, very, very much!*«

»Schnauze!« keuchten wir, während uns der Schweiß von der Stirn tropfte. Doch es nutzte nichts. Die Aufforderung, die Klappe zu halten, regte seinen Redeschwall noch weiter an. Vielleicht waren seine Liebeserklärungen ja wirklich ehrlich gemeint und sein Herz größer als unseres ... Als wir endlich da waren, wollte er uns aus Dankbarkeit auch noch küssen. Vor Schreck ließen wir ihn fallen wie einen Sack Kartoffeln. *»My friends!*«, lallte er frech, »es ist ein Privileg, mich in den Armen zu halten!«

Völlig genervt beschwerte ich mich beim Traumhändler: »Schick den Kerl bloß zu den Anonymen Alkoholikern!«

Aber, dachte ich dann, ohne ihn wäre unsere Truppe wohl ziemlich fade ...

Dimas stotterte:»Schick ihn i... in ... eine Klinik f... für psy... psy... für Verrückte halt!«

Und der Wunderheiler fragte:»Meister, wie lange müssen wir ihn noch erdulden?«

Eigentlich wollten wir seine Antwort gar nicht hören, denn wie erwartet schloss sich der Traumhändler den Worten Honigschnauzes an:»Es ist ein Privileg, ihn zu tragen.«

Bartholomäus war zwar völlig betrunken, aber das hatte er genau gehört:»Habt ihr mitgekriegt, was der Chef sagt? Ich bin was wert!«, nuschelte er stolz und vernehmlich, womit er unserem Aufruhr neue Nahrung gab.

Der Traumhändler fügte hinzu:»Es ist besser, zu tragen, als getragen zu werden. Es ist besser, zu erdulden, als geduldet zu werden.«

Und zu mir sagte er wieder einmal etwas, das meinem Atheismus völlig widersprach:»Nur der vom Menschen erschaffene Gott, der Gott der Religionen, ist unbarmherzig, intolerant, selbstherrlich und voller Vorurteile. Aber der wahre Gott, der sich hinter den Kulissen unserer Existenz verbirgt, ist großzügig. Seine Fähigkeit, zu verzeihen, ist grenzenlos und soll uns als Beispiel dienen, diejenigen, die uns enttäuscht haben, so oft auf Händen zu tragen wie nötig.«

Ich war mit dem, was der Meister da sagte, nicht einverstanden, denn ich hatte die Texte des Alten Testaments studiert, in denen von einem eifersüchtigen, grimmigen und erbarmungslosen Gott die Rede war. Wo hatte der Meister den von ihm beschriebenen großzügigen Gott her? Den Gott der Bibel, der einzig das Volk Israels auserwählt hatte, konnte er kaum meinen.

Der Traumhändler schien meine Gedanken zu lesen und sagte: »Dieser großzügige Gott ist von Jesus Christus, dem Meister aller Meister, gepredigt worden. Er ist offenbart worden, als Jesus im Moment seines Verrats Judas als Freund bezeichnete. Er ist offenbart worden, als Jesus am Kreuz zitterte und flehte: ›Mein Gott, vergib ihnen, denn sie wissen nicht, was sie tun.‹ Er hat diejenigen geschützt, die ihn hassten, seine Feinde geliebt und sich voller Liebe für seine Folterknechte verwendet.«

Bei diesen Worten wurde mir mein eigener Mangel an Großmut schmerzlich bewusst. Ich war immer nachtragend gewesen und hatte meinem Sohn seine Drogensucht nie verziehen. Meiner Meinung nach hatte er die hervorragende Erziehung, die ich ihm geboten hatte, mit Füßen getreten. Auch meiner Frau hatte ich nie verziehen, dass sie mich verlassen hatte, denn ich war davon überzeugt, dass es keinen besseren Ehemann geben konnte als mich. Ich hatte meinem Vater nie verziehen, dass er sich umgebracht und mich einfach allein gelassen hatte, obwohl ich noch ein Kind war. Meiner Ansicht nach hatte er damit das schlimmste aller Verbrechen begangen.

Auch meinen Hochschulkollegen, die mich trotz ihrer Versicherung, mir zu helfen, am Ende im Stich ließen, hatte ich nicht verziehen und hielt sie für einen Haufen missgünstiger Feiglinge.

An der Seite des Meisters hatte ich nun Gelegenheit, mich in Nachsicht und Milde zu üben und einen unzurechnungsfähigen, verantwortungslosen und obendrein unverschämt dreisten Trunkenbold durch die Gegend zu schleppen. Wie sollte ich das hinkriegen, ohne mich zu beschweren? Für mich war das jedenfalls eine äußerst schwere Aufgabe. Aber irgendwie begann ich dann doch, diesen Spottvogel zu mögen. Bartholomäus hatte das, was ich mir immer gewünscht hatte: Er war völlig echt und unerschütterlich selbstbewusst. Soziologisch gesehen, sind die Verantwortungslosen im Allgemeinen zwar glücklicher als die Verantwortungsbewussten, aber das Problem ist, dass Erstere Letztere brauchen, um von ihnen getragen zu werden …

Am nächsten Tag wurden die Folgen des Interviews deutlich, das Bartholomäus gegeben hatte. Auf der Titelseite der größten Tageszeitung der Stadt prangte ein Foto des Meisters mit der Schlagzeile: »Psychotiker bezeichnet die Gesellschaft als Irrenhaus«.

Im Text hieß es, ein Verrückter würde behaupten, die Menschheit befände sich auf dem Weg in ein riesiges Irrenhaus, das jedoch mitnichten ein finsterer, kalter und übel riechender Ort sei wie die psychiatrischen Kliniken früherer Zeiten, sondern im Gegenteil eine angenehme, bunte, hell erleuchtete und mit raffinierter Technik ausgestattete Welt, in der jeder ungestört seinen Wahn ausleben könnte.

Der Irre würde an allen möglichen öffentlichen Orten derart »bewusstseinsverändernde« Reden schwingen. Niemand wusste, woher er käme, aber er würde sich, um die Leute einzuseifen, mit dem attraktiven Titel des »Traumhändlers« schmücken.

Der Artikel, den Fotos gebannter Zuhörer zierten, beschrieb den Meister als völlig durchgeknallten, aber charismatischen Verführer mit einer Horde unbedarfter, ungebildeter Typen im Schlepptau. Seine Fähigkeit, die Menschen für sich einzunehmen, sei ohnegleichen. Sogar Geschäftsleute gerieten in seine Fänge. Er würde zwar keine Wunder vollbringen oder sich für den Messias halten, aber seit Jesus von Nazareth hätte es keinen derart dreisten Irren gegeben, der versuchte, in dessen Fußstapfen zu treten.

Von den provokanten Ideen des Meisters fehlte jede Spur. Es war nicht die Rede von der entscheidenden Bedeutung des Selbstgesprächs, nicht von der Verurteilung der Computer, die ewig ohne Bewusstsein bleiben, nicht von den Exzessen der Gesellschaft, die zum frühen Tod unseres Seelenlebens führen. Stattdessen endete der Artikel mit der Behauptung, die Getreuen des Meisters seien eine Anarchistenbande, sie bedrohten die Demokratie und könnten durchaus sogar Terroranschläge verüben.

Das diffamierende Machwerk verleugnete unsere Geschichte und ließ an unserem Projekt kein einziges gutes Haar. Völlig entmutigt ließen wir die Köpfe hängen und fragten uns, wie es weitergehen sollte. War es am Ende nicht doch ratsam, die gesellschaftlichen Normen zu befolgen? Gerade als unsere Motivation bis auf den Nullpunkt gesunken war, betrat der Meister wieder die Bühne, um uns zu beruhigen. Er schien schon so viel durchlitten zu haben, dass ihn der Zeitungsartikel überhaupt nicht aus der Fassung bringen konnte.

»Denkt an die Schwalben! Unsere Berufung besteht nicht darin, ein wandelnder Mythos zu sein! Und vergesst nie, dass man nicht zwei Herren gleichzeitig dienen kann! Entweder handeln wir mit Träumen oder wir sorgen uns um unser Ansehen in der Gesellschaft; entweder bleiben wir unserem Gewissen treu oder wir kreisen um das, was die anderen von uns halten und über uns sagen.«

Und zum wiederholten Male bot er uns an, unsere eigenen Wege zu gehen.»Macht euch keine Sorgen um mich. Ihr habt mir und anderen schon viel Freude bereitet. Ich habe gelernt, euch so zu lieben und zu bewundern, wie ihr seid. Ich will euer Leben nicht aufs Spiel setzen. Es ist besser, wenn ihr geht.«

Aber wohin sollten wir gehen? Wir konnten keine »Normalsterblichen« mehr sein, Diener des Systems, zermürbt von der trostlosen gesellschaftlichen Routine, dazu verdammt, über das Leben zu klagen und auf den Tod zu warten. Wir waren zu einer skurrilen Familie zusammengewachsen. Der Egoismus der Vergangenheit war zwar noch lebendig, gab aber nach und nach den Weg frei für das Vergnügen, den anderen zu dienen. Also entschieden wir uns, zu bleiben. Wenn sogar derjenige sich frei fühlte, der in der Zeitung am meisten diffamiert wurde, warum sollten wir uns dann selbst in Ketten legen?

Im Verlaufe dieses Tages merkten wir, dass dem Schreiberling der Schuss nach hinten losgegangen war. Anstatt unserer Bewegung ein Ende zu bereiten, hatte er Benzin ins Feuer gegossen und bescherte dem Meister weiteren Zulauf. Die Leute waren die immer gleichen Negativschlagzeilen in Bezug auf Überfälle, Vergewaltigungen und Morde leid und von der kuriosen Neuigkeit einer Wanderbewegung verrückter Gestalten durch die Millionenstadt fasziniert. Der Traumhändler war zu einem gesellschaftlichen Phänomen, einer Berühmtheit geworden und wurde nun auch von sensationslüsternen Boulevardjournalisten verfolgt. Genau das hatte er immer am meisten gefürchtet.

Er war von unserem plötzlichen Ruhm alles andere als begeistert und warnte uns mit den Worten:»Um vergöttert zu werden, reichen ein bisschen Charisma und Autorität, besonders in einer Gesellschaft wie der unseren, in der die Menschen immer mehr unter Druck geraten. Achtung! Die Gesellschaft gibt, sie nimmt aber auch wieder, vor allem unsere Menschlichkeit.«

Ich verstand seine Warnung. Immerhin hatte ein so hoch gebildetes Volk wie das deutsche, aus dem zu Beginn des zwanzigsten Jahrhunderts etliche Nobelpreisträger stammten, in der Wirtschaftskrise Hitler an die Macht gebracht. Krisenzeiten sind Zeiten der Veränderung, entweder zum Guten oder zum Schlechten.

Dann wies uns der Meister auf die Gefahren der Macht hin: »Die meisten Menschen sind nicht darauf vorbereitet, Macht auszuüben. Die Macht weckt Ungeheuer, die sich gern unter dem Deckmantel der Bescheidenheit verbergen: das Ungeheuer des Despotismus, der Kontrolle, der Erpressung, der Erfolgssucht. Macht in den Händen eines Weisen verwandelt diesen in einen bescheidenen Lehrling, doch in den Händen eines Toren macht sie diesen zum Unterdrücker. Welche Ungeheuer werden aus dem Verließ eures Unterbewusstseins hervorkommen, wenn ihr eines Tages viel Macht habt?«

Die Frage rüttelte mich auf. Als ich die Leitung der Fakultät übernahm, krochen wirklich einige Ungeheuer aus dem Kerker meiner Psyche, und ich wurde hart, unnachgiebig und allzu anspruchsvoll. Nun wurde mir klar, dass man die wahre Natur eines Menschen erst dann erkennt, wenn er über Macht und Geld verfügt, ganz unabhängig davon, ob seine Stimme sanft, seine Gesten freundlich und seine Kleidung einfach ist.

Ich wunderte mich über die Sicherheit, mit der der Traumhändler über diese Dinge sprach. Er sah aus wie ein Hausierer, hatte keine Papiere und erst recht keine Kontonummer, noch nicht einmal ein Dach über dem Kopf. Doch wäre er ohne eigene Erfahrung mit der Macht wirklich in der Lage, derart tiefe Einsichten weiterzugeben?

Unterdessen teilten sich bei den Vertretern der verschiedenen Religionen die Meinungen über den Meister. Einige schätzten seine Worte sehr, während andere seinen Erfolg äußerst beunruhigend fanden. Gott war schließlich ihr Eigentum! Immerhin waren sie die Theologen, die Sachverständigen auf dem Gebiet des Heiligen! Einem Zerlumpten, der am Rande der Gesellschaft lebte und unter Brücken schlief, fehlte schlicht die Qualifikation, um über Gott zu sprechen. So gab es tatsächlich Fundamentalisten, die mutmaßten: »Vielleicht ist er ja ein Prophet des Bösen! Vielleicht ist er der seit Jahrhunderten angekündigte Antichrist!« Jedenfalls wurde der Meister zu einer emblematischen Figur. Er wollte weiterhin unbemerkt durch die Straßen ziehen, konnte sich aber nicht mehr verstecken.

Es gab sogar Passanten, die ihn um ein Autogramm baten. Seine Reaktion darauf war überraschend: »Wie kann ich jemandem, der genauso wichtig oder wichtiger ist als ich, ein Autogramm geben? Auch in Jahrzehnten würde ich nur einen Bruchteil dessen kennenlernen können, was Sie ausmacht, und nur kleine Bruchstücke Ihrer Intelligenz und der Struktur Ihres Gedankengebäudes erfassen. Ich bin es, der die Ehre hat, Ihnen zu begegnen! Bitte, geben Sie mir ein Autogramm!«

Verblüfft und nachdenklich gingen die Leute von dannen. Einige kauften ihm den Traum ab, dass die Menschen nicht entweder berühmt oder namenlos sind, sondern komplexe Persönlichkeiten mit individueller Aufgabe und eigenem Platz in der Gesellschaft.

Weibliche Überlegenheit

In den folgenden Tagen war alles eitel Sonnenschein. Weder lag Sturm in der Luft noch stießen wir auf Gegenwind. Vielmehr wurden wir von begeisterten Menschen belagert und genossen Prestige und Anerkennung. Das war nicht schlecht angesichts dessen, dass wir die Gesellschaft herausforderten und an ungastlichen Orten nächtigen mussten. Allerdings ahnten wir nicht, was uns noch bevorstand.

Die Harmonie schien perfekt, als der Meister uns zu einem Besuch im charmantesten aller Tempel, dem Tempel der Mode, einlud. Im Süden der Stadt fand gerade eine luxuriöse Schau renommierter Modeschöpfer statt, und wieder einmal war die mächtige Unternehmensgruppe Megasoft involviert, diesmal über ihre weltweite Modekette *La Femme* mit ihren mehr als zehn internationalen Designerlabels und zweitausend Boutiquen in zwanzig Ländern. Wir fanden die Idee des Meisters ziemlich absonderlich. Warum sollte in einem solch eleganten Ambiente jemand Träume nötig haben? Zumindest dort herrschte ja wohl kein Mangel an Selbstbewusstsein! Tatsächlich hatten wir keine Ahnung vom Ausmaß selbstzerstörerischen Körperkults auf den Laufstegen.

Zunächst fragten wir uns aber, was der Meister eigentlich vorhatte. Wie würde er sich verhalten und wen würde er ansprechen? Wir hofften inständig auf seine Diskretion, auch wenn wir die Turbulenzen bereits vorausahnten.

Wie sollten wir überhaupt in die Veranstaltung hineinkommen? Wir waren ja schon am Einlass der Computermesse abgewiesen worden. In unserem pittoresken Aufzug würden wir in der Welt der Haute Couture garantiert sofort auffallen und in hohem Bogen wieder vor die Tür gesetzt werden.

So lief der Meister gerade in einem verbeulten schwarzen Anzug herum, der mit blauen Flicken ausgebessert und ihm viel zu groß war. Dazu trug er ein moosgrünes, zerknittertes Hemd mit Kugelschreiberflecken. Ich trug ein verwaschenes Polohemd und eine etwas fleckige helle Hose und sah auch ziemlich schäbig aus.

Doch Bartholomäus' Outfit war mit Abstand das abwegigste oder vielleicht auch das lustigste. Seine leuchtend gelbe Hose, das Geschenk einer Witwe, die in der Nähe unserer Brücke wohnte, ging ihm nicht einmal bis zu den Knöcheln, aber er war's zufrieden, lebte er doch nach dem Sprichwort »Einem geschenkten Gaul schaut man nicht ins Maul«. Seine linke Socke war hell-, die rechte dunkelblau. Sein weißes T-Shirt zierte eine vielsagende Aufschrift, die zu ihm passte wie die Faust aufs Auge: »Folge mir nicht! Ich bin eine verirrte Seele!«

Als wir das Foyer betreten hatten und die äußerst eleganten Gäste betrachteten, hob der Meister nicht etwa mit einer Rede an, um die Modewelt zu kritisieren, sondern erschütterte uns mit der Bemerkung: »Ich überlege, ein paar Frauen einzuladen, um mit uns Träume zu verkaufen! Was meint ihr?«

Ein Zucken ging durch unseren Männerklub. Zugegeben: Wir waren exzentrisch und absonderlich, aber wir rückten näher zusammen. Es gab zwar Meinungsverschiedenheiten, aber allmählich gewöhnten wir uns aneinander. Unsere Diskussionen fernab vom Blick des Meisters waren manchmal heftig, aber wir konnten uns einigen. Jetzt auch noch Frauen in unsere Bruderschaft aufzunehmen schien uns einigermaßen übertrieben. Das würde nicht gut gehen.

Also gab ich zu bedenken:»Frauen? Meister, ich glaube, das ist eine schlechte Entscheidung.«

»Warum?«, fragte er.

Bevor ich antworten konnte, kam mir Honigschnauze glücklicherweise zu Hilfe:»Die halten das doch gar nicht durch! Wie sollen die denn unter einer Brücke schlafen?«

Salomon ergänzte:»Und wo sollen die aufs Klo gehen? Vor welchem Spiegel sollen die sich zurechtmachen?«

Darauf erwiderte der Traumhändler:»Wer hat denn gesagt, dass sie ihr Zuhause verlassen müssen, um uns zu folgen? Schließlich sollte jeder Mensch dort, wo er gerade ist, Träume verkaufen, und zwar sich selbst und anderen.«

Seine Worte beruhigten uns keineswegs. Wir wollten keine Frauen in unserer Gruppe haben, auch nicht zeitweise. Obwohl uns der Meister immer wieder davor gewarnt hatte, bildeten wir uns ziemlich viel auf die Schlachten ein, in denen wir uns erfolgreich geschlagen hatten. Wir hielten uns für Revoluzzer und Protagonisten eines fantastischen soziologischen Experiments. Wir wollten die Lorbeeren für unsere Heldentaten nicht teilen und dachten voller Vorurteile, Frauen würden unseren Wagemut hemmen.

»Meister! Dir zu folgen ist n… nur was f… für Männer, und zwar für r… richtige Männer! Außerdem r… reden Frauen zu viel und tun zu w… wenig!«, sagte Engelshand im Brustton der Überzeugung. Dann bemerkte er jedoch seine Arroganz und versuchte, zurückzurudern. Wir hatten das Projekt des Meisters an uns gerissen und wollten ihm eine männliche Prägung geben.

Edson sperrte sich ebenfalls gegen den Vorschlag und griff auf seine theologischen Kenntnisse zurück, um den Traumhändler von seinem Vorhaben abzubringen:»Die Jünger von Buddha, Konfuzius und Jesus waren alle Männer. Und du willst Frauen rufen, die dir nachfolgen? Guck dir doch die Geschichte an! Das klappt nie!«

Zum ersten Mal stimmten wir dem Wunderheiler geschlossen zu. Er konnte offensichtlich doch interessante Beiträge liefern.

Doch der Traumhändler fragte unseren Theologen:»Hat Jesus seine Jünger in den Mittelpunkt oder an den Rand seiner Pläne gestellt?«

»Natürlich in den Mittelpunkt!«

»Und die Frauen?«, bohrte der Meister weiter.

Edson rieb sich grübelnd die Stirn. Nach längerer Überlegung antwortete er spitzfindig:»Dass er sie an den Rand gestellt hat, kann man nicht sagen, denn sie haben ihn ja materiell unterstützt. Aber sie waren nicht aktiv an seinem Projekt beteiligt, also standen sie auch nicht im Zentrum.«

Ich dachte nur:»Donnerwetter! Unser Wunderheiler ist gar nicht so beschränkt, wie ich immer dachte!«

Der Meister schaute erst ihn und dann uns alle an und sagte:»Falsch!«

Danach verfiel er in Schweigen.

Da ich ja die sogenannten heiligen Texte studiert hatte, war ich der Meinung, dass Edson recht hatte, und wartete auf Begründungen, von denen ich schon im Voraus vermutete, dass sie uns nicht überzeugen würden.

»Die Frauen standen immer im Mittelpunkt seines Projekts. Erstens hat Gott, wie in der Bibel zu lesen steht, nicht Pharisäer, Priester oder griechische Philosophen dazu ausersehen, das Jesuskind zu erziehen, sondern eine Frau, und zwar eine junge Frau, die nicht zum patriarchalisch geprägten System gehörte. Zweitens war der erste Mensch, der von Jesus erzählte, auch eine Frau, nämlich die Samariterin, die in ihrem Leben schon mehrere Männer gehabt hatte, aber durch die

Worte Jesu bekehrt wurde und die Kunde von ihm dann in ihrem Volk verbreitete.«

Der Meister hielt inne, um Atem zu schöpfen, und ließ dann den unseren stocken:»Eine Prostituierte war edler als die religiösen Führer ihrer Zeit.«

Da ließ sich Bartholomäus zu einer seiner Bemerkungen hinreißen, mit der er die Anspannung, die wie eine dunkle Wolke über uns hing, durchbrach. Und ich fragte mich, woher er diese Fantasie hatte:»Chef, ich fand schon immer, dass Frauen intelligenter sind als Männer, das Problem ist nur die Erfindung der Kreditkarte …«

Er lachte lauthals und wollte wohl den Eindruck erwecken, als hätte er seine verflossenen Lieben ausgehalten, während es in Wirklichkeit genau umgekehrt war.

Unzufrieden mit unserem Männlichkeitswahn, fragte der Traumhändler darauf unseren Theologen vom Dienst:»Sag mal, Edson: Als Jesus am Kreuz litt und in Todesangst zu Gott flehte, wo waren da die Männer – im Zentrum oder am Rande seines Plans?«

Edson wurde blass und wusste nicht, was er sagen sollte. Wir anderen waren rot angelaufen. Da wir schwiegen, sagte der Meister:»Seine Jünger waren so lange Helden, wie ihr Messias die Grundfesten der Welt ins Wanken brachte, aber sie waren Feiglinge, als die Welt über ihm zusammenbrach, denn sie haben geschwiegen, sind geflohen, haben ihn verleugnet und verraten. Und trotzdem hat er sie geliebt. Männer sind, ich sage es noch einmal, kleinmütiger und furchtsamer als Frauen!«

»Aber wer führt die Kriege? Wer trägt Waffen? Wer macht Revolutionen?«, brach es aus mir heraus.

Die Antwort kam ohne zu zögern:»Nur Schwache brauchen Waffen. Starke gebrauchen das Wort.«

Dann stellte er die Frage, die wir am meisten gefürchtet hatten:»Und wo waren die Frauen, als er starb?«

Da wir die Bibel kannten, mussten wir kleinlaut zugeben:»Unter dem Kreuz.«

»Mehr als das: Sie waren der Mittelpunkt seines Heilsplans! Und wisst ihr, warum? Weil Frauen stärker, intelligenter, einfühlsamer, menschlicher, großzügiger, selbstloser, solidarischer, toleranter, kameradschaftlicher, treuer und vernünftiger sind als Männer. Es reicht, sich klarzumachen, dass neunzig Prozent aller Gewaltverbrechen von Männern begangen werden.«

Die Menge der Adjektive zugunsten der Frauen ließ uns verstummen. Der Meister schien weder ein Feminist zu sein noch jahrtausendelange Frauendiskriminierung wieder wettmachen zu wollen, sondern wirkte einfach völlig überzeugt von dem, was er sagte.

Seiner Ansicht nach war das Gesellschaftssystem, das auf den Schultern der Menschen lastete und sie bedrückte, ein Produkt des männlichen Geistes, auch wenn seine Schöpfer sich niemals ausgemalt hatten, dass sie eines Tages selbst zu Opfern ihres Geschöpfs werden würden. Es war Zeit, dass die Frauen die Bildfläche betraten und mit ihrer Anmut und Tapferkeit Träume verkauften, viele, viele Träume.

Humor inmitten der Verzweiflung

Der Meister erklärte weiter, dass es immerhin Judas, der gelehrteste von Jesu Jüngern, war, der ihn verriet, und Petrus, der stärkste, der ihn verleugnete, während die übrigen sich voller Angst aus dem Staub machten, woran die Schwäche der Männer deutlich erkennbar sei.

Dann verriet er uns, warum er den Modetempel aufgesucht hatte. Zunächst erinnerte er daran, dass das Patriarchat die Frauen jahrhundertelang für minderwertig erklärt, unterdrückt und geknebelt und diejenigen, die sich widersetzten, sogar gesteinigt und verbrannt hätte. Erst in den letzten hundert Jahren hätten die Frauen ihre Rechte teilweise zurückerobert und sich befreit.

Er machte eine Pause und sagte plötzlich: »Eins.«

Ich schreckte auf. Was hatte das zu bedeuten? Schon einmal hatte er ohne jeden Zusammenhang eine Zahl genannt.

Anschließend führte er aus, dass die Frauen sich das Wahlrecht und einen Platz in der akademischen und der Geschäftswelt hart erkämpfen mussten, auch wenn sie inzwischen in zentralen Bereichen der Gesellschaft nicht nur eine Rolle spielten, sondern auch begonnen hätten, sie durch Toleranz, Solidarität, Kollegialität und Anteilnahme zu verändern.

Doch das System hatte den Frauen diese Kühnheit nicht verziehen, sondern sie in eine heimtückische Falle gelockt. Sie wurden nun nämlich nicht etwa wegen ihrer Intelligenz und ihres Einfühlungsvermögens geschätzt, vielmehr wurde ihr Körper an die Öffentlichkeit gezerrt und als Werbeträger eingesetzt, um alle Arten von Waren zu verkaufen. Jahrtausende der Ablehnung sollten mit der exzessiven Zurschaustellung weiblicher Reize kompensiert werden, womit den Frauen eine Anerkennung vorgegaukelt wurde, an die zu glauben mehr als naiv war.

Der Meister machte eine Atempause, nahm den riesigen bunten Modetempel in den Blick und richtete sich dann mit lauter Stimme an die Umstehenden. Er wollte, dass sie ihm von den neuesten Modetrends berichteten, was in seinem Aufzug äußerst merkwürdig wirkte. Doch da die Modewelt ja ziemlich vielseitig ist, meinten viele, wir wären der Anhang irgendeines unkonventionellen, exzentrischen Designers.

Geschmackvoll und elegant gekleidete Menschen begannen, uns zu umringen, und einige stellten sich uns sogar vor. Wir standen etwas eingeschüchtert neben dem Meister, der seine polemischen Ideen weiter ausführte: »Gerade als die Frauen glaubten, das Patriarchat zum Wanken gebracht zu haben, hat die Modewelt sie in ein neues Korsett gezwängt, das subtiler und damit infamer ist als alle vorherigen Rollenklischees!«

Dann sagte er tieftraurig: »Zwei!«

Ich hatte keine Ahnung, worauf der Traumhändler hinauswollte. Zwar war mir klar, dass Menschen durch Klischees in Schubladen gesteckt, auf wenige Eigenschaften oder Verhaltensweisen reduziert und zum Beispiel als Verrückte, Drogenabhängige, korrupte Politiker, Kommunisten, Kleinbürger, Juden, Terroristen oder Schwule abgestempelt werden, anstatt dass man sie nach ihrer wahren Persönlichkeit beurteilt und in ihrer menschlichen Vielfalt anerkennt. Aber was hatte die schillernde Modewelt damit zu tun? Immerhin waren die Frauen doch jetzt frei, sich zu kleiden, wie es ihnen passte, sich die Kleidung zu kaufen, die ihnen gefiel, und den Körper zu haben, den sie sich wünschten! Ich verstand nicht, worum sich der Meister derart sorgte. Doch der Verlauf seiner Rede beeindruckte mich zunehmend:»Das neue Klischee, dem sich die Frauen unterwerfen sollen, ist ein von der Modewelt durchgesetztes, völlig unrealistisches Schönheitsideal, das die genetische Ausnahme zum erstrebenswerten Modell gemacht hat! Welch ein Verbrechen am überwiegenden Teil der Menschheit!«

Bartholomäus verstand erst mal gar nichts.»Chef, ist dieses Modell teuer?«, fragte er in der Annahme, es handele sich um ein Kleidungsstück.

Der Meister antwortete:»Die Folgen sind äußerst kostspielig.« Erklärend fügte er hinzu:»Um die Verkaufszahlen zu maximieren, sind auf den Laufstegen und in den Hochglanzmagazinen mittlerweile blutjunge, völlig abgemagerte Mädchen zu sehen. Dieses Schönheitsideal hat verhängnisvolle Folgen für das kollektive Unbewusste, wenn man bedenkt, welche Anziehungskraft die Modewelt auf die Frauen ausübt.«

Der Menschenauflauf um uns herum wurde immer größer. Nach einer kurzen Pause fuhr der Meister fort:»Die genetische Ausnahme ist zur Regel geworden. Kleine Mädchen haben ihre Barbiepuppen als Rollenmodell übernommen, und junge Frauen orientieren sich an den Laufstegschönheiten, auch wenn deren Körpermaße für sie unerreichbar sind. Milliarden von Frauen eifern diesem Schönheitsideal zwanghaft nach, als wäre es eine Droge. Sie haben sich selbst in Fesseln gelegt, und das, obwohl sie in der gesamten Menschheitsgeschichte immer großzügiger und solidarischer gewesen sind als die Männer. Der Anpassungszwang, dem sie sich unterwerfen, geht so weit, dass selbst Chinesinnen und Japanerinnen ihre natürliche Anatomie völlig verstümmeln lassen, um sich dem westlichen Schönheitsideal anzunähern. Wusstet ihr davon?«

Ich hatte das nicht gewusst und fragte mich, wie jemand, der mit der Modewelt nichts am Hut hat, über solche Dinge so gut informiert sein konnte.

Da unterbrach er meine Gedanken und sagte mit bestürzter Miene:»Drei!«, bevor er weiter ausführte, dass dieses Schönheitsideal sich wie ein tödliches Gift im kollektiven Unbewussten ausgebreitet, das Selbstwertgefühl der Frauen ausgehöhlt und ihr Selbstbewusstsein untergraben habe wie nie zuvor in der Geschichte. Da wir heutzutage im globalen Dorf lebten, hätten solche Klischees weltweit verheerende Auswirkungen. Genau zu dem Zeitpunkt, da die Frauen dachten, sie hätten sich endlich befreit, stutzte ihnen das System mit dem »Barbiesyndrom« die Flügel.

Aggressiv warf nun ein Modedesigner aus dem Publikum ein:»So ein Quatsch! Das ist doch nichts als feministische Propaganda!«

»Was gäbe ich dafür, dass es nur hohle Phrasen wären!«, seufzte der Meister betrübt und sagte:»Vier!«

Plötzlich fragte ein junges Mädchen etwas beunruhigt:»Warum nennen Sie zwischendurch immer diese Zahlen?«

Der Traumhändler schaute mich an und schwieg. In Gedanken war er zu jenen Familien gereist, die gerade ihre Tochter verloren. Mit Augen voller Tränen kehrte er nach einer Weile zurück und sagte mit vernehmlicher Stimme:»Luzia, ein schüchternes, aber vielseitiges und kreatives Mädchen und eine sehr gute Schülerin, wiegt bei einer Körpergröße von 1,66 Metern nur 34 Kilo. Sie ist nur noch Haut und Knochen, doch vor lauter Angst, zuzunehmen, verweigert sie trotzdem jede Nahrung. Marcia, ein fröhliches, extrovertiertes und bezauberndes Mädchen, ist 1,60 Meter groß, wiegt aber nur 35 Kilo. Ihre leichenhaften Gesichtszüge treiben ihre Eltern und Freunde zur Verzweiflung, aber auch sie weigert sich, zu essen. Bernadette wiegt 43 Kilo bei einer Körpergröße von 1,70 Metern. Sie war lebenslustig und kommunikativ, bevor sie begann, sich von ihrem Freund und ihrer Clique zurückzuziehen und sich zu isolieren. Rafaela ist 1,83 Meter groß und wiegt nur 48 Kilo. Sie spielte Volleyball und joggte gern am Strand, aber jetzt stirbt sie langsam an Unterernährung.«

Wieder machte er eine Pause, schaute seine Zuhörer aufmerksam an und fuhr dann fort:»Während ich hier spreche, sind vier weitere junge Mädchen der Magersucht verfallen. Einige von ihnen können diese Störung überwinden, andere nicht. Und wenn ihr sie fragt, warum sie nicht essen, antworten sie: ›Weil ich zu dick bin!‹ Ihr ganzer Körper schreit verzweifelt nach Nahrung, aber sie sind so unerbittlich zu sich selbst, dass sie am Ende nicht einmal mehr die Kraft haben, sich zu bewegen. Der selbstquälerische Wille, die idealen Körpermaße zu erreichen, hat sie schwer krank gemacht und einen lebenswichtigen Instinkt blockiert, den wir auf natürlichem Wege gar nicht unterdrücken können, nämlich den, uns zu ernähren.

Würden diese Mädchen einem Naturvolk angehören, in dem die Schönheitsvorstellungen gesünder sind, würden sie nicht krank werden. Aber sie leben in der modernen Gesellschaft, die nicht nur eine selbstzerstörerische Magerkeit idealisiert, sondern auch unnatürlich ebenmäßige Gesichtszüge und einen normierten Brust- und Taillenumfang, was dazu führt, dass die Mehrheit der Frauen diskriminiert wird, weil sie dieser Kunstfigur nicht entspricht. Und das Schlimmste ist, dass das alles unterschwellig abläuft.

Ich will nicht abstreiten, dass manche Essstörungen auch auf Stoffwechselerkrankungen zurückzuführen sind, aber der gesellschaftliche Einfluss ist nicht zu verleugnen und unverzeihlich. Weltweit leiden inzwischen fünfzig Millionen Menschen unter Magersucht – eine Zahl, die sich jener der Toten im Zweiten Weltkrieg annähert.«

Nun verlor der Meister seine Nüchternheit und wechselte den Tonfall. Er kletterte auf einen Sessel, der neben ihm stand, und brüllte wie ein Psychotiker:»Das Gesellschaftssystem ist äußerst schlau, denn es schreit, wenn es schweigen, und es schweigt, wenn es schreien sollte. Nichts gegen Laufstegschönheiten und intelligente, kreative Modeschöpfer, aber das System hat vergessen, herauszuschreien, dass Schönheit nicht normiert werden kann.«

Der exzentrische Mann, der seine Ideen derart hinausposaunte, lockte noch mehr Publikum an, und so blieben auch einige internationale Models und weltberühmte Designer stehen, um ihm zuzuhören.

Sicher wehrten sich hie und da schon Menschen gegen die genannte Diskriminierung, aber ihr Kampf war angesichts der Ungeheuerlichkeiten des Systems noch ziemlich sacht. Der Traumhändler jedoch war nicht zurückhaltend und geduldig, sondern zeigte seine Irritation und Auflehnung.

Er war jetzt sehr erregt und bediente sich erneut der sokratischen Methode, um seine Zuhörer durch Fragen zur Einsicht zu bringen:»Wo bleiben bei den Modenschauen die Dickerchen? Wo bleiben die jungen Frauen ohne Idealfigur? Wo bleiben diejenigen mit großer Nase? Warum verstecken sich die Frauen mit Reiterhosen oder Dehnungsstreifen? Sind sie etwa keine Menschen? Sind sie etwa nicht schön? Ist diese gesellschaftlich akzeptierte Diskriminierung nicht eine Vergewaltigung ihrer Person und ebenso gewalttätig wie der Rassismus? Warum unterhöhlt die Modewelt, deren Aufgabe es sein sollte, das Wohlbefinden zu steigern, das weibliche Selbstwertgefühl?«

Die vehemente Kritik führte dazu, dass mich das System langsam anekelte. Doch gerade als der Meister uns wirklich nachdenklich gemacht hatte, schaffte es Bartholomäus wieder einmal, den total falschen Ton anzuschlagen. Mit der größten Unverschämtheit gab er vor, dem Meister beizupflichten, und rief:»Bin ganz deiner Meinung, Chef! Aber ich diskriminiere keine Frauen! Im Gegenteil – mit was für Vogelscheuchen ich schon zusammen war!«

Das Publikum brach in Gelächter aus, aber uns war es peinlich. Wir blickten unseren unbeherrschten Genossen böse an und bedachten ihn mit einer Bemerkung, die inzwischen schon zu unserem Repertoire gehörte:»Tu doch mal so, als wärst du normal!«

Der Traumhändler hatte die Zuhörer in zwei Lager gespalten. Einige standen mit offenem Mund da und waren fasziniert, doch andere hassten ihn für seine Ausführungen bis zur letzten Faser ihrer luxuriösen Kleidung. Die *Paparazzi* begannen, ein Foto nach dem anderen zu schießen. Sie waren ganz wild darauf, vom Skandal des Jahres zu berichten.

Nach der Unterbrechung durch Bartholomäus sagte der Meister nun leise:»Ich bitte alle intelligenten Modeschöpfer inständig, die Frauen zu lieben, und zwar ohne Unterschied, und in ihre psychische Gesundheit zu investieren, indem Sie nicht nur genetische Ausnahmen auf die Laufstege schicken. Auch wenn Sie zunächst Geld verlieren, werden Sie auf lange Sicht unermesslichen Gewinn machen. Verkaufen Sie den Traum, dass jede Frau eine einzigartige Schönheit besitzt.«

Einige Zuhörer spendeten Beifall, unter ihnen auch drei Models, die rechts neben mir standen. Später erfuhren wir, welchem psychischen Druck sie ausgesetzt waren. So war die Gefahr, magersüchtig zu werden, für Models zehnmal größer als für Frauen aus der Normalbevölkerung. Sie wurden zu

Schönheitsköniginnen gekürt, in einen goldenen Käfig gesteckt und, wenn sie in der Gefangenschaft eingegangen waren, einfach weggeworfen.

Ein paar Zuhörer buhten den Meister jedoch aus. Einer von
ihnen bewarf ihn mit einer Plastikflasche, die direkt sein Gesicht traf. Die linke Augenbraue platzte auf, und Blut floss
ihm übers Gesicht. Daraufhin griffen wir nach seinem Arm
und wollten ihn wegziehen, doch er war keiner, der sich einschüchtern ließ. Stattdessen zog er ein altes Taschentuch aus
der Tasche, wischte sich das Blut ab und fuhr mit seiner Rede
fort. Beeindruckt dachte ich: »Die meisten Leute verbergen
ihre wahren Gedanken, um nicht anzuecken. Ich bin stolz darauf, einem Mann zu folgen, der seinen Ideen treu bleibt, auch
wenn er angegriffen wird!«

Nun machte der Traumhändler einen genialen Vorschlag:
»Bis zu siebenundneunzig Prozent aller Frauen finden sich
mehr oder weniger hässlich. Deshalb sollte es in jedem Be-
kleidungsgeschäft und auf jedem Etikett einen Hinweis
geben, so, wie auf Zigarettenschachteln vor den Gefahren des
Tabakkonsums gewarnt wird: ›Jede Frau ist schön. Schönheit kann nicht normiert werden.‹«

Diese Worte wurden anschließend in den Medien besonders
hervorgehoben, illustriert mit einem Foto des Meisters vor
dem Logo der internationalen Modemarke der Megasoft-
Gruppe.

Während ich seinen Gedanken folgte, fragte ich mich wieder und wieder, wer dieser Mann sein mochte, der so bahn-
brechende Vorschläge machte. Woher hatte er bloß sein Wissen? In Privatgesprächen hatte er uns beispielsweise auch
davon erzählt, dass noch ein Jahrhundert, nachdem Abra-
ham Lincoln die Sklaven befreit hatte, Martin Luther King
auf den Straßen der großen amerikanischen Städte gegen die

Diskriminierung der Schwarzen kämpfen musste. Diskriminierung braucht manchmal nur wenige Sekunden, um hervorzubrechen, aber ihre Beseitigung braucht Jahrhunderte.

Gegenüber dem Publikum betonte der Traumhändler, dass die grundlegenden Phänomene der Existenz niemals normiert werden können. Sexualität, Geschmackssinn, Appetit, Kunst oder Schönheit lassen sich in kein Schema pressen. »Wie oft ist Geschlechtsverkehr normal? Jeden Tag? Einmal pro Woche? Einmal im Monat? Jede Art von Normierung würde schwerwiegende Störungen hervorrufen. Normal und ausreichend ist das, was den Einzelnen befriedigt.«

Ein bildhübsches Mannequin namens Monika war tief gerührt, unterbrach ihn und hatte den Mut, sich zu outen: »Ich habe nie was anderes gekonnt als modeln. Meine Welt waren die Laufstege. Ich bin von den besten Fotografen der Welt fotografiert worden und war auf den Titelblättern der wichtigsten Zeitschriften zu sehen. Die Modewelt hat mich in den Himmel gelobt und mich wieder ausgespuckt, als ich fünf Kilo zugenommen hatte. Heute leide ich an Bulimie. Ich stopfe mich zwanghaft mit Essen voll, habe anschließend fürchterliche Schuldgefühle und stecke mir den Finger in den Hals. Mein Leben ist die Hölle. Ich schmecke das Essen nicht mehr und weiß nicht mehr, wer ich bin und was ich mag. Dreimal habe ich schon versucht, mich umzubringen.«

Es standen ihr keine Tränen in den Augen – die waren längst versiegt. Der Meister sah, wie sie litt, atmete tief durch und schwieg, denn ihre Geschichte war sprechender als alles, was er jetzt sagen konnte. Aber er wollte sie lächeln sehen. Daher fragte er schließlich: »Was sagen Frauen, wenn sie vor dem Spiegel stehen?«

Die anwesenden Frauen riefen im Chor: »Spieglein, Spieglein an der Wand, wer ist die Schönste im ganzen Land?«

Darauf antwortete der Meister: »Nicht ganz! Sie sagen leider eher: ›Spieglein, Spieglein an der Wand, gibt es jemand Hässlicheren als mich im ganzen Land?‹«

Die Menge lächelte. Monika lachte wunderbar auf – das erste Mal seit fünf Jahren. Damit hatte der Meister sein Ziel erreicht: ihr den Traum der Freude zu verkaufen. Ich war beeindruckt davon, wie er es schaffte, Humor inmitten der Verzweiflung aufkommen zu lassen.

Bartholomäus neigte sich zum Meister und sagte: »Chef, wenn ich in den Spiegel gucke, seh ich gar nichts Hässliches an mir. Ob ich wohl ein Problem hab?«

»Nein, Bartholomäus, du bist einfach großartig. Und schau mal deine Freunde an: Sind sie nicht wunderbar?«

Honigschnauze ließ seinen Blick über die Schar der Jünger schweifen.

»Chef, nun übertreib mal nicht! Ein bisschen schäbig sieht die *family* schon aus!«

Lachend verließen wir den Schauplatz. Noch nie hatten wir uns so schön gefühlt, zumindest in unseren Augen.

Eine Laufstegschönheit

und eine Rebellin werden gerufen

Monika begleitete uns auf dem Weg zur Tür, wo sie sich überschwänglich bedankte: Sie fiel dem Meister um den Hals und gab ihm einen Kuss. Wir waren abgrundtief neidisch.

Der Traumhändler blickte sie an und sagte dann zu unserer großen Überraschung:»Monika, Sie haben auf den Laufstegen der Modewelt geglänzt, aber jetzt lade ich Sie dazu ein, auf einem anderen Laufsteg zu defilieren, auf dem es zwar schwieriger ist, das Gleichgewicht zu halten, aber auf dem das Leben interessanter ist. Ich lade Sie ein, mit uns zusammen Träume zu verkaufen.«

Monika war perplex und wusste nicht, was sie antworten sollte. Sie hatte in der Zeitung schon über den geheimnisvollen Mann gelesen, der nun auch sie einlud, war jedoch völlig ungewiss, in welche Welt sie sich begeben würde. Wir waren begeistert von der Aussicht, das bezaubernde Model in unser Team aufzunehmen, obwohl wir doch vor Kurzem noch partout keine Frauen dabeihaben wollten. Nun fanden wir, dass der Meister tatsächlich recht damit hatte, dass Frauen intelligenter sind als Männer. Vor allem aber sind sie schöner!

Der Traumhändler sah unsere Begeisterung und zog sich zurück, um ein Gespräch mit einem Mann zu beginnen, der ungefähr zwanzig Meter entfernt stand. Er überließ es uns, der Neuen die faszinierende Welt der Träume zu erklären.

»Wir überzeugen sie bestimmt!«, dachten wir, umringten sie wie eine Meute Straßenköter eine läufige Hündin und begannen, auf sie einzureden.

Der Wunderheiler merkte bald, dass seine Worte bei ihr keinen Anklang fanden, und entfernte sich, um zu beten, da er fürchtete, in Versuchung zu geraten. Engelskralle war so euphorisch, dass er kein klares Wort über die Lippen brachte, versuchte sich aber trotzdem mit einer höchst poetischen Formulierung: »Ein Leben o... ohne Träu... Träume ist w... wie ein Winter o... ohne Sch... Schnee, ein Ozean o... ohne W... Wellen.«

Er bildete sich ein, alle damit zu schlagen, aber wir waren davon alle erschlagen.

Monika hatte noch nie eine solche Horde schäbiger, abgerissener Spinner gesehen, die versuchten, sie um jeden Preis zu fesseln. Ihre Zweifel mehrten sich. Wie ein Bienenschwarm summten wir um unsere Königin herum, während diese aus den Augenwinkeln auf den Meister schielte, der jedoch seinem Gesprächspartner weiterhin aufmerksam lauschte. Nach etwa einer halben Stunde sah es so aus, als wollte sie sich lieber davonmachen.

Doch nun drehte Honigschnauze auf: »Meine Liebe, mit Träumen zu handeln ist die verrückteste Erfahrung, die ich je gemacht habe. Sogar als ich noch in Wodka eingelegt war, hab ich nicht so deliriert!«, sagte er. Wie konnte er das Mädchen derart einschüchtern? Wir hätten ihm am liebsten den Mund ausgewaschen und tadelten ihn mit unserer Standardbemerkung: »Tu doch mal so, als wärst du normal!«

Aber er konnte nicht so tun, als ob; er war einfach, wie er war. Monika reagierte jedoch anders als erwartet. Solange wir ihr davon vorgeschwärmt hatten, wie wunderbar das Handeln mit Träumen sei, zeigte sie wenig Interesse, aber als

Bartholomäus das Projekt als völlig verrückt bezeichnete, wurde sie hellhörig. Sie wollte offenbar etwas Aufregendes erleben, und so schien sie nun anzubeißen.

Genau in dem Augenblick gesellte sich auch der Traumhändler wieder zu uns, und Monika sagte zu ihm: »Ich kenne den Mann, mit dem Sie sich gerade so lange unterhalten haben!«

»Ach ja? Er ist faszinierend!«, entgegnete der Traumhändler überschwänglich.

»Er ist taubstumm und kann keine Gebärdensprache!«, bemerkte unsere Laufstegschönheit. Langsam zweifelte sie an der Weisheit des Meisters. Wie hatte er mit dem Taubstummen überhaupt kommunizieren können? Wir schluckten und dachten, dass sie sich uns wohl doch nicht anschließen würde.

»Ich weiß!«, erwiderte der Meister. »Deshalb wird er nur selten beachtet und ist meistens isoliert. Ich habe ihm Aufmerksamkeit geschenkt und gehört, was Worte nicht sagen können. Haben Sie sich schon einmal die Zeit genommen, ihn wirklich zu verstehen?«

Nun schwieg sie genauso wie der Taubstumme.

Monika war beeindruckt. Er hatte sie überzeugt und für sich eingenommen. Sie würde ihm folgen, jedoch auf seinen Vorschlag hin zu Hause nächtigen. Wie viele schlaflose Nächte sie erwarteten, konnte sie sich da noch nicht vorstellen.

Am nächsten Tag erschien das Foto des Meisters nicht nur in der Zeitung der Megasoft-Mediengruppe, sondern in allen wichtigen Tageszeitungen der Stadt und sogar in den Fernsehnachrichten. Seine Äußerungen schlugen riesige Wellen. Einige Artikelschreiber bezeichneten ihn bereits so, wie er sich selbst gerne nannte, nämlich als Traumhändler, und berichteten, er hätte die Modewelt auf den Kopf gestellt. Diejenigen, die das mangelnde Selbstwertgefühl junger Mädchen besorgniserregend fanden, schrieben über das Barbie-syndrom, zogen jedoch auch Schlüsse, die über das hinaus-gingen, was der Meister gesagt hatte. So war in einer Zeitung zu lesen, er würde herumposaunen, viele Heranwachsende hätten einen Spleen, weil sie ständig etwas an ihrer Figur oder ihrem Gesicht auszusetzen hätten und sich immer nur darüber beklagen würden, dass es keine Kleidung gäbe, die ihnen steht.

Selbst Jugendliche, die normalerweise keine Zeitung lasen, wurden nun auf den Traumhändler aufmerksam, denn die Artikel über ihn machten auch in den Schulen die Runde. Seine Ideen thematisierten Probleme, die im Unterricht nicht angesprochen wurden, und verschafften ihnen große Erleich-terung, da sie unter ihren angeblichen »anatomischen Defek-ten« wirklich gelitten hatten und jetzt sogar über ihre Para-noia lachen konnten. Ihr Kampfgeist wurde geweckt, und sie begannen, das Gesellschaftssystem zu kritisieren. Außerdem waren sie erpicht darauf, den geheimnisvollen Traumhändler persönlich kennenzulernen und seinen Reden zu lauschen.

Monika stieß am Nachmittag desselben Tages zu uns und berichtete von der Wirkung der Meldungen in ihrem berufli-chen Umfeld. So hätten einige Modeschöpfer und Boutiquen-besitzer die Ideen des Meisters tatsächlich gekauft und damit begonnen, zu verbreiten, dass Schönheit nicht normiert wer-den könne.

Monikas Begeisterung ermunterte uns, ihr von unseren Abenteuern der letzten Monate zu erzählen, und sie nahm den ungewöhnlichen Idealismus unseres zerlumpten Haufens sprachlos zur Kenntnis.

Eine Woche nach den Ereignissen im Tempel der Mode rief der Meister uns zusammen und sagte, er wolle eine weitere Frau in unser Projekt aufnehmen.

In Anbetracht von Monikas appetitlichen Rundungen stellten wir uns entzückt vor, er könnte doch nicht nur eine, sondern sogar zwei oder drei oder am besten gleich zehn weitere Frauen zu uns rufen.

»Wie hat sich unsere Meinung doch geändert!«, dachte ich. Nachdem ich Politiker immer dafür kritisiert hatte, dass sie an einem Tag verbissene Feinde und am nächsten die besten Freunde sein konnten, verstand ich langsam, dass Wankelmut zur menschlichen, besonders männlichen Psyche dazugehört und nur von den Interessen abhängt, die auf dem Spiel stehen. Bei manchen Menschen war der Wankelmut eben sichtbar, bei anderen verborgen.

Nachdem der Meister seinen Wunsch kundgetan hatte, ließ er den Blick schweifen, rieb sich das Kinn und entfernte sich von uns, um nachzudenken. Wir hörten, wie er sich fragte: »Was für eine Frau soll ich einladen? Wie müsste sie sein?«

Er lief etwa zwanzig Meter und landete im Eingangsbereich eines Einkaufszentrums, wo er grübelnd hin und her ging. Während wir noch seine Entscheidung feierten, uns mit einer weiteren Schönheit zu beglücken, tauchte plötzlich eine alte Dame auf und klopfte Honigschnauze mit dem Gehstock sanft auf den Kopf. Es war Dona Jurema, die uns scherzend fragte: »Jungs, wie geht's denn so?«

»Oh, Dona Jurema! Alles in Ordnung! Schön, Sie zu sehen!«, antworteten wir wohlerzogen.

Darauf wanderte unser Blick verstohlen zum sinnierenden Meister und wieder zurück zur alten Dame, wobei uns derselbe Gedanke durchzuckte: »Wir müssen Dona Jurema so schnell wie möglich von hier vertreiben, sonst kommt der Meister noch auf die Idee, sie in unser Projekt aufzunehmen!«

In diesem Moment sagte er mit Blick auf die gegenüberliegende Straßenseite laut zu sich selbst: »Wen soll ich rufen?«

Uns lief es kalt den Rücken herunter. Wir versuchten, Dona Jurema zu verstecken, indem wir uns vor sie stellten. Irgendwie mussten wir sie loswerden.

»Die S... Sonne ... brennt fürchterlich. Sie könnten dehy... dehydrieren, Sie schwitzen ja! Gehen Sie ... nach Hause!«, sagte Dimas, der Herzensbrecher, sichtlich bemüht, weniger zu stottern als sonst. Aber sie protestierte entrüstet: »Mein Sohn, das Wetter ist doch wunderbar!«

Da er fürchtete, dass der Meister sich nähern würde, nahm Edson sie höflich am Arm und entfernte sie aus der Schusslinie.

»Sie sehen sehr müde aus. In Ihrem Alter ist es wichtig, sich auszuruhen!«

»Danke, sehr aufmerksam, aber ich fühle mich blendend!«, sagte Dona Jurema.

Ich startete einen neuen Versuch und fragte, ob sie auch nichts vergessen hätte: Wollte sie nicht gerade jemanden besuchen oder in der Bank eine Rechnung bezahlen? Aber es half nichts: Sie hatte alles im Griff.

Monika verstand natürlich nicht, warum wir uns um die alte Dame solche Sorgen machten, und spürte, dass wir etwas aushecketen. Da schoss Bartholomäus, der ja immer frei von der Leber weg schwadronierte und daher im Gegensatz zu uns eine ehrliche Haut war, schon wieder übers Ziel hinaus. Weil Dona Jurema sich nicht von der Stelle rührte, zog er die Augenbraue hoch und säuselte: »Meine hochverehrteste, teuerste, einfach wunderbare kleine Jurema ...«

Ihr kamen ob der liebevollen Ansprache fast die Tränen, worauf Honigschnauze, der merkte, dass er sie erobert hatte, sein loses Mundwerk nicht mehr zügelte, das Salomon ihm bedauerlicherweise auch nicht mehr zuhalten konnte: »Leider sind Sie wirklich krebsrot! Sie müssen dringend ins

Krankenhaus, sonst kriegen Sie womöglich einen Herzinfarkt!«

Dona Jurema war jedoch auch nicht auf den Mund gefallen und ließ sich nicht lumpen. Sie legte ihm den Knauf des Gehstocks um den Hals, zog ihn zu sich her und konterte: »Bartholomäus, wenn Sie die Klappe halten, sind Sie wirklich ein vollkommener Mensch!«

Wir kringelten uns vor Lachen und nahmen den Satz in unser Repertoire auf, um ihn unserem vorlauten Genossen bei der erstbesten Gelegenheit wieder unter die Nase zu reiben.

Aber die alte Dame hatte bemerkt, dass wir etwas im Schilde führten. Um zu beweisen, wie fit sie trotz ihres hohen Alters und ihrer beginnenden Alzheimererkrankung noch war, machte sie ein paar Kniebeugen, hüpfte dann wie eine Balletteuse und forderte uns auf, mitzuhalten. Wir gaben jedoch eine peinliche Figur ab: Keuchend wären wir fast auf die Nase gefallen. Im Gegensatz zu ihr waren wir völlig eingerostet.

Dona Jurema rief: »Ihr seid ja Tattergreise! Also ich bin frisch wie der junge Morgen und ausdauernd wie ein Pferd! Wo steckt denn der Guru?«

»Guru?«, fragte ich mich. Der Traumhändler wollte ja noch nicht einmal Meister genannt werden! Und dann erst Guru! Wir behaupteten, er könne wegen eines Problems gerade nicht mit ihr sprechen, und versuchten, den Blick auf ihn zu verstellen, aber Dona Jurema suchte ihn mit den Augen. Da begriff Monika, was gespielt wurde. Unser verteufelter Haufen war wirklich kaum noch zu retten. Wir befanden uns in einer äußerst schwierigen Übergangsphase.

Die alte Dame rief noch lauter: »Wo steckt der Guru?«

Plötzlich hörten wir die dröhnende Stimme des Meisters: »Wie schön, Sie wiederzusehen, meine Liebe!«

Und dann sprach er das aus, was wir die ganze Zeit befürchteten: »Ich lade Sie ein, mit Träumen zu handeln!«

Während Monika losprustete und sich vor Lachen ausschüttete, wussten wir nicht mehr, wo wir hinschauen sollten. Die Entscheidung des Meisters verursachte uns große Bauchschmerzen. Voller Vorurteile gingen wir zur Seite und tuschelten: »Eine alte Dame mitten in einem Haufen Sonderlinge – wie sieht das denn aus? Damit werden wir doch zum Gespött der Leute! Die Presse wird sich über uns lustig machen! Und außerdem: Wie soll das klappen? Sie kann doch gar nicht mehr so weit gehen! Dann sollen wir wohl immer auf sie warten? Und wie sie riecht! Ob sie ein Gebiss trägt? Und wer soll ihre Blähungen ertragen? Als ob die von Bartholomäus uns nicht schon reichen würden!«

Wir dachten wirklich, das soziologische Experiment stünde nun auf der Kippe. Derweil beobachtete uns der Meister geduldig, und Dona Jurema unterhielt sich mit Monika. Sie hatte den Ruf des Meisters noch gar nicht verstanden. Monika versuchte, ihr zu erklären, worum es ging, was ihr als Neuling aber nicht recht gelang.

Dona Jurema rief uns beiseite und fragte: »Ich hab noch nie was verkauft. Mit welchem Produkt handelt ihr denn eigentlich?«

Der Meister vertiefte sich nun in ein Gespräch mit Monika und überließ uns das Feld. Was für eine Gelegenheit, die alte Dame zu entmutigen! Mir war aber inzwischen auch der Gedanke gekommen, dass der Meister Dona Jurema womöglich schon von Anfang an gesehen hatte und uns wieder einmal auf die Probe stellte …

Immerhin hatten wir bereits die wunderbare Erfahrung im Altersheim hinter uns, wo wir das Potenzial alter Menschen entdeckt hatten, und dennoch beharrten wir auf unseren Vorurteilen. Wir waren davon überzeugt, dass die alte Dame der Gruppe nicht würde folgen können, dass sie unseren Ruf ruinieren und unseren rebellischen Impetus hemmen würde. Wir dachten, der Meister müsste sich nun stärker zurückhalten, seinen Eifer zügeln. Da wir aber gerade lernten, ehrlich zu sein, auch wenn es unseren Interessen zuwiderlief, erzählten wir Dona Jurema vom Abenteuer der Träume, nahmen aber kein Blatt vor den Mund, was die Verleumdungen und körperlichen Angriffe betraf, denen wir ausgesetzt gewesen waren. Wir hofften, das würde sie davon abhalten, sich unserer Gruppe anzuschließen.

Sie hörte uns aufmerksam zu und fuhr sich dabei ab und zu durch das weiße Haar. Unsere drastische Schilderung schien sie zu beunruhigen, sodass wir uns unserer Sache ziemlich sicher waren. Salomon vollführte merkwürdigere Verrenkungen denn je, sprach von schrecklichen Gefahren, die uns noch erwarteten, bekreuzigte sich mehrmals und rief: »Ich schlottere vor Angst!«

Währenddessen versuchte ich, Bartholomäus durch Zeichen davon abzuhalten, noch dicker aufzutragen, da wir gut voranzukommen schienen. Doch da platzte es schon aus ihm heraus: »Meine kleine Jurema, es ist lebensgefährlich, diesem Mann zu folgen!« Und mit Grabesstimme fügte er hinzu: »Wir können verprügelt, eingelocht, entführt und gefoltert werden! Vielleicht müssen wir sogar den Löffel abgeben!«

Wir fanden, dass er diesmal nicht ganz so danebengegriffen hatte, ohne zu ahnen, dass seine Worte eine Art Prophezeiung dessen waren, was uns in Zukunft wirklich erwartete. Dona Jurema riss das rechte Auge auf, schloss das linke und schien entsetzt vor der Hölle zurückzuweichen, die wir ihr ausgemalt hatten. Doch das Entsetzen war plötzlich auf unserer Seite, als sie rief: »Fantastisch!«

»Fantastisch, Dona Jurema?«, fragte ich entgeistert und dachte dann, sie sei anscheinend doch so dement, dass sie unseren Bericht gar nicht verstanden hatte. Aber zu unserer Überraschung holte sie nun aus:»Ja! Die Idee, mit Träumen zu handeln, ist phantastisch! Ich freue mich, dass ich dem Projekt beitreten darf, um mit euch auf Wanderschaft zu gehen! Schon als Studentin und später als Hochschullehrerin war ich rebellisch, da ich die akademischen Strukturen als enges Korsett empfand, das gar keine Denker hervorbringen kann!« Ihre Enthüllungen ließen uns den Atem stocken. Dann war ein irritiertes Schnauben zu hören. Welche Geheimnisse die alte Dame wohl noch vor uns verbarg? Als ob die mysteriöse Identität des Meisters noch nicht ausreichte! Ich wischte mir den Schweiß von der Stirn, und Jurema fügte mit beneidenswerter geistiger Klarheit hinzu:»Ich wollte schon immer andere Menschen zum Denken anregen und ihnen Träume verkaufen, bin aber zum Schweigen gebracht worden. Inzwischen ärgere ich mich täglich darüber, wie die Gesellschaft das kritische Denken junger Leute platt walzt und vereinheitlicht, sodass es steril wird und sie nur noch vorgegebene Informationen nachplappern. Was haben die bloß mit unseren Kindern gemacht?«, fragte sie empört.

Ich wurde immer unruhiger und wollte ihren vollständigen Namen wissen.

Sie antwortete schlicht:»Jurema Alcântara de Mello«, und ich war wie vor den Kopf gestoßen. Dona Jurema war tatsächlich die renommierte, international anerkannte Anthropologin und frühere Universitätsprofessorin, die in Harvard habilitiert und fünf wissenschaftliche, in mehrere Sprachen übersetzte Bücher geschrieben hatte.

Mir war schwindelig, und ich lehnte mich an den nächstbesten Laternenpfahl. Nicht nur hatte ich selbstverständlich ihre fünf Bücher, sondern auch verschiedene Aufsätze von ihr gelesen. Sie war für meine wissenschaftliche Ausbildung sehr wichtig gewesen, und ich hatte ihre kühne Gedankenführung immer bewundert. Und diese Frau wollte ich noch vor wenigen Minuten aus unserer Gemeinschaft ausschließen! Wie engstirnig und voreingenommen ich doch war! Wo blieb mein Traum von Offenheit und Uneigennützigkeit? Wer würde mir das geistige Krebsgeschwür der Vorurteile aus der Brust reißen?

Als die pensionierte Professorin nun darlegte, dass die Gesellschaft nur noch Konformisten hervorbrächte, die sich von der Komplexität der Existenz nicht erschüttern ließen, keine großen Ideale mehr hätten und nicht danach fragten, wer sie eigentlich sind, war allen klar, dass sie und der Meister auf der gleichen Wellenlinie lagen.

»Wir müssen die Intelligenz der Menschen herausfordern!«, schloss sie, und der Traumhändler lächelte glücklich. Er dachte wohl:»Ich habe ins Schwarze getroffen.« Dona Jurema war subversiver als wir alle zusammen und mit zunehmendem Alter immer radikaler geworden. Doch die Probleme ließen nicht auf sich warten, denn die alte, bemerkenswert mutige Dame sah keine Veranlassung, ihre Zunge im Zaum zu halten, und zog dem Meister und seiner Sippschaft mit größter Selbstsicherheit erst einmal die Ohren lang:»Ein Haufen Sonderlinge, der mit Träumen handelt, ist in Ordnung, aber eine Horde verdreckter und verwahrloster Gestalten ist völlig inakzeptabel!« Hui! Das saß! In uns stieg Ärger auf. Aber Dona Jurema linderte ihn keineswegs, im Gegenteil:»Eine Handvoll Außenseiter um sich zu scharen und sie zu lehren, solidarisch zu sein, ist löblich, aber sich nicht darum zu scheren, ob sie stinken, weil sie sich nicht waschen, hat mit gesundem Menschenverstand rein gar nichts mehr zu tun.«

Nach diesem Tadel schwieg der Meister. Dimas konnte die Stille jedoch nicht ertragen und stotterte:»M... Meine kleine Ju... Jurema, b... bitte, seien S... Sie do... doch nicht so streng!«

Bisher hatte es nur Bartholomäus gewagt, sie so anzusprechen.

Dona Jurema ließ sich nicht foppen. Sie ging auf Dimas zu, schnüffelte an ihm herum und gab zurück:»Nicht so streng? Du stinkst aber nach faulen Eiern!«

Bartholomäus feixte. Er und Engelskralle lagen sich ständig in den Haaren.

»Hab ich's nicht gesagt? Die ganze Zeit schon halte ich diesen Gestank aus! Ich bin ein Held!« Er freute sich so, dass seine Peristaltik in Gang kam und einen sonoren Furz entweichen ließ.

Dona Jurema wies ihn zurecht:»Schämen Sie sich nicht? Lassen Sie Ihre Blähungen gefälligst nicht mitten unter Menschen los. Und wenn Sie nicht anders können, dann tun Sie's wenigstens leise!«

Honigschnauze wollte aber noch ein bisschen Öl ins Feuer gießen und fragte sie:»Und mit welcher Technik krieg ich meinen Auspuff leise?«

Darauf erwiderte sie trocken:»Kneifen Sie einfach das Hinterteil zusammen, Sie skurriler Schelm!«

Er zog den Kopf ein, und da er nicht wusste, was »skurril« bedeutet, rief er:»*Thanks* für den Spitznamen!« Dabei wedelte er mit den Händen, so als wollte er fragen, ob sie ihm ein Kompliment gemacht oder ihn beleidigt hatte.

Wir schielten derweil besorgt zum Meister, der sich etwas hilflos am Kopf kratzte. Offensichtlich würde unser neues Familienmitglied uns im wahrsten Sinne des Wortes mit kaltem Wasser übergießen. Und tatsächlich tat Dona Jurema nun etwas, was wir niemandem zugetraut hätten. Sie forderte den Traumhändler heraus: »Kommen Sie mir jetzt nicht mit der Geschichte, Jesus habe diejenigen, die auf die Reinheit des Körpers achten, aber die des Herzens vergessen, als Heuchler bezeichnet. Sicher müssen wir uns um ein reines Herz bemühen, aber ohne dabei die äußere Reinlichkeit zu vernachlässigen. Jesus und seine Jünger badeten im Jordan und wuschen sich in den Häusern, in denen sie aufgenommen wurden. Sehen Sie sich dagegen an! Und die Truppe, die Ihnen folgt! Wie lange ist es her, dass Sie sich nicht mehr richtig gewaschen haben? Exotisch zu sein ist gut, aber zu stinken nicht.«

Wir hatten zwar schon mal ein öffentliches Badehaus aufgesucht, doch im Grunde hatte sie recht. Während ich mich aber noch fragte, ob ich richtig gehört hatte, versuchte der Meister gar nicht erst, ihr zu widersprechen, sondern nickte nur zustimmend. Er hatte uns schon viel gelehrt, und seine größte Lektion bestand darin, die nötige Bescheidenheit zu haben, um dazuzulernen.

Als ob das aber noch nicht genug wäre, ging Dona Jurema nun auf Edson zu und forderte ihn auf, den Mund aufzumachen. Sie war wirklich forsch, und wir dachten, der Meister würde seine Wahl wohl bald bereuen. Oder hatte er etwa jemanden mit genau diesen Eigenschaften gesucht?

»Mein Gott, was für ein Mundgeruch! Putz dir mal die Zähne!«

Fast hätte ich angefangen zu lachen, doch ich hielt mich zurück. Sie hatte das Zucken in meinen Mundwinkeln aber bemerkt und stichelte jetzt in meine Richtung: »Sie Pfau! Sie brauchen sich gar nicht so aufzuplustern!«

Dona Jurema sparte wirklich niemanden aus. Nur Monika blieb verschont und amüsierte sich köstlich. Für sie waren wir wie die Clowns in einem Wanderzirkus, den die alte Dame schließlich wie sie selbst nur tagsüber begleiten würde. Die pensionierte Professorin und das Model würden abends nach Hause gehen und morgens wieder zu uns stoßen.

Zur Feier des Tages ihrer Berufung lud Dona Jurema uns nun zu sich nach Hause ein, um dort zu duschen und anschließend zu Abend zu essen. Da erwachte das in uns schlummernde Gespenst der Vorurteile wieder. Ihre finanzielle Situation war angesichts der niedrigen staatlichen Renten und der im Alter steigenden Ausgaben für Medikamente und Ärzte sicherlich nicht viel besser als unsere. Wie wollte sie uns da denn alle aufnehmen! Sie hatte doch bestimmt kein Hausmädchen, sodass es bis Mitternacht dauern würde, bis das Abendessen fertig wäre!

Nachdem sie ihre Einladung ausgesprochen hatte, steckte sich Dona Jurema zwei Finger in den Mund und pfiff. Auf unsere überraschte Frage, was das zu bedeuten hätte, antwortete sie, sie hätte ihren Fahrer gerufen, worauf Dimas murmelte: »Sie meint wohl den Busfahrer!«

Da sich nichts rührte, pfiff sie ein zweites Mal, und Bartholomäus sagte so laut, dass sie es hören konnte: »Wahrscheinlich meint sie ihren Hund!«

Dona Jurema sah ihn von der Seite an und rieb sich mit ihrem Stock die Nase. Doch anstatt ihn nun damit zu piken, schien sie sich über seine Bemerkung zu amüsieren.

»Sollen wir uns etwa alle in eine alte Klapperkiste quetschen?«, fragte Edson, der zwar der spirituellste von allen war, aber gegen ein bisschen Luxus nichts einzuwenden hatte.

Unser Trupp war wirklich äußerst komisch. Ich hatte in wenigen Monaten inzwischen mehr Spaß gehabt als in meinem ganzen Leben – sogar Prügel zu beziehen war unterhaltsam gewesen. Es war der Meister, der diese Atmosphäre begünstigte. Auch Monika fühlte sich wie auf einer Party. Sie war sehr reich gewesen, hatte jedoch durch ihren luxuriösen Lebenswandel und Aktien, die wertlos geworden waren, viel Geld verloren. Nun bekam sie an unserer Seite etwas, was die Kapitalmärkte ihr nicht bieten konnten.

Plötzlich hielt neben uns eine große weiße Limousine. Fast wäre sie Honigschnauze über den Fuß gefahren. Ein uniformierter Fahrer sprang heraus und sagte höflich:»Bitte entschuldigen Sie, gnädige Frau! Ich habe mich verspätet, weil kein Parkplatz frei war.«

Uns fiel die Kinnlade nach unten. Voller Verzückung waren wir uns plötzlich alle darin einig, dass Dona Jurema trotz ihrer spitzen Zunge wirklich eine liebreizende alte Dame war.

Puppe und Schmetterling

Jurema Alcântara de Mello war Witwe eines Millionärs, hatte aber keinerlei Bedürfnis danach, ihren Reichtum zur Schau zu stellen. Ab und zu verzichtete sie ganz gern auf Auto und Fahrer, Markenkleidung und anderen Luxus. Sie lebte bedachtsam und maßvoll. Wir dagegen waren erst mal schwer begeistert. Immerhin waren wir noch nie in einem so luxuriösen Wagen gefahren! Nur der Meister, der immer zu Fuß ging und offenbar noch nie hinterm Steuer gesessen hatte, blieb unbeeindruckt. Er bat Jurema um ihre Anschrift und sagte, er würde zu Fuß nachkommen. Er suchte die Gesellschaft seiner selbst, denn er wollte nachdenken.

Zwei Stunden nach uns traf er bei Dona Jurema ein. Die Millionärin hatte zwischenzeitlich sogar neue Kleidung für uns gekauft, und nach einer gründlichen Dusche sahen wir endlich wieder aus wie zivilisierte Menschen.

Wir saßen vor einer köstlichen Vorspeisenplatte mit verschiedenen Käse- und Wursthäppchen, und Honigschnauze war so hungrig, dass er gar nicht erst die zum Aufspießen bereitgelegten Zahnstocher benutzte, sondern gleich mit beiden Händen zugriff. So wurden wir daran erinnert, dass das System auch seine angenehmen Seiten hat!

Salomon konzentrierte sich derart aufs Essen, dass er keinen Ton mehr von sich gab. Erstaunlicherweise hatten sich seine Tics ziemlich gelegt, und ich fragte mich, ob das nun am Essen lag oder ob sich sein Zustand wirklich längerfristig gebessert hatte. Engelskralle stopfte sich derweil den Mund mit Käse voll und sah aus wie eine Maus: Mit vollen Backen starrte er auf die antike Aufsatzanrichte mit den Kristallgläsern und die Gemälde an den Wänden. Hätte ihn der Meister nicht für sein Projekt gewonnen, wäre er später wohl zurückgekehrt, um das Haus auszuräumen. Monika dagegen aß manierlich und diskret. Sie war so glücklich, Teil unserer Familie zu sein, dass sie sich durch nichts ablenken ließ. Was für Albträume sie wohl hinter sich haben musste, dass sie sich an unserer Seite so wohlfühlte?

Der Meister wurde in den imposanten Salon geführt, dessen hundertfünfzig Quadratmeter in fünf Wohnbereiche aufgeteilt waren. Im Unterschied zu unserem blieb sein Blick aber nicht an der luxuriösen Ausstattung hängen – sehr zur Freude von Dona Jurema, die der Schmeichler müde war, die über ihre Villa schwärmten, ohne mit der Besitzerin wirklich kommunizieren zu können.

Dann kam auch er zu einer angenehmen Dusche und frischer Kleidung und bat, nachdem er sich zu uns an den Tisch gesetzt hatte: »Jurema, erzähl uns ein bisschen von deinem verstorbenen Mann!«

Sie war erstaunt. Über Verstorbene wird ja meist nicht viel gefragt, da alle fürchten, ihren Gesprächpartner damit in Verlegenheit zu bringen. Doch Dona Jurema liebte es, über ihren Mann zu sprechen, den sie immer bewundert hatte. So erzählte sie von seiner Jugend, von der Zeit ihrer Verlobung und von ihrer Hochzeit. Dann hob sie seine Freundlichkeit, seinen Mut und seinen Esprit hervor. Während ihrer Schilderung rief der Meister zweimal aus: »Was für ein großer Mann! Auch er ist ein Traumhändler gewesen.«

Die alte Dame erwähnte auch, dass ihr Mann eines der dreißig Unternehmen der mächtigen Megasoft-Gruppe geleitet habe. Darauf fragte der Meister, von dem wir dachten, er würde sich nicht für die Geschäftswelt interessieren:»Wie ist er denn so reich geworden?«

Um das zu erklären, musste Dona Jurema die Geschichte der Megasoft-Gruppe etwas näher beleuchten. Der Inhaber eines großen Unternehmens war gestorben und hatte seinem fünfundzwanzigjährigen Sohn ein Vermögen hinterlassen. Da dieser sehr intelligent war und bemerkenswerte unternehmerische Fähigkeiten besaß, gelang es ihm, seinen Vater um Längen zu überflügeln. Durch den Gang an die Börse erhöhte er das Grundkapital des geerbten Unternehmens, erweiterte dann mit dem Geld aus dem Aktienverkauf die Geschäfte und investierte nach und nach in die verschiedensten Wirtschaftszweige, zum Beispiel in die Erdölindustrie, in Modeketten, in die Kommunikations-, Informatik-, Elektronik- sowie in die Hotelbranche. Innerhalb von fünfzehn Jahren schuf er die Megasoft-Gruppe, die zu einem der zehn mächtigsten Konzerne der Welt wurde.

Beim Börsengang hatte er allen Firmenangestellten die Möglichkeit gegeben, Aktien zu kaufen, sodass er selbst nur ein Nebenaktionär des Unternehmens war, über das er den Vorsitz führte. Doch durch das enorme Wachstum der Firmengruppe verdiente auch er sehr viel Geld.

Ich unterbrach Dona Jurema und rief:»Ich kann den Unternehmergeist dieses Mannes nur betonen, denn der Hauptaktionär meiner Universität war ausgerechnet die Megasoft-Gruppe. Als sie zum Hauptträger der Universität wurde, war immer genug Geld für die Forschung vorhanden.«

Da fragte der Traumhändler:»Jurema, haben Sie den jungen Mann, der die Unternehmensgruppe so groß werden ließ, wirklich gekannt? War er frei oder ein Gefangener des Systems? Liebte er das Geld mehr als das Leben oder das Leben mehr als das Geld? Wo lagen seine Prioritäten? Nach welchen

Werten lebte er? War ihm die Kürze des Lebens bewusst oder hielt er sich für unsterblich?«

Überrascht wusste die pensionierte Wissenschaftlerin nicht, was sie antworten sollte. Sie hatte den jungen Mann nicht gerade häufig persönlich gesehen. Er war immer höchst beschäftigt gewesen, mit Terminen in Königshäusern und Präsidentenpalästen, während sie nur eine einfache Professorin war. Aber sie sagte, ihr Ehemann hätte ihn sehr gemocht.

»Ich weiß vom Hörensagen, dass er ein herzensguter und sehr zuvorkommender Mensch gewesen sein muss. Aber nach dem Tod meines Mannes vor sieben Jahren habe ich nicht mehr viel von ihm gehört, außer dass in seiner Familie ein Unglück geschehen ist. Ich glaube, er hatte seelische Probleme. Dann erzählte man sich, er sei gestorben, aber die Presse hat die Angelegenheit totgeschwiegen. Angeblich wäre er heute, wenn er noch lebte, der reichste Mann der Welt.«

Der Meister blickte in die Runde und sagte dann: »Meine liebe Jurema, Sie sind in Ihrer Einschätzung dieses Mega-Unternehmers sehr großzügig. Auch ich habe von ihm gehört, von seiner Courage, seinen Geschäftserfolgen und seinem angeblichen Tod. Aber wir sollten nicht nur die positiven Seiten derjenigen hervorheben, die von uns gegangen sind, sondern auch ihre Schwächen nicht verschweigen. Jemand, der ihn sehr gut gekannt hat, erzählte mir, er wäre äußerst ehrgeizig gewesen und hätte für nichts anderes mehr Zeit gehabt als für die Vermehrung seines Kapitals. Das, was in seinem Leben eigentlich am wichtigsten war, hat er darüber leider vergessen.«

Dann fügte er mit ernster Miene ein paar bemerkenswerte Sätze an: »Ich bitte euch nicht darum, Geld und materielle Güter abzulehnen. Auch wenn wir heute lieber unter Brücken schlafen und uns mit dem Himmel als Bettdecke begnügen, so wissen wir nicht, was das Morgen bringt. Ich möchte, dass ihr Folgendes versteht: Geld allein macht nicht glücklich, aber das Fehlen von Geld kann sehr unglücklich machen. Geld allein macht nicht krank, aber die Liebe zum Geld macht schlaflose Nächte und einen unruhigen Geist. Kein Geld zu haben bedeutet Armut, aber der schlechte Umgang mit Geld bedeutet Armseligkeit.«

Wir wurden nachdenklich.

»Chef, pleite und glücklich zu sein ist gut, aber mit Geld ist alles noch viel besser!«, schlussfolgerte Bartholomäus und schlürfte brav sein Kokoswasser, während wir kostbaren französischen und chilenischen Wein tranken. Der Meister lächelte. Es war nicht leicht, diesem »Straßenphilosophen« tiefschürfende Gedanken nahezubringen.

Als wir am nächsten Tag im Stadtzentrum unterwegs waren, kamen viele Leute mit glänzenden Augen auf den Traumhändler zu, um ihn zu umarmen und manchmal sogar zu küssen. Er war mittlerweile berühmter als jeder Politiker und damit auch immer mehr ihrem Neid ausgesetzt.

Vor den Toren eines riesigen Einkaufszentrums begannen die Leute, sich um ihn zu scharen, sodass er die Treppenstufen zur Eingangstür hochstieg und zu einer seiner faszinierenden Reden ansetzte. Diesmal war es eine philosophische Interpretation der berühmtesten Predigt Jesu, der Bergpredigt.

Wir wussten bereits, dass er diese Predigt liebte, denn er hatte Mahatma Gandhi zitiert, dass die Welt auch dann nicht ohne Licht wäre, wenn alle heiligen Schriften der Welt geächtet würden und nur die Bergpredigt übrig bliebe.

»Selig sind die geistig Armen, denn ihnen gehört das Himmelreich der Weisheit. Aber wo sind die wahren Armen, die sich ihrer selbst entledigt haben? Wo sind diejenigen, die bescheiden ihre Torheit zugeben und mutig zu ihren Schwächen stehen? Wo sind diejenigen, die tagtäglich ihren Stolz bekämpfen?«

Er richtete seinen aufmerksamen Blick auf die betretenen Gesichter der Zuhörer, atmete tief durch und fuhr fort: »Selig sind die Sanftmütigen, denn sie werden das Erdreich besitzen. Aber was für eine Welt werden sie besitzen? Gemeint ist eine Welt des Friedens und der aufrichtigen Liebe zu allem Leben! Und wo sind diese Sanftmütigen? Wo sind die Menschen mit offenem Herzen? Wo verstecken sich die Freunde der Toleranz, der Geduld und der Seelenruhe? Wo finden sich diejenigen, die auf Enttäuschungen mit Sanftmut reagieren? Viele Menschen sind nicht einmal sich selbst gegenüber milde. Ihre Welt ist voller Forderungen und Selbstbestrafung.«

Die Menschentraube um ihn herum war noch größer geworden. Der Traumhändler hob den Blick zum Himmel, senkte ihn langsam wieder und vervollständigte dann seine Interpretation der zweiten Seligpreisung, wobei er die klassische Motivationsvorstellung auf den Kopf stellte: »Stoppt das neurotische Bedürfnis, eure Mitmenschen ändern zu wollen! Niemand ist in der Lage, einen anderen Menschen zu verändern! Wer von den anderen mehr verlangt als von sich selbst, kann zwar im Finanzwesen arbeiten, aber keinen Frieden mit seinen Mitmenschen schließen.«

Und er fuhr fort: »Selig sind, die da Leid tragen, denn sie sollen getröstet werden. Aber warum leben wir in einer Welt, in der die Menschen ihre Tränen verbergen? Und wo sind diejenigen, die über die Selbstsucht weinen, die unsere Augen verdunkelt und uns daran hindert, die Gefühle derer zu sehen, die wir lieben? Wie viel Angst und Zerrissenheit ist wohl für immer stumm geblieben, und wie viele Menschen haben wir verletzt, ohne sie um Verzeihung zu bitten?«

Seine Worte brachten die Zuhörer dazu, über das Verhältnis zu ihren Mitmenschen nachzudenken und sich ihrer Selbstbezogenheit zu stellen.

»Selig sind die Friedfertigen, denn sie werden Kinder Gottes heißen. Aber wo sind die Friedensstifter, die Experten in der Lösung zwischenmenschlicher Konflikte? Sind wir alle nicht eher Spezialisten darin, über unsere Nächsten zu urteilen? Wo sind diejenigen, die ihre Mitmenschen schützen, auf sie setzen, sie versöhnen, an sie glauben und sich ihnen schenken? Jede Gesellschaft vereint und teilt, und jede Teilung ist auch eine Subtraktion, nämlich eine Abspaltung, Herabminderung und Geringschätzung. Zu befrieden bedeutet daher nicht, die Mathematik des Summierens zu lehren, sondern die Mathematik der Subtraktion zu verstehen. Wer das nicht begreift, ist zwar in der Lage, mit Tieren und Maschinen umzugehen, aber nicht mit menschlichen Wesen.«

Ich war sprachlos, denn trotz meiner glänzenden akademischen Bildung bereitete es mir große Schwierigkeiten, mit anderen Menschen umzugehen. Mit Tieren war das kein Problem – zumindest beschwerten sich meine Hunde nicht. Aber mein Verhältnis zu den Mitmenschen war voller Probleme. Ich stellte hohe Anforderungen, verlangte viel und war daher zwar in der Lage, meine Arbeit zu leisten, aber nicht, meinen Frieden mit den Menschen zu schließen. Ich verstand nicht, welch bitteren Tribut die Mathematik der Subtraktion forderte. Dafür mussten die Leute immer so denken wie ich selbst. Erst jetzt wurde mir klar, dass ein gutes Leben sich eher auf die Kunst stützt, verlieren zu können, als darauf, gewinnen zu können.

Die Menge derer, die den Meister hören wollten, war inzwischen so groß geworden, dass schließlich der Verkehr zum Erliegen kam. Um das Verkehrschaos zu beenden, musste er seine Rede abbrechen, doch rief er an jenem Tag noch weitere Schüler zu sich, von denen jeder etwas Besonderes und keiner ein Heiliger war. Auch viele andere Leute begannen nun, ihm zu folgen, und informierten sich über das Internet gegenseitig über seinen jeweiligen Standort. Aber er hatte nur wenige dazu auserkoren, bei ihm in die Lehre zu gehen – und zwar nicht die tüchtigsten, sondern gerade die störrischsten und schwierigsten.

Das Tagewerk

Drei Tage später beraumte der Meister eine besondere Zusammenkunft ein. Offenbar wollte er nun über den größten seiner Träume sprechen – jedenfalls sah ich, wie es in ihm loderte. Er führte uns auf eine Grünfläche, auf der fast nichts von der Hektik und dem Lärm der Großstadt zu spüren war, und hieß uns, einen Halbkreis zu bilden. Es war sieben Uhr morgens. Der Tau hing noch an den Grashalmen, die ersten Sonnenstrahlen blitzten am Horizont und fielen in goldenem Bogen auf die Hibiskusblüten; die Vögel besangen den neuen Tag.

Nach und nach strömten mehr Menschen hinzu, die im Unterschied zu uns, die wir dem Meister am nächsten waren, ein Leben führten wie jedes andere Mitglied der Gesellschaft auch. Sie gingen arbeiten, hatten eine Familie, Freunde und Hobbys. Schließlich waren es etwa dreißig Personen – Arbeiter und Manager, Ärzte, Psychologen, Sozialarbeiter ... Unter ihnen waren Christen, Buddhisten, Muslime und Anhänger weiterer Religionen.

Zu unserer Überraschung begann der Traumhändler seine Rede diesmal, indem er den Schleier über seiner mysteriösen Vergangenheit ein wenig lüftete: »Früher hatte ich einmal große Macht, die sich über mehr als hundert Länder erstreckte. Aber dann passierte etwas, und die Zeit blieb plötzlich stehen. Ich war völlig untröstlich und verlor den Boden unter den Füßen. Schließlich zog ich mich auf eine große Insel im Atlantik zurück und blieb über drei Jahre dort. Das Essen war gut, aber ich hatte keinen Hunger. Ich dürstete nur nach Wissen. Also verschlang ich Bücher, denn ich hatte Zugang zu einer spektakulären Bibliothek. Ich las Tag und Nacht, wie ein Asthmatiker, der nach Luft schnappt – über zwölf Bücher im Monat und fast hundertfünfzig im Jahr: Philosophie, Neurowissenschaften, Theologie, Geschichte, Soziologie, Psychologie. Ich las beim Essen, im Sitzen, im Stehen, beim Gehen, beim Laufen. Das Wissen brannte sich Seite um Seite in mein Gehirn und half mir, meine Vergangenheit zu verstehen und mit dem zurechtzukommen, was mir widerfahren war. So bin ich zu dem Menschen geworden, den ihr vor euch seht: zu einem kleinen, unvollkommenen Traumhändler.«

Weitere Erklärungen gab er nicht.

Während seiner Erzählung ließ ich meine Gedanken schweifen. Als er fertig war, sah ich, dass meine Gefährten verwirrt dreinblickten, und auch ich konnte das Puzzle in meinem Kopf nicht zusammenfügen. Was für eine Art Macht hatte der Meister besessen? Finanzielle, politische, wissenschaftliche, spirituelle Macht? Er wirkte doch so schwach, sanftmütig und hilfsbedürftig und setzte sich mit den Ärmsten der Armen an einen Tisch! Manchmal war er zwar angespannt, aber er wusste seine Anspannung zu kontrollieren. Er forderte nichts, schlug sein Lager überall auf, ertrug jeden Angriff und verteidigte sogar diejenigen, die sich gegen ihn wandten. Wenn er so mächtig gewesen war, wie er sagte – warum lebte er dann jetzt unterhalb der Armutsgrenze? Ob er sich seinen früheren Einfluss nur einbildete?

Der Traumhändler unterbrach meine Gedanken: »Das Projekt, mit Träumen zu handeln, widerspricht keiner Religion, Kultur oder Glaubensüberzeugung. Ich bitte euch im Gegenteil darum, euren Glauben, eure Kultur und eure Traditionen zu pflegen!«

Er machte eine bedeutungsvolle Pause, und es sah so aus, als näherte er sich langsam dem Ziel seiner Rede:»Vor allem bitte ich euch aber darum, euren geistigen Horizont zu erweitern und euch selbst als menschliche Wesen zu respektieren und zu schätzen. Wir haben den Instinkt der Gattung verloren, und deshalb ist es mein größter Traum, zur Rettung der menschlichen Natur ein weltweites Netzwerk zu knüpfen zwischen Menschen aller Herren Länder, aller religiösen Überzeugungen und wissenschaftlichen Ausrichtungen. Wir leben in einer Welt voller Spannungen, verursacht von zerstörerischer Konkurrenz, mangelnder Einhaltung internationaler Handelsregeln, sozialen Konflikten und Umweltzerstörung. Die Französische Revolution fand vor über zwei Jahrhunderten statt, doch wir sprechen über sie, als wäre sie gestern geschehen. Wenn wir aber in die Zukunft schauen, haben wir keinerlei Garantie dafür, dass unsere Gattung überhaupt noch ein oder zwei weitere Jahrhunderte überlebt.«

Anschließend sprach der Meister von seinem Vorbild. Jesus hätte über sechzig Mal gesagt, dass er der Menschensohn sei, doch im Verlauf der Geschichte hätten nur wenige Menschen verstanden, was das bedeutete, nämlich dass er zur Rettung aller Menschen und nicht nur des jüdischen Volkes gekommen war. Er hatte sich als Menschensohn bezeichnet, um zu verdeutlichen, dass er sich als Sohn der gesamten Menschheit verstand. Er war das erste menschliche Wesen ohne Grenzen und gleichzeitig ein Kind des jüdischen Volkes, hatte seine kulturelle Herkunft nie verleugnet und zugleich der gesamten Menschheit ein so hohes Maß an Liebe entgegengebracht, das die Theologie nicht versteht und die Psychologie nicht erfasst. Nur ein menschliches Wesen ohne Grenzen hatte sagen können, dass Prostituierte eher in den Himmel kommen als Pharisäer, immerhin die hochgebildeten jüdischen Theologen der damaligen Zeit. Seine Liebe war damals wie heute ein Skandal. Feierlich fügte der Traumhändler hinzu:»Ich habe unzählige Schwächen. Ich habe im Laufe meines Lebens mehr Fehler gemacht, als ihr euch vorstellen könnt. Doch jetzt ist meine Richtschnur die Psychologie und Philosophie des Jesus von Nazareth.«

Dann schlug er vor, eine Gesellschaft von Menschen ohne Grenzen zu gründen, die sich auf nur vier Prinzipien stützen sollte:

Überwindung aller Schranken von Hautfarbe, Kultur und Nationalität, um als Menschen ohne Grenzen unsere natürliche Umwelt zu schützen und den Fortbestand der Menschheit zu sichern;

Bekämpfung jeder Form von Diskriminierung und Unterstützung jeder Form von Integration;

Achtung vor den Unterschieden zwischen Menschen, die jeden zu einem einzigartigen Wesen machen;

Förderung des Austauschs zwischen den Völkern, Kulturen und Religionen.

Der Meister wusste sehr gut, dass seine Vorschläge den Prinzipien der Französischen Revolution entsprachen sowie der Menschenrechtserklärung der Vereinten Nationen und der Verfassung vieler Staaten. Er wollte jedoch, dass sie, statt nur auf dem Papier zu stehen, im Herzen der Menschen ohne Grenzen lebendig würden.

»Was für ein schöner Traum!«, seufzte ich leise.

Der Meister bemerkte meine Zweifel und sagte:»Ja, es ist ein Traum, eine fantastische, romantische Utopie. Aber ohne Utopien sind wir nichts als lebendige Maschinen. Ohne Hoffnungen sind wir nur Sklaven. Ohne Träume sind wir ferngesteuerte Roboter. Wenn die Mächtigen aus Wirtschaft und Politik bei ihren Entscheidungen die Menschheit und Menschlichkeit in den Mittelpunkt stellen würden, könnten zwei Drittel der Probleme auf der Welt in vier Wochen gelöst werden. Und das ist kein Traum und keine Utopie!«

Ich nickte. Eigentlich hatte er recht. Wie oft hatte ich mich an der Universität wie eine Lehrmaschine gefühlt, die vor Studenten stand, die Lernmaschinen waren.

Nun wirkte der Traumhändler noch konzentrierter; man sah, dass er noch etwas Wichtigeres zu sagen hatte. Es war wirklich ein besonderer Tag für ihn. Mit äußerst bedächtiger Stimme hob er an und erzählte uns das Gleichnis von der Schmetterlingspuppe:

»Zwei Raupen verpuppten sich und wuchsen im Schutz der Puppe zu wunderschönen Schmetterlingen heran. Als sie kurz davorstanden, zu schlüpfen und davonzufliegen, kamen ihnen Zweifel. Einer der Schmetterlinge fühlte sich viel zu schwach und dachte: ›Das Leben da draußen ist voller Gefahren. Ich könnte von einem Vogel gefressen oder vom Blitz getroffen werden! Ein Platzregen könnte meine Flügel zerstören, sodass ich zu Boden stürze! Außerdem ist der Frühling schon bald wieder vorbei. Wer hilft mir dann, wenn der Nektar zur Neige geht?‹ Der kleine Schmetterling hatte schon recht – es warteten tatsächlich viele Risiken auf ihn. Verängstigt beschloss er, nicht zu schlüpfen, sondern blieb in der schützenden Puppe. Da er sich darin aber nicht ernähren konnte, starb er einen traurigen Hungertod zwischen den engen Wänden, in die er sich eingesponnen hatte. Auch der andere Schmetterling fürchtete sich vor der Außenwelt, denn er wusste, dass viele seiner Artgenossen nicht einmal einen Tag außerhalb ihrer Puppe überleben. Doch seine Freiheitsliebe war größer. Er schlüpfte und flog allen Gefahren entgegen.

Dieser Schmetterling zog es vor, auf der Suche nach sich selbst auf Wanderschaft zu gehen.«

Der Meister machte eine kurze Pause, um dem wunderschönen Gesang der Vögel zu lauschen, der mir wie ein Loblied vorkam. Dann richtete er eine Reihe einfacher, aber tiefer Wünsche an uns, die ich kaum so schnell mitschreiben konnte:»Ich sende euch nun zwei Tage aus, damit ihr erfahrt, was es heißt, ein menschliches Wesen ohne Grenzen zu sein. Geht zu zweit in die Gesellschaft und nehmt weder Tasche noch Geld noch Proviant mit – nichts, was euch helfen würde, zu überleben, außer dringend notwendiger Medikamente und persönlicher Hygieneartikel. Ernährt euch von dem, was man euch anbietet. Schlaft dort, wo man euch ein Lager bereitet. Lehnt niemanden ab, und wenn ihr angegriffen werdet, so leistet keinen Widerstand, sondern behandelt euren Angreifer mit Nachsicht. Agiert als Soziotherapeuten: Gebt und empfangt. Versucht nicht, euch über andere zu erheben. Haltet eure Überzeugungen zurück, setzt eure Ideen nicht durch, sondern verströmt stattdessen eure Menschlichkeit. Fragt jeden, den ihr auf eurem Wege trefft, worin ihr ihm nützlich sein könnt. Sprecht mit den Menschen, lernt ihre verborgenen Seiten kennen. Entdeckt, was für faszinierende menschliche Wesen eure Mitmenschen sind, und schaut mit ihren Augen auf die Welt. Achtet ihre Privatsphäre, kontrolliert sie nicht und geht nur so weit, wie sie es erlauben. Hört ihnen bescheiden zu – auch denen, die ihrem Leben ein Ende setzen wollen – und regt sie an, sich selbst zuzuhören. Wenn sie es schaffen, wird das viel besser sein, als euch zuzuhören. Denkt daran, dass das Reich der Weisheit den Bescheidenen gehört.«

Nach diesen Empfehlungen blickte er besorgt und warnte uns vor:»Wir leben im dritten Jahrtausend einer Gesellschaft, die den Höhepunkt des Individualismus erreicht hat.

Hier den Traum zu verkaufen, ein Mensch ohne Grenzen zu sein, scheint völlig absurd. Es ist bereits außergewöhnlich, solidarisch, großzügig und hilfsbereit zu sein, wenn man darum gebeten wird, und erst recht, wenn niemand darum bittet. Ihr werdet als Fanatiker bezeichnet werden, als Geisteskranke, Wahnsinnige und Sektierer. Aber da sie mich empfangen haben, werden sie auch euch empfangen.«

Weitere Regeln dafür, wie wir die Menschen ansprechen sollten und ob wir uns an Reiche, Arme, Gebildete, Ungebildete, Zentrums- oder Vorstadtbewohner wenden sollten, gab er uns nicht. Er gab uns auch keinen Stadtplan. Während sein Haar im Wind flatterte, tropfte uns der Schweiß von der Stirn. Wir hegten ziemliche Befürchtungen. Ich dachte:»Das wird nicht gut gehen. Man wird uns falsch verstehen und vielleicht wütend vertreiben. Und wenn ich einen meiner alten Kollegen treffe? Was wird er über mich verbreiten?«

Anschließend fügte der Meister noch hinzu:»Man kann auf unterschiedliche Weise zum Wohle der Menschheit beitragen, doch keine davon ist bequem oder wird mit ständigem Beifall belohnt. Die Leute werden euch mit Misstrauen begegnen. Vielleicht seid ihr morgens noch berühmt, aber fallt nachmittags in Ungnade, vielleicht werdet ihr von den einen geschätzt und von den anderen wie Abschaum behandelt. Die Reaktionen sind nicht vorherzusehen. Aber eines verspreche ich euch: Wenn ihr die Stürme übersteht, seid ihr sehr viel menschlicher und sehr viel stärker und nebenbei werdet ihr Dinge gelernt haben, die euch kein Buch jemals vermitteln kann. Ihr werdet ein wenig nachfühlen können, wie es Millionen von Juden unter den Nazis, den Christen im Kolosseum, den Muslimen in Palästina sowie all den im Laufe der Geschichte wegen ihres Glaubens, ihrer Hautfarbe, ihres Geschlechts oder ihrer sexuellen Orientierung verfolgten Menschen ergangen ist.«

Ich befürchtete allerdings ein Desaster, wenn Bartholomäus und Dimas ohne Aufsicht losgelassen wurden, um im Namen des Meisters zu handeln. Das war ja vergleichbar mit einem Medizinstudenten, der eine Operation allein durchführen sollte! Der Meister forderte von uns ein Sozialexperiment, das ganz anders war als alles, was ich in der Soziologie studiert hatte. Es ging weder darum, mit finanzieller Unterstützung im Rücken als Helfer nach Afrika zu gehen, noch darum, in irgendeinem Wohltätigkeitsverein mitzuarbeiten, noch darum, eine religiöse Überzeugung zu predigen oder für eine politische Partei zu agitieren. Stattdessen sollten wir zu dem zurückfinden, was uns als Menschen ausmachte. Wir konnten nichts mitnehmen, nicht einmal unseren Ruf. Wir sollten als einfache menschliche Wesen anderen menschlichen Wesen begegnen.

Abschließend ließ uns der Traumhändler die Wahl: »Ich will euch zwar dazu ermutigen, aus eurer Puppe zu schlüpfen, auch wenn es nur ein einziges Mal ist, aber ich zwinge euch nicht dazu. Dafür ist das Risiko zu groß, und die Folgen sind unabsehbar. Die Entscheidung liegt bei euch, einzig und allein bei euch.«

Trotz der Befürchtungen, die wir alle hegten, machte keiner einen Rückzieher, nicht einmal die zwei Jugendlichen, die sich zu uns gesellt hatten. Schließlich sucht die Jugend nach Abenteuern, und so wünschten auch sie sich ein bisschen Nervenkitzel.

Aussendung der Jünger

Nun legte der Meister fest, um wie viel Uhr wir uns nach zwei Tagen wieder zusammenfinden sollten, und schickte uns paarweise auf den Weg. Obwohl er den Frauen noch die Möglichkeit gab, zu Hause zu übernachten, wollten diese davon nichts wissen. Sie waren mit seinem Protektionismus nicht einverstanden, und Jurema sagte im Namen aller: »Wir wollen das Sozialexperiment nicht anders machen als die Männer. Deshalb werden wir für zwei Tage aus unserer Puppe schlüpfen!«

Von allen Anwesenden entschieden sich nur vier Personen dagegen, mitzumachen, wollten aber am verabredeten Tag wieder zu uns stoßen, um zu erfahren, was wir erlebt hatten.

Und das, was wir schließlich berichteten, war erstaunlich. Wir wurden für Diebe und Entführer gehalten, wurden abgelehnt, ausgelacht und bedroht. Mehrere von uns wurden festgenommen und mussten sich auf dem Polizeirevier erklären. Doch trotz aller Widrigkeiten war es für alle eine wunderbare Erfahrung. Wir hatten Spaß und lernten viel, denn wir hatten das Gefühl, nicht einfach die uns bekannte Gesellschaft zu durchstreifen, sondern in eine völlig neue Welt einzutauchen. Ohne Geld und Zuhause fühlten wir uns schutzlos und ausgeliefert und bekamen einen Eindruck davon, wie sich die Juden im Dritten Reich gefühlt haben oder die Palästinenser im Mittleren Osten noch fühlen mussten. Wir waren auf einmal nichts anderes mehr als einfache menschliche Wesen. Das Experiment machte allen deutlich, dass unsere wahre

Menschlichkeit normalerweise von starren ethischen Überzeugungen und dem Streben nach Macht, Titeln und gesell-
schaftlichem Status verschüttet ist.

Honigschnauze suchte für den Handel mit Träumen die Orte
auf, die er am besten kannte, nämlich Kneipen und Nacht-
lokale, wo er immer wieder in die Klemme geriet. Die Gäste
gossen ihm Wodka ins Gesicht, beschimpften ihn und jagten
ihn davon: »Hau ab! Du bist wohl besoffen!« Er selbst verlor
mehrmals die Geduld und drohte damit, irgendwelche Trun-
kenbolde zu ohrfeigen. Ihm wurde langsam bewusst, welche
Schwierigkeiten er seinen Mitmenschen bereitet hatte.

Dimas und er halfen jedoch auch Betrunkenen wieder auf,
hörten sich ihr hohles Geschwätz an und trösteten sie. Nicht
wenige sagten, sie tränken, um zu vergessen. Sie waren finanziell am Ende, fühlten sich betrogen und im Stich gelassen.
Honigschnauze und Engelskralle hatten zwar keinen Zauber-
trank parat, liehen ihnen jedoch wenigstens ihr Ohr.

Am Ende des ersten Tages ging Bartholomäus auf einen
Mann im besten Alter zu, der allein an einem Tisch saß, und
sagte höflich zu ihm: »Mein Herr, ich möchte Sie nicht stören.
Ich möchte nur wissen, womit ich Ihnen dienen kann.«

Die Antwort ließ nicht auf sich warten: »Zahlen Sie mir
noch einen Whiskey!«

Dimas sagte, er hätte kein Geld. Da schob der Säufer ihn
unsanft beiseite und wurde ausfällig: »Dann zieh Leine, sonst
rufe ich die Bullen.«

Bartholomäus packte ihn daraufhin am Kragen, doch gerade, als er ihn durchschütteln wollte, fielen ihm die Worte
des Meisters wieder ein, und er rief wütend: »Echt schade,
dass sich die Zeiten geändert haben!«

Der Säufer hatte sich schützend die Arme über den Kopf
gelegt und ließ sie wieder fallen. Er konnte zwar nicht mehr

klar denken, hatte aber gemerkt, dass er sich danebenbenommen hatte. Er entschuldigte sich und lud die beiden ein, sich zu ihm zu setzen. Dann begann er zu weinen.

Nach einer Weile hatte er sich wieder etwas beruhigt und stellte sich vor. Er hieß Lukas und war Chirurg gewesen, bevor er durch einen Kunstfehler alles verloren hatte. Das Leben des betroffenen Patienten war zwar nicht in Gefahr gewesen, doch hatte dieser ihn mithilfe eines gewieften Anwalts verklagt, und da Lukas keine Rechtsschutzversicherung hatte, verlor er durch den Prozess alles, was er in zwanzig Jahren Berufsleben aufgebaut hatte. Nun war er hoch verschuldet, konnte sein Haus nicht mehr abbezahlen und stand kurz davor, auf die Straße gesetzt zu werden. Natürlich konnte er auch den Kredit für seinen Neuwagen nicht mehr bezahlen, der daher gepfändet werden sollte.

»Weine nicht, mein Freund! Du kannst immer noch unter einer Brücke wohnen!«, sagte Bartholomäus und versetzte Lukas damit in noch größere Panik.

Da trat Dimas auf den Plan. Um den Arzt zu trösten, erzählte er ihm seine eigene Geschichte, die auch Bartholomäus noch nicht kannte. Sein Vater wurde wegen eines bewaffneten Raubüberfalls zu fünfundzwanzig Jahren Gefängnis verurteilt, als er noch klein war. Seine Mutter begann daraufhin eine Affäre mit einem anderen Mann und ließ den fünfjährigen Dimas und seine zweijährige Schwester allein. Die beiden wurden in verschiedene Waisenhäuser gesteckt, und Dimas sah seine Schwester, die kurz darauf adoptiert wurde, nie wieder. Er selbst fand keine Adoptiveltern, da niemand einen dunkelhäutigen fünfjährigen Jungen wollte. Er wuchs daher im Heim auf und musste sich früh daran gewöhnen, auf sich gestellt, ohne die Zuneigung und Unterstützung einer Familie, zu überleben. So hatte er auch keine Ausbildung.

Bartholomäus bekam Mitleid mit seinem Freund und versuchte nun, ihn zu trösten: »*My friend*, und ich hab immer gedacht, du bist ein Dieb und Betrüger! Ich hatte ja keine Ahnung! Wahrscheinlich bist du noch der Normalste von uns Spinnern!«

Doktor Lukas war von Dimas' Geschichte so bestürzt, dass er sogar wieder etwas nüchtern wurde. Er wollte mehr von ihm wissen, und so unterhielten sie sich schließlich über drei Stunden lang. Dann verließen sie die Kneipe Arm in Arm und sangen: »Ein Freund, ein guter Freund, das ist doch das Beste, was es gibt auf dieser Welt!« Sie genossen ihre Freundschaft und hatten verstanden, dass ein Leben außerhalb der Puppe zwar seine Risiken, aber auch wunderschöne Seiten hat.

Der Arzt nahm Bartholomäus und Dimas mit zu sich nach Hause und quartierte sie in seinem Gästezimmer ein. Seine Frau, die bereits vom Traumhändler gehört hatte, servierte ihnen noch köstliche Spaghetti mit Tomatensauce. Und am nächsten Morgen bedankte sie sich bei ihnen dafür, dass ihr Mann nach einem halben Jahr völliger Mutlosigkeit endlich wieder die Energie zu haben schien, sich den Herausforderungen in seinem Leben zu stellen.

Honigschnauze und Engelskralle setzten ihre Reise fort. Am späten Nachmittag des zweiten Tages fiel ihnen ein weiterer Trunkenbold auf, der in bejammernswertem Zustand an einer Theke hing. Bartholomäus glaubte, ihn zu kennen, was sich auch bestätigte, als er ihnen das Gesicht zuwandte. Es war Barnabas, sein bester Saufkumpan aus früheren Zeiten. Barnabas war nur eins siebzig groß, wog aber hundertzehn Kilo. Er aß und trank eigentlich immer – der Alkohol hatte ihm noch nicht den Appetit verdorben. Sein Spitzname war »Präsident«, denn er liebte es, Reden zu schwingen, über Politik zu diskutieren und Zauberformeln zur Lösung gesellschaftlicher Probleme zu präsentieren. Mit seiner großen Klappe stand er Bartholomäus in nichts nach.

»Honigschnauze, du hier?«, nuschelte er mit schwerer Zunge, und Bartholomäus umarmte ihn freudig: »Präsident! Wie schön, dich zu sehen!«

Da sein Freund völlig betrunken war, zerrte er ihn anschließend mit Dimas' Hilfe aus der Kneipe, führte ihn auf einen kleinen Platz in der Nähe und setzte ihn auf eine Bank. Dort wich er stundenlang nicht von seiner Seite. Als Barnabas endlich wieder etwas klarer denken konnte, sagte er immer noch lallend: »Hey, Honigschnauze, ich hab dich in der Zeitung gesehen! Du bist jetzt berühmt! Du schmuggelst Schnaps! Nein, nein, entschuldige, du spielst den Weihnachtsmann und verteilst Geschenke. Klasse!«

Und er schloss: »Jetzt bist du ein Gentleman! Du gehörst nicht mehr zu uns Schnapsdrosseln!«

Bartholomäus antwortete, er sei derselbe geblieben, nur sein Blick auf die Dinge habe sich verändert. Dann ergriff er die Gelegenheit und erzählte seine Geschichte, wie es zuvor Dr. Lukas und dann Dimas getan hatten. Genau wie dieser hatte er seine Jugend in einem Waisenhaus verbracht, wenn auch aus anderen Gründen: »Als ich sieben war, ist mein Vater gestorben, und zwei Jahre später auch meine Mutter. Sie hatte Krebs. Da wurde ich in ein Waisenhaus am Stadtrand gebracht, wo ich blieb, bis ich sechzehn war. Dann bin ich weggelaufen.«

Überrascht schaute Dimas ihn an und rief: »Hey, sag bloß nicht, du bist der Goldfuß!«

Das war Bartholomäus' Spitzname im Waisenhaus gewesen, denn damals galt er als ein begnadeter Fußballer. Da erkannte Bartholomäus Dimas auch. Die beiden hatten schon immer den Eindruck gehabt, sich zu kennen, wussten aber nicht, woher, weil sie als Jugendliche nur kurz befreundet gewesen waren. Und jetzt hatten sie sich nach zwanzig Jahren wiedergetroffen!

»Großartig! Dann ist die Familie ja wieder beisammen! Nur ich habe niemanden!«, maulte Barnabas. Dann wurde ihm schwindelig, und er musste sich hinlegen.

Bartholomäus tat sein Freund leid. Er wollte sich mit ihm noch länger unterhalten, schaute dann aber auf die Uhr und merkte, dass Dimas und er sich beeilen mussten, um noch pünktlich zur festgesetzten Zeit wieder beim Meister zu sein. Daher bat er Dimas, vorauszugehen.

Professora Jurema und ich hatten uns unterdessen für das Handeln mit Träumen eine Hochschule ausgesucht, die sich in der Nähe der Universität befand, an der ich gelehrt hatte. Auf einem zentralen Innenhof rief Jurema resolut, wie sie war, die Studenten herbei, und wir regten sie dann nach dem Vorbild des Meisters mittels der sokratischen Fragetechnik an, über ihr Leben nachzudenken und ihren Horizont zu erweitern, zu träumen und an ihre Träume zu glauben und eigene existenzielle Projekte zu entwerfen. Juremas Eloquenz machte großen Eindruck, denn die alte Dame hatte mehr Schwung und Elan als die jungen Studenten, die müde, niedergeschlagen und entmutigt waren.

Plötzlich hob ich den Blick und sah weiter weg ein Grüppchen Dozenten stehen, die auf mich deuteten und miteinander tuschelten. Ich lief rot an wie eine Tomate – es waren Kollegen von mir! Sie hatten mich erkannt und kamen lachend näher. Ich konnte sehen, dass sie sich über mich lustig machten – wahrscheinlich rieben sie sich die Hände, weil der diktatorische Dekan der soziologischen Fakultät, also ich, den Verstand verloren hatte. Jurema sagte zu mir: »Stell dich ihnen. Es ist Zeit, dass du aus der Puppe schlüpfst!«

Das war nun der Preis, den ich dafür zahlen musste, ein solcher Tyrann gewesen zu sein! Einer der Dozenten, der meiner Ansicht nach geistig stehen geblieben und ein miserabler Pädagoge war, packte die Gelegenheit beim Schopf, um sich dafür zu rächen, dass ich ihn unter Druck gesetzt hatte: »Wie ist denn so das Leben als Spinner?«

Beleidigt drehte ich mich auf dem Absatz um und wollte in die entgegengesetzte Richtung davongehen. Doch Jurema griff besänftigend nach meinem Arm, und so riss ich mich zusammen, wandte mich ihm wieder zu und antwortete: »Ich versuche gerade, mich mit meinem Wahnsinn auseinanderzusetzen. Ich habe mich immer hinter meinem Intellekt versteckt und mir dabei eingebildet, ich wäre kerngesund. Aber jetzt, auf der Wanderschaft und auf der Suche nach mir selbst, habe ich entdeckt, dass ich viel kränker bin, als ich dachte!«

In den Gesichtern meiner Kollegen machte sich Verblüffung breit. Eine solche Geistesgegenwart hatten sie nicht erwartet und zudem hatten sie mich noch nie so demütig und reuig erlebt. Ich merkte, dass sie die Waffen streckten, und nutzte die Gunst des Augenblicks, um ihnen ein paar sokratische Fragen zu stellen, wobei mir klar war, dass ich nicht mit ihrem Verständnis rechnen konnte: »Wisst ihr eigentlich, wer ihr tief innen seid? Wie viel Freude habt ihr heute schon verspürt? Habt ihr Zeit gehabt, um euch zu entspannen? Habt ihr in eure persönlichen Projekte investiert oder habt ihr sie begraben? Habt ihr euch aufgeblasen und hinter eurer Brillanz verschanzt oder habt ihr versucht, Grenzen einzureißen und euren Schmerz mit anderen zu teilen? Seid ihr Lehrautomaten gewesen oder habt ihr Denker ausgebildet?«

Langsam ging meinen Kontrahenten auf, dass ihr Institutsleiter, der sich hatte umbringen wollen und offensichtlich durchgedreht war, in einer besseren Verfassung war als zu der Zeit, als er mit ihnen an der Universität debattierte. Marco Antônio, Professor für angewandte Wissenschaftstheorie an der soziologischen Fakultät und der Gebildetste unter den dortigen Hochschullehrern, begann, mich zu loben, obwohl wir früher immer aneinandergeraten waren:»Julio, ich habe deine Schritte über die Presse und die Berichte meiner Studenten verfolgt. Ich bin ehrlich beeindruckt von deinem Mut, in deinem Leben einen Schnitt gemacht zu haben und dich neu zu orientieren. Jeder sollte früher oder später in seinem Aktivismus innehalten, um über sein Leben nachzudenken und wieder zu sich selbst zu finden.«

Nun erläuterte ich ihnen das Projekt, mit Träumen zu handeln, und führte aus, dass es nicht einfach eines von vielen Selbsthilfeangeboten sei, auf die Verzweifelte zurückgriffen, um anschließend wieder besser zu funktionieren, sondern dass es uns darum ginge, die Grenzen der Selbstbezogenheit einzureißen, humanistische Denker auszubilden und zum wahren Menschsein zurückzufinden.

Nachdenklich und anerkennend äußerte Professor Antônio, auch er sei zutiefst besorgt über den verbreiteten Konformismus, gekennzeichnet durch das größte Paradox der Konsumgesellschaft: die zunehmende psychische Isolation bei gleichzeitiger Vermassung.

Auf meine Bitte erklärte er genauer, was er damit meinte: »Die Menschen leben auf Inseln dort, wo sie auf Kontinenten, und auf Kontinenten, wo sie auf Inseln leben sollten. Was ich meine, ist, dass sie ihre einsamen Inseln verlassen sollten, um Erfahrungen miteinander zu teilen und sich gegenseitig zu unterstützen, dass sie aber in puncto Geschmack, Lebensstil und kulturelle Interessen ihre eigene kleine Insel bewahren sollten. Doch Fernsehen, Fast Food und Modeindustrie haben unsere Geschmäcker und Stile vereinheitlicht. Wir haben die Individualität verloren und durch den Individualismus ersetzt.«

Wie sehr seine Gedanken doch denen des Meisters ähnelten!

Marco Antônio schloss mit der Bemerkung, dass es Zeit für Utopien und eine neue soziale Bewegung sei, und fragte dann, wie er sich an unserem soziologischen Experiment, jenseits trennender Grenzen wahrhaft menschlich zu sein, beteiligen könnte. Es beglückte mich, ihm darüber zu berichten.

Fast alle Paare, die der Meister ausgesandt hatte, kamen begeistert zurück. Obwohl sie auf mehr Ablehnung gestoßen waren als erwartet, konnten sie auch von wunderschönen Erlebnissen berichten, die zwar weder ihr Bankkonto aufgefüllt noch ihre gesellschaftliche Position verbessert, sie aber zu sich selbst zurückgeführt hatten.

Einige hatten neue Freunde gefunden, die sie gleich mitbrachten. Monika hatte fünf Models im Schlepptau, die angesichts der ungewöhnlichen Laufstege, die sie erwarteten, ganz aufgeregt waren. Jurema und ich erschienen in Begleitung zweier Hochschullehrer und zweier Studenten. Dimas kam zusammen mit Dr. Lukas und seiner Frau, und Salomon mit seinem früheren Psychiater, einem Spezialisten in der Behandlung von Angststörungen, der jedoch selbst ständig mit Depressionen zu kämpfen hatte. Er war von der Freude seines Patienten angesteckt worden und wünschte sich mehr von diesem sozialen Antidepressivum.

Aufgeregt redeten alle durcheinander und erzählten davon, wie sie es genossen hatten, sich ohne Vorbehalte auf Menschen einzulassen und ihnen zuzuhören, die normalerweise anonyme Statisten in ihrem Leben geblieben wären. Sie hatten entdeckt, welch großes Vergnügen es bereitet, miteinander Gedanken auszutauschen und Gefühle und Sehnsüchte zu teilen, und äußerten, dass die anonyme Solidarität sie mit unbekannter Freude erfüllt hätte.

Insgesamt waren achtunddreißig »Fremde« zur Gruppe gestoßen, unter ihnen auch zwei orthodoxe Juden und zwei Muslime. Plötzlich merkten wir, dass Bartholomäus fehlte, doch Dimas beruhigte uns und richtete artig aus, er wäre bei einem Freund und würde bald nachkommen.

Wir waren alle so begeistert, dass wir gleich vor Ort das erste der vielen Feste improvisierten, die wir in unserem Projekt noch feiern würden. Reiche und Arme, Gebildete und Analphabeten, Christen, Muslime, Juden und Buddhisten aßen und tanzten zusammen, tauschten Gedanken aus und begegneten sich ohne Vorurteile. Unser einziges Ziel bestand darin, uns gegenseitig einen Teil von uns selbst zu schenken.

Nicht mal Robespierre in seinem philosophischen Delirium hätte sich vorstellen können, dass die drei Säulen der Französischen Revolution, Freiheit, Gleichheit und Brüderlichkeit, in einer ausgelassenen, gemeinsamen Feier von so unterschiedlichen Menschen lebendig werden konnten.

Der Meister sah unsere Freude und sagte: »Der Traum von Gleichheit wächst nur auf dem Boden der Achtung der Unterschiede. In unserem Wesenskern, unserer Persönlichkeit und Gedankenwelt, unserem Verhalten und unserer Sichtweise und Interpretation der Phänomene der Existenz werden wir niemals gleich sein, und das ist gut so!«

Leider waren aber nicht alle Paare bei ihrer Mission erfolgreich gewesen. Mein Freund Edson war offensichtlich auf größere Schwierigkeiten gestoßen, denn er hatte zwei blaue Augen. Entweder war er zweimal unglücklich gestürzt oder er hatte wirklich gleich zweimal was aufs Auge gekriegt. Wir scharten uns um ihn, um zu erfahren, was geschehen war, und er berichtete, dass er zunächst zwar einige Mitmenschen mit seinem Altruismus angesteckt habe, dann aber verspottet und tätlich angegriffen worden sei: »Ein Mittfünfziger hat mich gefragt, ob ich die Bergpredigt kenne, und ich sagte natürlich ja.« Edson stockte beschämt.

Ich wollte ihn ermuntern, weiterzusprechen, und fragte: »Aber das ist doch gut?!«

»Ja, aber dann sollte ich ihm was draus aufsagen, und weil ich den Text doch auswendig weiß, hab ich das auch getan ...«

Er machte erneut eine Pause und lief rot an. Daraufhin rief Dimas: »Aber das ist doch toll?!«

»Ja, aber als ich an die Stelle kam, wo's heißt, dass wir die andere Wange hinhalten sollen, hat er mich gefragt, ob ich daran glaube. Und ich habe ohne zu zögern bejaht ...«

Wieder hielt er inne, weil es ihm so peinlich war. Der Meister hörte aufmerksam zu, und diesmal war es Monika, die einwarf: »Aber das ist doch wunderbar, Edson?!«

Darauf flüsterte Edson: »Ja, das heißt, nein. Da verpasste er mir nämlich eine schallende Ohrfeige! Es tat höllisch weh, und ich war noch nie so wütend. Meine Lippen zitterten, und ich hatte Lust, dem Typen an die Gurgel zu gehen, habe mich aber zusammengerissen.«

Der Meister machte angesichts von Edsons Heroismus ein besorgtes Gesicht.

»Herzlichen Glückwunsch!«, sagte Professora Jurema. »Das ist ein wahres Wunder.«

Doch Edsons Kleidung war zerschlissen und sein Gesicht völlig zerkratzt.

»Und warum ist dein rechtes Auge auch blau?«, fragte Salomon, und Edson fuhr fort: »Dann wollte er, dass ich ihm die rechte Wange hinhalte, und bevor ich überhaupt was sagen konnte, hat er mir noch einen Schlag verpasst. Ich wollte mich auf ihn stürzen, aber mir kam in den Sinn, wie viel wir schon zusammen durchgemacht haben. Ich musste an Jesus denken und an unser Projekt und habe mich immer noch zurückgehalten. Keine Ahnung, wie ich das überhaupt geschafft habe! Und dieser Lump hat sich auch noch über mich lustig gemacht und mich einen Quatschhändler genannt!«

Die Umstehenden waren von Edsons Willensstärke begeistert und begannen zu klatschen. Doch er winkte ab. Er hatte noch nicht zu Ende erzählt.

»Der Typ wollte dann tatsächlich, dass ich ihm meine rechte Wange noch mal hinhalte, aber da bin ich geplatzt! Jesus hat zwar gesagt, dass wir auch die andere Wange hinhalten sollen, aber von zweimal hat er nicht gesprochen. Also habe ich den Himmel um Vergebung gebeten und mich auf ihn gestürzt. Aber er war stärker als ich und hat mich ziemlich verprügelt.«

Es war zwar nicht gerade der richtige Moment, um in Gelächter auszubrechen, aber der Gesichtsausdruck unseres Freundes war einfach zu komisch. Sogar auf den Lippen des Meisters wurde ein Lächeln sichtbar, obwohl er jede Art von Gewalt verabscheute. Dann erteilte er uns eine unvergessliche Lektion: »Jenseits aller Grenzen wahrhaft menschlich zu sein bedeutet nicht, seine Gesundheit oder sogar sein Leben unnötig aufs Spiel zu setzen! Ich habe keinen von euch gerufen, damit er den Helden spielt! Provoziert niemanden und geht nicht gegen diejenigen an, die euch beleidigen! Die andere Wange hinzuhalten ist kein Zeichen von Schwäche, sondern von Stärke, kein Zeichen von Dummheit, sondern von geistiger Klarheit.«

Er machte eine Pause und ließ seine Gedanken wirken. Dann fuhr er fort: »Die andere Wange hinzuhalten ist ein Zeichen von Reife und innerer Stärke. Gemeint ist aber nicht die

Wange im körperlichen, sondern im übertragenen, geistigen Sinne: Wir sollen denen Gutes tun, die uns enttäuschen, diejenigen rühmen, die uns diffamieren, und freundlich zu denen sein, die uns ablehnen. Und das bedeutet auch, sich leise und ohne großes Getöse aus der Schusslinie derer zurückzuziehen, die uns angreifen! Die andere Wange hinzuhalten verhindert Morde, Verletzungen und lebenslange Traumata. Die Schwachen rächen sich, aber die Starken schützen sich.«

Edson sog diese Worte in sich ein wie trockene Erde den Regen. Nach diesem Zwischenfall machte er innerlich einen Sprung. Er erweiterte seinen Horizont, wurde weiser und gelassener und trug noch viel zu unserer Bewegung bei.

Auch alle anderen waren fasziniert, und die orthodoxen Juden unter uns waren so beeindruckt, dass sie die anwesenden Muslime spontan umarmten. Ich blickte zu meinem Freund, dem Professor Marco Antônio, und musste daran denken, wie scharfzüngig ich meine intellektuellen Gegner an der Universität immer attackiert hatte und wie rücksichtslos ich mit ihnen umgegangen war. Im Studium hatte ich leider nicht gelernt, dass diejenigen, die die andere Wange hinhalten, viel glücklicher sind und viel besser schlafen.

Jurema flüsterte mir ins Ohr:»Ich habe über dreißig Jahre lang unterrichtet. Aber ich muss zugeben, dass ich viele aggressive, rachsüchtige und herzlose Studenten produziert habe.«

Ich dachte mir nur:»Und ich erst! Wir merken gar nicht, dass wir durch den Druck an den Universitäten potenzielle Diktatoren produzieren!«

Während ich noch in Gedanken versunken war, kam Unruhe auf. Bartholomäus erschien mit Barnabas im Schlepptau. Beide waren völlig betrunken. Honigschnauze war so begeistert darüber gewesen, seinen Freund wiederzutreffen, dass er alle Vorsicht fahren ließ. Die beiden hatten das Ereignis gebührend gefeiert und sich mit Wodka volllaufen lassen.

Sie schwankten und stolperten beim Gehen und hatten einander den Arm über die Schulter gelegt, um sich zu stützen. Dabei grölten sie ein Lied von Nelson Gonçalves: *»Bohème, ich bin zurück und fleh dich an: Nimm mich auf! Mit Freudentränen seh ich die alten Freunde wieder!«*

Und als ob seine Trunkenheit nicht schon genug wäre, brüllte Bartholomäus, als er unserer gewahr wurde, noch seinen Lieblingssatz:»Ah! Ich liebe dieses Leben!«

Wir reagierten im Chor:»Halt den Mund, Bartholomäus!«

Dann mussten wir über ihn lachen, aber das schüchterte ihn natürlich ganz und gar nicht ein. Er fiel fast zu Boden und wurde rot, weil alle ihn anstarrten, maßte sich aber trotzdem an, das Projekt des Meisters schlechtzumachen:»Folgendes, Chef. Diese Geschichte von der Menschlichkeit ohne Grenzen ist doch alt. Uralt, wusstest du das?«

Er versuchte, mit den Fingern zu schnipsen, um seine Aussage zu unterstreichen, und lallte:»Wir Säufer kennen sie schon soooo lange! Kein Säufer ist mehr wert als der andere. Wir küssen uns, wir umarmen uns und wir singen zusammen. Für uns gibt's keine Grenzen! Klaro?«

Ich schaute zum Traumhändler hinüber. Immerhin investierte er mit einer Engelsgeduld seine wertvolle Zeit in unsere Ausbildung, und ich fragte mich, ob ihm bei einem solchen Rückschlag nicht der Geduldsfaden reißen würde.

Doch zu meiner Überraschung ging der Meister lächelnd auf die beiden zu. Er umarmte sie und sagte scherzhaft:»Es gibt Leute, die können für immer außerhalb ihrer Puppe leben. Andere müssen halt ab und zu wieder nach Hause.«

Es war unglaublich: Statt seiner Enttäuschung Ausdruck zu verleihen, bestätigte er sogar noch, was Honigschnauze gesagt hatte: »Friedliche Säufer kennen tatsächlich keine trennenden Grenzen zwischen den Menschen. Warum? Weil die Wirkung des Alkohols auf das Gehirn die Bereiche des Gedächtnisses blockiert, in denen unsere Vorurteile und kulturellen, nationalen und sozialen Barrieren gespeichert sind. Dennoch ist es besser und sicherer, diese Trennmauern nüchtern durch die schwierige Kunst des Denkens und Wählens zu überwinden!«

Dann begann der Traumhändler, äußerst gut gelaunt in der Mitte der Menge zu tanzen, denn er wusste, dass man einen anderen Menschen nicht verändern kann, sondern nur sich selbst. Ihm war völlig klar, dass außerhalb der Puppe immer unvorhergesehene Dinge passieren können.

Als ich sah, wie verständnisvoll der Meister gerade mit den Schülern umging, die außer Kontrolle gerieten, verstand ich, dass seine Größe vor allem darin bestand, sich der rebellischen und lernschwachen unter ihnen anzunehmen.

Wie viele Verbrechen ich doch als Lehrer begangen hatte! Nie war ich einem aufmüpfigen Studenten entgegengekommen oder einem hilfsbedürftigen Studenten zur Seite gesprungen.

Ein wenig abseits der Menge sagte ich zu Professora Jurema: »Ich habe Studenten mit den Anforderungen des Bildungssystems erschlagen und ihre Kreativität begraben.«

Jurema hatte den Mut, ebenfalls zu beichten: »Ich leider auch. Anstatt kreative Rebellion, Intuition und vernünftiges Denken zu fördern, habe ich ausschließlich Präzision in der Wissenswiedergabe gefordert. Wir produzieren gestresste junge Leute mit Raubtierinstinkt, die danach gieren, der Erste von allen zu sein, statt friedensstiftende, tolerante Menschen, die nicht zu stolz sind, erst an neunter oder zehnter Stelle zu stehen.«

Ich hatte das Gefühl, dass wir auf unserer Wanderschaft nun die Kindheit hinter uns gelassen hatten und langsam erwachsen wurden.

Das Fest dauerte noch bis zum Morgengrauen, und alle waren trunken vor Freude. Barnabas wurde eingeladen, dem Team der Traumhändler beizutreten. Er und Bartholomäus waren mit Abstand das auffälligste und auch schwierigste Paar in unseren Reihen, und keiner von uns war sich sicher, dass die beiden sich bessern würden. Vielleicht würden sie uns noch verrückter machen, als wir schon waren. Aber das störte mich nicht, denn ich lernte, dieses Leben zu lieben.

Die lebendigen Toten

Der Ruhm des Meisters wuchs von Tag zu Tag und erreichte schließlich auch die Finanzelite. Unternehmer und Geschäftsleute hatten vom ungewöhnlichen Mann gehört, und da sie beständig nach effektiveren Führungsmethoden und Formen der Kreativität suchten, ließen sie mir einen Brief zukommen, mit dem der Meister zu einem Vortrag eingeladen wurde. Sie waren begierig darauf, den Mann kennenzulernen, der dabei war, die Gesellschaft in Brand zu setzen.

Als alter Marxist war ich davon überzeugt, dass sich diese Elite für nichts anderes interessierte als für Geld, Geld und nochmals Geld. So hätte ich spontan fast geantwortet, dass der Traumhändler die Einladung sicherlich nicht annehmen würde. Ich wollte seiner Entscheidung aber nicht vorgreifen und überreichte ihm die Einladung – in der Gewissheit, dass er sie ausschlagen würde.

Doch ich wurde erneut überrascht. Der Meister dachte kurz nach und sagte dann, er wäre für ein Gespräch bereit, aber an einem von ihm festgelegten Ort. Er nannte mir die Anschrift, von der ich noch nie gehört hatte. Daher fragte ich mich, ob der Raum wohl groß genug wäre und ob er auch eine Klimaanlage und bequeme Sitzgelegenheiten hätte. Immerhin waren die Leute, mit denen wir es zu tun bekommen würden, äußerst anspruchsvoll und ein Maximum an Komfort gewöhnt.

Mir war gesagt worden, das Publikum würde aus ungefähr hundert Unternehmern und Geschäftsleuten bestehen, unter ihnen nur fünf Frauen. Es handelte sich um Industrielle, Banker, Bauunternehmer und Inhaber von Supermarkt- und Ladenketten. Sie verkörperten den größten Teil des Reichtums im gesamten Bundesstaat.

Ich richtete meinen Gesprächspartnern aus, dass der Meister die Einladung annehme, dämpfte aber sofort ihre freudige Erwartung. Um sie ein bisschen einzuschüchtern, sagte ich, der Traumhändler sei in der Lage, sogar den geübtesten Dialektiker in die Enge zu treiben, und was seine Radikalität anginge, sei Lenin im Vergleich zu ihm ein Musterknabe. Dann legte ich noch einen drauf und warnte, dass er sie womöglich als Ausbeuter und Raubtierkapitalisten bezeichnen würde.

Doch obwohl sie das gar nicht witzig fanden, überwog schließlich doch ihre Neugier. Sie wollten diesen offensichtlich faszinierenden Mann selbst erleben und sich aus seinen Gedanken die Perlen herauspicken. Die Adresse kam ihnen allerdings merkwürdig vor, da ihnen die Örtlichkeit nicht bekannt war und sie ihre Veranstaltungen stets in den feinsten Sälen der Stadt abhielten.

Zum verabredeten Termin machte sich der Meister auf und hieß uns, etwas später nachzukommen. Offenbar wollte er meditieren und sich sammeln, um in der bevorstehenden Schlacht der herrschenden Klasse mit seinem Scharfsinn den Teppich unter den Füßen wegzuziehen.

Immerhin war es für ihn eine ideale Gelegenheit, der Finanzelite zumindest argumentativ das Rückgrat zu brechen. Wieder einmal ahnte ich nicht, dass ich bald darauf völlig fassungslos sein würde.

Da auch wir den vom Traumhändler ausgewählten Ort nicht kannten, fragten wir immer wieder nach dem Weg, und als wir die Straße endlich gefunden hatten, fanden wir auf der Höhe der betreffenden Hausnummer das Gebäude nicht. Die Straßenbeleuchtung war äußerst spärlich, und aus dem Dunkel tauchte plötzlich ein Grüppchen Leute auf, das scheinbar ebenfalls nach etwas suchte. Es waren einige der geladenen Unternehmer und Geschäftsleute, die schon vermuteten, ich hätte ihnen die falsche Adresse gegeben. Dem war nicht so, aber der Meister, der als Stadtstreicher ja nicht in diesen Kreisen verkehrte, hatte sich wohl geirrt.

Zusammen mit den argwöhnisch gewordenen Geschäftsleuten liefen wir die Straße noch ein wenig hinauf und standen plötzlich vor einem riesigen Friedhof. Es war der berühmte historische *Recoleta*-Friedhof, neben dessen Eingangstor zu unserer Überraschung genau die Hausnummer prangte, die wir suchten. Mir fiel dazu nichts mehr ein. Der Traumhändler hatte ja sowieso schon den Ruf weg, nicht ganz bei Sinnen zu sein. Jetzt war er wohl völlig ausgerastet – und lachte sich wahrscheinlich am anderen Ende der Stadt gerade eins ins Fäustchen.

Nervös sagte Salomon: »Die Gespenster in meinem Innern krieg ich ja grad noch in den Griff, aber das hier ist mir zu viel. Ich hasse Friedhöfe, erst recht im Dunkeln. Kommt, wir gehen!«

Ohne große Überzeugung fasste ich ihn am Arm und bat ihn darum, Ruhe zu bewahren, denn inzwischen kam eine Luxuskarosse nach der anderen vorgefahren, und bald hatte sich eine größere Menschentraube um uns herum gebildet. Herren in teuren Anzügen redeten aufgeregt durcheinander, während ich mich zum ersten Mal vor diesen Blutsaugern erniedrigte und immer wieder um Entschuldigung für die falsche Adresse bat.

Gerade als wir alle zusammen wieder gehen wollten, öffneten sich plötzlich quietschend die hohen Friedhofstore.

Honigschnauze begann zu zittern und hielt sich an Engelskralle fest.

»Ich geh da nur rein, wenn ich mich vorher mit Wodka volllaufen lassen kann!«

Kaum hatte er diese Bemerkung gemacht, tauchte zu unserem Schrecken aus dem Friedhofsinnern eine Gestalt auf, deren Gesicht in der Dunkelheit nicht zu erkennen war, und winkte uns herein. Verstört traten wir näher, und das Licht der Grablaternen fiel auf den Redner des Abends, den Meister. Wir konnten es kaum glauben: Die Adresse war richtig gewesen.

Nicht nur die Geschäftsleute – auch wir Jünger zögerten und folgten ihm dann etwas verzagt über den nächtlichen Friedhof, wobei sich alle aus den Augenwinkeln anschauten und fragten: »Was mache ich eigentlich hier?«

Es war wohl das erste Mal, dass ein Vortrag über Kreativität und Führungsqualitäten auf einem Friedhof stattfand. Und bald sollte sich herausstellen, wie angemessen es war, zwischen den Toten über die leidvolle Welt der Lebenden zu sprechen.

Nach einer Weile blieb der Meister stehen, und als wir uns alle um ihn versammelt hatten, begrüßte er uns mit seiner tiefen, sonoren Stimme auf äußerst ungewöhnliche Art: »Ich heiße die zukünftig reichsten Friedhofsbewohner willkommen! Fühlen Sie sich wie zu Hause!«

Die Geschäftsleute bekamen weiche Knie. Sie waren es zwar gewohnt, große Risiken einzugehen und harte Konkurrenzkämpfe zu überstehen, aber das war ein Schlag in die Magengrube. Schon zu Beginn der ersten Runde gegen den Unbekannten hingen sie in den Seilen.

Auch ich fühlte mich betroffen, und die bleichen, kunstvoll verzierten Mausoleen der reichen Patrizierfamilien, zwischen denen wir standen, trugen noch zu meiner Überwältigung bei.

Nun, da jeder auf sich selbst zurückgeworfen war, ließ der Meister seinem Gedankenfluss freien Lauf: »Hier ruhen angesehene Mitglieder der Gesellschaft. Träume und Albträume, verborgene und offenbarte Gefühle, Ängste und Freuden haben ihr Leben bestimmt wie das eines jeden Menschen. Ihre Geschichten schlafen hier für immer, und nur ihre nächsten Verwandten denken noch manchmal an sie.«

Worauf wollte der Meister hinaus? Hatte er damit seinen Vortrag begonnen? Würde er überhaupt einen Vortrag halten? Jedenfalls führten mich seine Worte wieder zu meiner eigenen Geschichte zurück, und ich fragte mich, ob ich in der Vergangenheit der hier Begrabenen auch meine eigene Zukunft finden würde.

Nun wurde seine Stimme, die zunächst eher angsteinflößend gewesen war, unerwartet weich, und er bat seine Zuhörer: »Gehen Sie doch mal eine Weile umher und lesen Sie die Grabinschriften!«

Dafür hatte ich mir bisher noch nie Zeit genommen. Trotz der schlechten Beleuchtung setzten wir uns in Bewegung, um die Pfade zwischen den Gräbern zu beschreiten und die in Stein gemeißelten Botschaften zu lesen.

Wie viele große Worte und edle Gefühle! Und wie viel Sehnsucht! Ich las:

Meinem herzensguten Mann in ewiger Liebe und Verbundenheit – Gott möge ihm Frieden schenken!; Meinem geliebten Vater – Die Zeit hat dich von uns genommen, aber unsere Liebe für dich kann sie nicht nehmen; Papa, du bist unvergesslich. Ich werde dich immer lieben; Dem unersetzlichen Freund – Danke, dass du gelebt hast und Teil unseres Lebens warst.

Ich weiß nicht recht, wie mir geschah, aber ich wurde plötzlich von Liebe überschwemmt und musste an die Menschen denken, die ich verloren hatte. Am Grab meines Vaters hatte ich keine Inschrift anbringen lassen. Ich hatte ihm noch nicht einmal dafür gedankt, mir das Leben geschenkt zu haben. Sein Selbstmord hatte meine Gefühle blockiert. Auch meiner tapferen Mutter hatte ich keine Botschaft gegönnt, abgesehen von der, die ich still in meinem Herzen bewahre: »Ich liebe dich. Danke für die Geduld, mit der du meine Aufsässigkeit ertragen hast.«

Ich blickte um mich und sah, dass nicht nur ich, sondern auch alle anderen von Gefühlen überwältigt waren. Die Grabinschriften hatten die Türen zu ihrem Unterbewusstsein aufgestoßen und lange Verdrängtes zutage gefördert. Männer, die Unternehmen mit Tausenden von Angestellten leiteten, spürten plötzlich wieder ihre alten Wunden und merkten, dass sie nichts als einfache Sterbliche waren.

Da wurde mir klar, dass der Meister diese Stimmung mit Absicht erzeugt hatte. Er hatte den Schutzpanzer ihres Hochmuts und ihres finanziellen Status aufgebrochen, um sie in ihrer ganzen Verletzlichkeit mit dem zu konfrontieren, was er ihnen zu sagen hatte. Mit einer Frage sprach er ein Thema an, auf das kein Unternehmer gut zu sprechen ist: »Wo oder wer sind denn die Proletarier der Gegenwart?«

Sofort fürchtete ich, dass seine Zuhörer die Kritik, die er nun sicherlich vom Stapel lassen würde, nicht auf sich sitzen lassen und das Weite suchen würden.

Niemand antwortete. Die Antwort schien offensichtlich zu sein, doch dann stellte der Traumhändler die marxistische Theorie zu meiner Bestürzung völlig auf den Kopf: »Ihr seid die Proletarier der Gegenwart!«

Ich dachte nur: »Was sagt er da? Weiß er denn nicht, wen er

vor sich hat?« Am liebsten wäre ich vor Scham im Boden versunken, da der Meister offensichtlich keine Ahnung hatte, wovon er sprach. Doch ehe ich michs versah, schlitterte ich schon in rasantem Tempo durch die Kurven seines Gedankengangs.

Zunächst ging er kurz auf die Entstehungsgeschichte des Marxismus ein. Karl Marx, der von 1818 bis 1883, und Friedrich Engels, der von 1820 bis 1895 lebte, hätten sich in Paris kennengelernt, wo sie eine lebenslange Zusammenarbeit begannen. Ihrer Meinung nach waren die Art und Weise der Güterproduktion und die Verteilung des Reichtums in der Gesellschaft die bestimmenden Kräfte für den Fortgang der Geschichte und Grundlage aller Politik, Moral, Philosophie und überhaupt der gesamten Kultur. Marx war der Überzeugung, dass die Geschichte der Menschheit nach objektiven Gesetzmäßigkeiten fortschreitet, und lehnte jede religiöse Interpretation von Natur und Geschichte ab. Diese Gesetzmäßigkeiten würden schließlich auch zur Übernahme der Produktionsmittel durch die geknechtete Arbeiterklasse führen, die damit frei würde, ihre Geschichte selbst weiterzuschreiben. Am Ende wären alle Klassengegensätze aufgehoben und die Menschen frei und gleich.

Doch der Traum von der Freiheit und Gleichheit aller sei leider nicht Wirklichkeit geworden, bemerkte der Meister. Als in einigen Ländern Sozialisten an die Macht kamen, wurden sie unbarmherzig und brachten zahllose vermeintliche Gegner brutal zum Schweigen. Sie nahmen den Menschen grundlegende Rechte und zermalmten so die Freiheit, die sie selbst gepredigt hatten. Der Führerkult trat an die Stelle der Religion, und die Arbeiterklasse schrieb am Ende nicht ihre eigene Geschichte, sondern die Geschichte, die ihr von der Parteiführung diktiert wurde.

»Diese Revolutionsidee gründete auf Zwang, denn das kapitalistische System sollte mit Gewalt zerstört werden. Ich aber träume davon, es friedlich umzubauen. Wahre Veränderung kann niemals von außen erzwungen werden, sondern muss von innen kommen. Es geht um eine Veränderung des Denkens, um einen neuen Blick auf das, was uns umgibt, und insbesondere darum, dass wir wieder lernen, zu genießen und Vergnügen und Freude zu empfinden. Mein Traum liegt im Inneren der Menschen.«

Nachdem der Meister auf diese Weise allen eindrücklich gezeigt hatte, dass er genau wusste, wovon er sprach, wies er noch darauf hin, dass die Kapitalisten, also die Inhaber der Fabriken, zu Marx' Lebzeiten ihre Arbeiter bis aufs Blut ausbeuteten und ihre finanzielle und politische Übermacht einsetzten, um sie brutal zu unterdrücken. Eine kleine Minderheit der Bevölkerung hatte im Überfluss gelebt und die große Mehrheit im Elend.

»Heutzutage gibt es zwar immer noch Klassenunterschiede und soziale Ungerechtigkeiten, aber das System hat im Zuge der Globalisierung noch eine neue Klasse Ausgebeuteter hervorgebracht, nämlich euch!«

Ich konnte es nicht glauben. Waren die Leute, die er auf den Friedhof eingeladen hatte, nicht äußerst privilegiert? Lebten sie etwa nicht im Luxus? Wie konnte der Meister sie als ausgebeutete Klasse, als die neuen Proletarier bezeichnen?

Zur Begründung seiner Gedanken führte er nun aus: »Früher galt die Volksweisheit vom reichen Opa und armen Enkel. Man sagte auch: ›Bald reich, bald arm, bald gar nichts.‹ Und damit war gemeint, dass ein Vermögen nach drei Generationen aufgebraucht war. Aber heutzutage gilt das nicht mehr. Ein solides Unternehmen kann innerhalb von fünf Jahren verschwinden. Große Lieferanten können binnen kürzester

Zeit aus dem Markt gedrängt werden. Inzwischen können sich in einer einzigen Generation riesige Vermögen in Luft auflösen.«

Die Geschäftsleute waren nach einem anfänglichen Schock nachdenklich geworden und begannen, dem geheimnisvollen Provokateur zuzustimmen.

»Damit eure Firmen überleben, müsst ihr ununterbrochen miteinander konkurrieren, und um in diesem Wettrennen an der Spitze zu bleiben, müsst ihr euch Jahr für Jahr, Monat für Monat und Woche für Woche selbst übertreffen.«

Und dann stellte der Traumhändler eine Grundsatzfrage: »Zermalmt das System diejenigen Unternehmen, die Schwäche zeigen?«

Alle bejahten diese Frage, doch der Meister rief: »Falsch! Das System zermalmt nicht die Unternehmen, sondern ihre Führer.«

Anschließend wies er darauf hin, dass auch Ärzte, Anwälte, Ingenieure, Journalisten und Mitglieder vieler anderer Berufszweige in den Mühlen des Systems zermalmt würden.

Langsam dämmerte den meisten Mitgliedern der Finanzelite, dass sie gar nicht so reich und trotz ihrer Macht auch nicht so stark waren, wie sie dachten. Allerdings waren manche immer noch skeptisch.

Der Meister liebte jedoch die Skeptiker, da sie ihm die Gelegenheit gaben, seine Gedankenschärfe zu entfalten. Daher formulierte er nun seine Diagnose: »Meine Damen und Herren, die Zeiten der Sklaverei sind noch längst nicht vorbei – sie haben nur ihr Gesicht verändert! Ich möchte Ihnen ein paar Fragen stellen und Sie bitten, diese ehrlich zu beantworten. Denken Sie daran: Mangelnde Aufrichtigkeit belastet nur Ihr eigenes Gewissen! Antworten Sie mir also: Wer von Ihnen hat Migräne?«

Die Leute waren ein bisschen verlegen, doch dann hob einer nach dem anderen die Hand.

»Wer leidet unter Verspannungen und Rückenproblemen?« Erneut meldete sich die große Mehrheit.

Dann stellte der Träumhändler eine ganze Reihe weiterer Fragen: »Wer wälzt sich nachts schlaflos hin und her und ist morgens wie gerädert? Wem gehen die Haare aus? Wem kreisen unentwegt Gedanken im Kopf herum und lassen ihn nicht zur Ruhe kommen? Wer macht sich Sorgen über Dinge, die noch gar nicht eingetreten sind? Wer hat ständig das Gefühl, am Rande des Abgrunds zu stehen? Wer ärgert sich sogar über Lappalien? Wer ist unausgeglichen und geht bei Frustrationen sofort in die Luft? Wer hat Angst vor der Zukunft?«

Die meisten Anwesenden nahmen die Hand gar nicht mehr herunter, und ich konnte kaum glauben, was ich sah. Erschüttert rieb ich mir die Augen und fragte mich: »Ist das nicht die Elite der Gesellschaft? Wieso ist ihre Lebensqualität so schlecht? Trinken diese Leute nicht die erlesensten Weine? Speisen sie nicht in den besten Restaurants? Warum sind sie dann derart gestresst?«

Es fiel mir äußerst schwer, diesen Widerspruch aufzulösen. Die Reichen fuhren in Luxuskarossen durch die Gegend, konnten sich aber vor lauter Anspannung nicht mehr bewegen. Sie verbrachten ihre Wochenenden im Haus am Meer, aber ihre Gefühle surften nicht auf den Wellen der Lust. Sie hatten komfortable Betten mit teuren Matratzen, konnten aber nicht ruhig schlafen. Sie trugen untadelige Anzüge, waren ihren Sorgen aber nackt und schutzlos ausgeliefert.

»Was für ein Wahnsinn!«, dachte ich. »Wo ist das Glück, das denjenigen versprochen wurde, die auf der Karriereleiter ganz oben ankommen? Wo ist die innere Ruhe derjenigen, die sich um Geld keine Sorgen mehr machen müssen? Wo ist der

Lohn für den Sieg über die Konkurrenz? Warum sind diese Leute trotz ihrer vielen Versicherungen für Haus, Firma und Rente, trotz Lebensversicherungen und sogar Versicherung für den Fall ihrer Entführung so schrecklich unsicher?« Wie Schuppen fiel es mir von den Augen: Das System zermalmte tatsächlich seine Führungspersönlichkeiten.

Im Garten der zerbrochenen Träume

Nach den Fragen des Meisters auf dem *Recoleta*-Friedhof schwirrte uns der Kopf. Ich hatte die Unternehmerelite jahrelang in meinen Vorlesungen angegriffen und musste nun einige meiner Überzeugungen überprüfen. Langsam verstand ich, dass das System alle Menschen betrog, insbesondere diejenigen, die es am meisten nährten. Es traf sogar die Berühmtheiten, die ihre Privatsphäre für einen oft nur sehr flüchtigen Erfolg opfern mussten. In dieser Gesellschaft konnte man schnell in die Bedeutungslosigkeit zurückfallen.

Im Namen der Wettbewerbsfähigkeit raubte ihnen das System auch noch den letzten Rest an geistiger Energie. Im Grunde verbrauchten sie mehr Energie als so mancher Schwerarbeiter und waren ständig erschöpft, weil ihre Gedanken nie zur Ruhe kamen.

In den Produktionsbetrieben war der Stress besonders groß, da ein wahrer Preiskrieg ausgebrochen war und das Preisgefüge durch Subventionen derart verzerrt wurde, dass dadurch sogar Unternehmen auf der anderen Seite des Globus aus dem Markt gekickt werden konnten. Hinzu kamen die von Land zu Land unterschiedlichen Steuern und Löhne und die Tatsache, dass manche Firmen ihre Produkte sogar zu Preisen anboten, die unter den Produktionskosten lagen, um den Markt zu erobern. In dieser Hölle zu überleben war ein teuflischer Job.

Die Menschen, die in diesem Sektor arbeiteten, zahlten dafür einen hohen Preis. Fünfunddreißig Prozent von ihnen hatten Herzprobleme oder Bluthochdruck und fünfzehn Prozent Krebs, teilweise im Endstadium. Dreißig Prozent litten unter Depressionen, zehn Prozent unter Angststörungen und sechzig Prozent hatten Eheprobleme. Fünfundneunzig Prozent klagten über drei oder mehr Symptome einer psychischen oder psychosomatischen Erkrankung, die meisten von ihnen sogar über zehn verschiedene.

Zweifellos wurde das Proletariat auch weiterhin in vielen Ländern der Welt ausgebeutet. Doch in den entwickelten Gesellschaften und den Schwellenländern, in denen die Arbeitsgesetzgebung gerechter war und die Menschenrechte respektiert wurden, waren die Ausgebeuteten inzwischen die Kopfarbeiter – Konzernchefs, Unternehmer, Geschäftsführer, Selbstständige, Lehrer und Journalisten.

Viele Betroffene nahmen ihre Probleme mit nach Hause und sogar mit in den Urlaub. Fabrikarbeiter dagegen, sofern sie zufriedenstellend verdienten, hatten Zeit für Freunde, gutes Essen und Entspannung am Wochenende. Sie konnten gut schlafen, ohne unter einem Berg an Sorgen zu ersticken, während jene einfachen Freuden für die Personen in den Führungsetagen zu Luxusartikeln geworden waren. Zum ersten Mal in der Geschichte lebten die Vasallen besser als die Feudalherren.

Mir wurde nun klar, was der Meister meinte, wenn er davon sprach, dass der Umgang mit dem Erfolg schwieriger sei als mit dem Misserfolg, da das Risiko des Erfolgs darin besteht, zu einer ununterbrochen arbeitenden Maschine zu werden. Marx und Engels hatten sich bestimmt nicht vorgestellt, dass der sozialistische Traum bereits in der letzten Phase des Kapitalismus insofern wahr werden könnte, als der Elite inzwischen mehr abverlangt wurde als den Arbeitern, zumindest was den Einsatz ihrer Kräfte betraf. Natürlich gab es Ausnahmen. Das Problem der Arbeiterklasse war aber vor allem der zwanghafte Konsum geworden, noch angestachelt durch Kreditkarten, die dazu verführten, über die eigenen Verhältnisse zu leben. Der Kapitalismus war dabei, die Arbeiter zu Königen zu machen und dafür die Führungskräfte geistig auszubeuten.

Es war interessant, zu sehen, dass kaum eine Statistik sich mit der neuen Klasse der Ausgebeuteten befasste. Es schien, als wären sie starke, unabhängige Halbgötter, die keine Unterstützung und erst recht keine Träume brauchten. Aber sie waren keine unbegrenzten, sondern im Gegenteil völlig unfreie menschliche Wesen. Abgesehen von ein paar Fortbildungsmaßnahmen und einem jährlichen Gesundheitscheck wurde fast nichts für sie getan.

Es war allen deutlich geworden, dass der Meister sehr gut wusste, was er sagte und zu wem er sprach. Aber woher hatte dieser zerlumpte Stadtstreicher so viele Kenntnisse? Woher kam er, dass er sich mit einer solchen Natürlichkeit sowohl unter den Elenden wie unter den Millionären bewegte?

Als Bartholomäus merkte, wie schwach die Mitglieder der Finanzelite im Grunde waren, konnte er nicht länger stillhalten. Er meldete sich und rief:»Die sehen aber alt aus, was, Chef? Die Armen! Wir müssen ihnen helfen!«

Es war das erste Mal in der Geschichte der Moderne, dass jemand, der so wenig hatte, die Finanzelite als arm bezeichnete – das erste Mal, dass ein Proletarier sich reicher fühlte als die Millionäre der Gesellschaft. Die Spontaneität von Honigschnauze verlieh der Tragik des Themas einen Schuss Komik, sodass sich auf den Gesichtern der Zuhörer ein Lächeln abzeichnete.

Sie mussten noch viele Träume kaufen, wenn sie ihre geistige Gesundheit wiedererlangen wollten.

Als hätten die Überraschungen dieser Nacht noch nicht ausgereicht, geschah dann etwas, das uns die Haare zu Berge stehen ließ. Unvermittelt entstieg einem der Gräber eine furchterregende Gestalt mit einem abgenutzten weißen Mantel über dem Kopf und gab einen markerschütternden Schrei von sich.

»Ich bin der Tod! Ich komme, um euch zu holen!«

Sogar der Traumhändler bekam einen Schrecken, und ich glaubte zum ersten Mal in meinem Leben an Gespenster. Mein Herz und wohl auch das der anderen Anwesenden schlug bis zum Hals. Was war das? Einige Leute liefen panisch in Richtung Ausgang, aber da brach das Gespenst in lautes Gelächter aus.

»Immer mit der Ruhe, Leute! Warum seid ihr so nervös? Früher oder später finden wir hier alle unsere letzte Ruhestätte.«

Die Gestalt legte den Mantel ab, und zum Vorschein kam der unglückselige Barnabas. Er und Bartholomäus waren wirklich ein unmögliches Gespann! Sie konnten es offensichtlich nicht lassen, sogar auf einem Friedhof ihre Show abzuziehen!

Jedes Mal, wenn wir uns gerade mit einem äußerst ernst zu nehmenden Thema beschäftigten, schafften sie es, uns aus der Fassung zu bringen. Die beiden machten jede Konzentration zunichte. Wären sie früher meine Studenten gewesen, hätte ich sie bestimmt hinausgeworfen. Glücklicherweise jedoch hatten sie einen geduldigen Lehrmeister getroffen, dem vor allem die geistig Armen am Herzen lagen. Mir war es allerdings ein Rätsel, wie er es schaffte, diese unbelehrbaren Chaoten zu lieben.

Da er merkte, dass das Publikum immer noch etwas nervös war, zog Barnabas einen Riegel Schokolade aus der Tasche, biss hinein und fing an, über sich zu erzählen: »Früher bin ich oft auf diesem Friedhof spazieren gegangen, wenn ich deprimiert und betrunken war. Es war wie eine Therapie. Da die Lebenden mich als verantwortungslosen Säufer und Spinner abgestempelt hatten, mich beschimpften und mir billige Ratschläge gaben, aber mir selten zuhörten, ging ich hierher und sprach mit den Toten. Hier konnte ich meinen Tränen freien Lauf lassen, weil meine Versuche, noch mal von vorn anzufangen, immer wieder scheiterten, und ich ein solcher Versager war. Hier habe ich ausgesprochen, dass ich mich wie menschlicher Abfall fühlte. Hier habe ich Gott um Vergebung für meine Sauftouren gebeten, die auf einer Parkbank endeten, und dafür, dass ich meine Familie verlassen habe. Und nie hat mich ein Toter wegen meiner Verfehlungen getadelt.«

Die Unternehmer waren gerührt von Barnabas' Ehrlichkeit und seiner Fähigkeit, Gefühle offen zu zeigen, da diese Eigenschaften in ihren Kreisen eher selten vorkamen. Sie sehnten sich zwar verzweifelt danach, sich anderen gegenüber zu öffnen, durften aber weder Schwäche zeigen und noch einfach Mensch sein.

Als er Barnabas seine Schwächen beichten sah, konnte Bartholomäus sich nicht zurückhalten. Er umarmte ihn und versuchte, ihn auf seine unvergleichliche Art und Weise zu trösten: »Hey, Präsident! Weine nicht! Ich bin doch viel schlimmer als du!«

»Ach was! Ich bin einfach pervers!«, rief Barnabas aus.

»Quatsch! Was glaubst du, wie lang mein Sündenregister ist? Ich bin ein Halunke!«, rief Bartholomäus lauter.

»Du kennst mich nur nicht! Ich bin total verdorben!«, rief Barnabas noch lauter.

Und unter den staunenden Augen der Zuschauer begannen die beiden, darüber zu streiten, wer der Schlimmere sei. So etwas hatten die Unternehmer noch nicht gesehen. Sie kannten nur den Wettstreit um den besten Platz. Wir wollten die bizarre Auseinandersetzung beenden, befürchteten aber, damit noch mehr Öl ins Feuer zu gießen. Um zu beweisen, dass er wirklich der Sittenlosere von beiden war, verlor Bartholomäus die Geduld und zählte auf:»Ich bin völlig verdorben, unehrlich und unzuverlässig. Ich zahle meine Rechungen nicht und begehre die Frau meines Nachbarn. Ich habe dir sogar schon Geld geklaut, als du betrunken warst ...«

Barnabas unterbrach die Aufzählung und sagte beleidigt:»Hör schon auf! Du hast mich überzeugt – du bist wirklich der größte Schurke aller Zeiten!«

»Nun übertreib mal nicht!«, brauste Bartholomäus auf, dem der Titel gar nicht gefiel.

Angesichts dieses Irrsinns hob ich, der ich nie gebetet hatte, meinen Blick gen Himmel und flüsterte:»Lieber Gott, hab Erbarmen und bring diese beiden Irren zum Schweigen!«

Aber die Unternehmer fanden sie äußerst amüsant. Sie wünschten sich, genauso echt und locker zu sein wie sie. Sie arbeiteten zwar jahre- oder sogar jahrzehntelang mit denselben Kollegen zusammen, waren aber ihnen gegenüber so zugemauert wie die Grabstätten auf dem Friedhof. Auf beruflichem Gebiet waren sie längst aus ihrer Puppe geschlüpft, aber privat schlossen sie sich darin ein. Sie verbargen ihre Gefühle und waren noch nicht einmal in der Lage, jemandem die Schulter zum Anlehnen zu bieten.

Der Meister wies die beiden Saufkumpanen nun nicht etwa streng in ihre Schranken, sondern lobte sie zu unserer Verblüffung auch noch:»Herzlichen Glückwunsch, ihr habt mich an meine eigenen Fehler erinnert.«

»Du kannst auf mich zählen, Chef!«, rief Honigschnauze und sah mich dabei an. Er wollte mich provozieren und lallte:»Hey, Super-Ego! Du kannst von mir lernen!«

Trotz des Ortes, an dem wir uns befanden, der äußerst unangemessen war, um sich aufzuregen, geriet mein Blut in Wallung, und so musste ich mir wieder einmal eingestehen, dass auch ich alles andere als fehlerfrei war.

Anschließend erzählte der Mann, dem wir folgten, eine weitere seiner Geschichten. Er bemerkte, dass viele Lebewesen dem Menschen körperlich und in Bezug auf die Wahrnehmungsfähigkeit überlegen seien. Sie können besser sehen, hören und riechen, schneller laufen, größere Sprünge machen und stärker zubeißen. Aber trotzdem verfügt der Mensch über ein viel differenzierteres Gehirn mit über hundert Milliarden Zellen. Mit einem solchen Gehirn müssten wir doch alle anderen Lebewesen überflügeln!

Dann fragte er: »Warum sind wir aber trotz unseres Gehirns so abhängig, insbesondere solange wir klein sind? Ein vierjähriges Kind, das auf sich gestellt ist, wird nur schwer überleben, während viele Säugetiere und Reptilien in diesem Alter keinerlei Kontakt mehr zu ihren Eltern haben, teilweise bereits selbst fortpflanzungsfähig sind oder sogar schon ihr Lebensende erreicht haben. Warum sind wir abhängiger als die anderen Lebewesen, obwohl wir die Unabhängigkeit so lieben und uns vom Individualismus so angezogen fühlen?«

Die Anwesenden verstummten. Sie wussten nicht, worauf der Traumhändler hinauswollte, und merkten gar nicht, dass er sie gerade auf den Marktplatz seiner Ideen und in das Warenhaus seiner Träume entführte.

Ein älterer Unternehmer über siebzig, dem man ansah, dass er zu den Superreichen gehörte, zog mich zur Seite und flüsterte mir zu: »Von irgendwoher kenne ich diesen Mann. Wissen Sie, wo er wohnt?«

»Wenn ich es Ihnen sagen würde, würden Sie mir sowieso nicht glauben. Bestimmt verwechseln Sie ihn«, sagte ich.

»Nein! Eine solche geistige Brillanz vergisst man nicht!« Ein anderer Unternehmer um die fünfzig, der schon dreimal Konkurs anmelden musste und immer in den sozialen Bereich investiert hatte, antwortete nun auf die Frage des Meisters: »Erziehung und Bildung!«

»Ganz genau! Erziehung und Bildung sind die Schlüssel. Das Gehirn hat uns als Kinder so abhängig gemacht, damit wir existenzielle Erfahrungen, die im Laufe der Generationen gesammelt wurden, im Erziehungsprozess erwerben und verinnerlichen. Erfahrungen können nicht auf genetischem Wege weitergegeben werden, weshalb Erziehung und Bildung unersetzlich sind.«

Nun rüttelte der Traumhändler seine Zuhörer auf, indem er ihnen klarmachte, wie sehr ihr Bewusstsein kolonisiert war, und warnte sie vor den Folgen der geistigen Ausbeutung, die sie höchstwahrscheinlich auch gegenüber ihren Kindern praktizierten.

Er sprach darüber, dass viele Eltern ihre Kinder extrem unter Druck setzen, damit diese im Konkurrenzkampf bestehen. Sie müssen immer die Besten sein und werden dafür außerhalb der Schule in alle möglichen Kurse gesteckt, sodass ihre Woche aussieht wie die eines Managers. Übermäßiger Druck zerstört aber die kindliche Kreativität, blockiert den Lernprozess und die Verarbeitung von Erfahrungen; er schwächt existenzielle Werte und am Ende auch die Menschlichkeit.

»Wissen eure Kinder um die Irrtümer, die ihr auf eurem eigenen Lebensweg begangen habt? Wissen sie, wie ihr schwierige Lebenssituationen überstanden habt? Kennen sie eure Ängste und Zweifel, wie auch die Momente in eurem Leben, in denen ihr Courage gezeigt habt? Wissen sie um eure Ideale und eure Lebensphilosophie, eure Intuition, Analyse- und Reflexionsfähigkeit? Haben sie auch eure Tränen gesehen? Verzeiht mir, dass ich es so offen sage, aber: Wenn sie das alles nicht kennen, seid ihr dabei, Roboter zu erziehen, die vom System gelenkt werden, und nicht menschliche Wesen, die es verändern können. Und ihr ignoriert den Grund, warum unser Gehirn uns überhaupt so abhängig von anderen gemacht hat, wie wir sind.«

Dann machte er einen Vorschlag, der alle in ziemliche Unruhe versetzte.»Fragt euch einmal, was eure Kinder wohl eines Tages in euren Grabstein meißeln lassen werden!«

Damit hatte er mich kalt erwischt. Ich wollte lieber gar nicht wissen, was mein Sohn über mich dachte. Im Grunde kannte er mich gar nicht, denn ich hatte meine Irrwege und die manchmal schmerzhaften Lehren daraus vor ihm verborgen, meine existenziellen Erfahrungen nicht an ihn weitergereicht, sondern nur von ihm gefordert, im System zu funktionieren.

Dann fragte ich mich, woher jemand, der offensichtlich am Rande der Gesellschaft lebte, überhaupt das Wissen darüber hatte, was Erziehung eigentlich bedeutete. Wie kam der Meister dazu, ein solch humanistisches Bildungsideal zu vertreten? Und was hielt er selbst vor uns verborgen?

Nun lenkte der Traumhändler unsere Aufmerksamkeit auf sein großes Ziel:»Das kapitalistische System hat der Gesellschaft unvorstellbaren Gewinn eingebracht, läuft aber ernsthaft Gefahr, in weniger als einem Jahrhundert, ja vielleicht sogar in wenigen Jahrzehnten, zusammenzubrechen – allerdings nicht, wie Marx meinte, als Ergebnis von Klassenkämpfen. Es gibt ein ganz anderes Problem: Der Marktliberalismus garantiert uns zwar die Rede- und Eigentumsfreiheit, nicht aber die Freiheit, einfach nur zu sein. Der Kapitalismus hängt von unseren Wünschen ab statt von unseren Bedürfnis -

sen. Er benötigt unsere chronische Unzufriedenheit, weil dadurch der Konsum angefacht wird.

Wenn die Menschheit plötzlich nur noch aus Dichtern, Philosophen, Künstlern, Erziehern und spirituellen Leitfiguren bestünde, würde das weltweite Bruttosozialprodukt einbrechen, denn zumindest theoretisch sind solche Menschen zufriedener und konsumieren weniger. Es könnte urplötzlich um 30 bis 40 Prozent in den Keller gehen, sodass es zu mehreren Hundert Millionen Arbeitslosen und zur größten Rezession in der Geschichte käme. Es gäbe Kriege und nicht endende Konflikte.«

Das Publikum hörte mit offenem Mund zu. Darüber hatten die anwesenden Geschäftsleute bisher noch nicht nachgedacht.

Nachdem er die drei Säulen seiner Argumentation, das Problem von Unzufriedenheit und seelischer Verarmung, die Notwendigkeit humanistischer Bildung und seine Konsumkritik dargelegt hatte, versuchte der Meister die angespannte Atmosphäre ein wenig aufzulockern, indem er fortfuhr: »Wir waren ja noch gar nicht damit zu Ende, die Leiden des modernen Menschen aufzuzählen. Dazu würde ich gern noch etwas wissen. Mal sehen, ob wir hier wirklich eine Klapsmühle aufmachen müssen ...«

Die Leute lächelten.

»Wer von Ihnen leidet unter Gedächtnisverlust?«

Fast alle Finger gingen nach oben. Es war unglaublich. Die Menschen vergaßen Telefonnummern und Namen, sie vergaßen ihre Verabredungen und wussten nicht mehr, wo sie etwas hingelegt hatten.

Scherzhaft bemerkte der Traumhändler: »Wahrscheinlich legen Sie auch noch den Autoschlüssel in den Kühlschrank und suchen ihn dann im ganzen Haus, was?«

Jetzt lachten alle, und er fügte hinzu:»Noch lustiger sind diejenigen, die ihre Brille suchen und sie auf der Nase haben. Manche Leute vergessen sogar die Namen der Kollegen, mit denen sie jahrelang zusammengearbeitet haben. Wenn sie schlau sind, fragen sie:›Wie war noch mal dein Name?‹, und meinen damit gar nicht den Nachnamen, sondern den Vornamen.«

Einige Zuhörer hatten diese Taktik tatsächlich schon mal angewandt, und ich hegte den Verdacht, dass manchmal sogar der Traumhändler es so machte.

»Meine Damen und Herren, Sie sind zwar vergesslich, aber deshalb brauchen Sie nicht zum Arzt gehen. Sie fragen sich vielleicht, warum nicht?«

Ein Herr in blauem Anzug mit grauer, beige gestreifter Krawatte rief:»Weil der Arzt genauso vergesslich ist!«

Endlich konnten die Leute über den Stress in ihrem Leben lachen. Langsam begriffen sie, dass Vergesslichkeit meist der verzweifelte Versuch des Gehirns ist, seine Überbelastung etwas zu verringern.

Bartholomäus hatte sich gleich mit beiden Armen gemeldet, denn er war der Überzeugung, dass er wirklich alles vergaß.

»Chef, warum hab ich immer die Namen meiner Schwiegermütter vergessen?«

Wir waren die dummen Witze satt, mit denen er sich immer in den Vordergrund drängen wollte, und Barnabas, der ihn ja schon lange kannte, gab zurück:»Kein Wunder, bei den vielen Frauen, mit denen du schon zusammen warst. Bevor du dir den Namen der Schwiegermutter merken konntest, hattest du ja schon wieder eine neue!«

Honigschnauze schaute in die Runde und hob um Verständnis heischend die Schultern. Das sollte wohl heißen:»Ich habe nie gesagt, dass ich ein Heiliger bin!« Er war einfach unmöglich. Wie sehr er es auch versuchte – er schaffte es einfach nicht, auch nur so zu tun, als wäre er normal.

»Ich habe dich nicht deiner Schwächen oder Stärken wegen auserwählt, sondern weil du so bist, wie du bist«, stärkte ihm der Traumhändler den Rücken und fügte dann liebevoll hinzu: »Bartholomäus, ich bin auch vergesslich. Manche Leute sagen zu mir: ›Meister, ich habe ein so schlechtes Gedächtnis.‹ Darauf sage ich: ›Mach dir keine Sorgen, meins ist noch viel schlechter.‹«

Mir fiel es wie Schuppen von den Augen, dass ich ungeachtet meiner eigenen Vergesslichkeit von den Studenten immer außerordentliche Gedächtnisleistungen verlangt hatte. Bei der Korrektur ihrer Prüfungsarbeiten war ich äußerst penibel gewesen. Ich erinnerte mich an Jonathan, der brillant diskutieren konnte, aber nicht in der Lage war, Wissen zu Papier zu bringen. Ständig fiel er bei mir und anderen Dozenten durch. Wir hielten ihn für verantwortungslos, aber vielleicht war er ja ein unverstandenes Genie! Wir waren die Stimme des Systems und hatten ohne jedes Schuldgefühl mögliche Denker in den Orkus geschickt. Erst jetzt dämmerte mir, dass ich auch denen, die alle Fragen falsch beantworteten, die Höchstnote hätte geben können, wenn ich meinen Blick auf sie etwas geweitet hätte.

Da mir meine Verirrungen immer bewusster wurden, fühlte ich mich wie ein begossener Pudel. Sogar meinem Sohn gegenüber hatte es mir an Großherzigkeit gefehlt. João Marcos hatte als Kind eine leichte Lese-Rechtschreib-Schwäche, sodass er immer etwas schwächer war als der Rest seiner Klasse. Doch ich stellte hohe Anforderungen an ihn, setzte ihn unter Druck und wollte etwas aus ihm herausholen, was er nicht geben konnte. Er sollte ein glänzender Schüler sein, weil dadurch mein eigenes Image aufpoliert würde. Mein Sohn und meine Studenten würden in meinen Grabstein sicherlich nicht meißeln lassen, wie dankbar sie mir sind und wie sehr sie mich vermissen.

Jurema schien meine Gedanken zu lesen, tippte mich an und flüsterte mir zu: »Alexander Graham Bell hat einmal gesagt: ›Wenn wir die Wege nehmen, die andere vor uns ausgetreten haben, kommen wir nur da an, wo sie schon gewesen sind.‹ Wenn wir nicht mit neuen Ideen handeln, sodass die Studenten neue Wege einschlagen, geht es ihnen am Ende wie diesen Geschäftsleuten, die ihre Gesundheit ruiniert und ihre Träume zerstört haben.«

Nach und nach verließen die Mitglieder der Finanzelite nun den Friedhof, wobei sie die Mausoleen, an denen sie vorbeikamen, aufmerksam betrachteten. Einige mussten auch daran denken, dass das unmenschliche System vom sechzehnten bis zum neunzehnten Jahrhundert Menschen schwarzer Hautfarbe gekauft hatte wie Tiere, um sie als Sklaven in düsteren, stinkenden Schiffsbäuchen nach Europa und Amerika zu schaffen. Vor ihnen lagen Zwangsarbeit und unstillbare Sehnsucht nach dem, was sie zurücklassen mussten: ihre Familie, ihre Freunde und ihre Freiheit.

Heutzutage schien das System neue Sklaven hervorgebracht zu haben. Sie bekamen zwar ein hohes Gehalt, doch auch sie mussten Kinder, Partner, Freunde und Träume zurücklassen für ein Leben in Konkurrenz, Angst und geistiger Zwangsarbeit. Der Traumhändler hatte es ja schon häufiger gesagt: Die Geschichte wiederholt sich.

Das Haus des Schreckens

Die letzten Vorträge des Meisters, insbesondere der auf dem *Recoleta*-Friedhof, fanden ein größeres Medienecho als je zuvor. Dass inzwischen sogar die Finanzelite vom geheimnisvollen Wanderer verführt worden war, erregte großes Aufsehen. Alle stellten sich nun die Fragen, die mich schon seit Längerem nicht schlafen ließen.

Die einen bezeichneten ihn als größten Hochstapler überhaupt, die anderen als Denker, der seiner Zeit meilenweit voraus sei. Die einen warfen ihm Störung der öffentlichen Ordnung vor, die anderen hingegen sahen ihn als großen Friedensstifter. Für die einen war er gottlos, für die anderen ein spiritueller Führer. Manche hielten ihn für einen Außer - irdischen, andere fanden ihn menschlicher als uns alle. Vielleicht war der Traumhändler eine Mischung – oder nichts – von alledem.

Die Frage seiner Identität war jedenfalls das Gesprächsthema Nummer eins in Kneipen, Restaurants, Firmenkantinen, ja sogar in den Schulen. Und die Leute redeten sich die Köpfe heiß.

Je berühmter er wurde, desto schwieriger gestaltete sich seine Mission. Obwohl er keine Interviews gab und seine geplante Route geheim hielt, war er nach jeder seiner Reden erneut in den Medien.

Wir ärgerten uns darüber, wie verzerrt seine Gedanken wiedergegeben wurden, doch er beruhigte uns mit den Worten: »Ohne Pressefreiheit keine freie Gesellschaft. Die Presse macht Fehler, aber ihr das Wort zu verbieten würde uns in tiefschwarze Nacht stürzen und der Gesellschaft die Stimme nehmen.«

Sein Ruhm wuchs in dem Maße, dass er schließlich auf Schritt und Tritt fotografiert wurde. Ihm gefiel es ganz und gar nicht, derart belagert zu werden, sodass er gar in Erwägung zog, in eine andere Stadt oder ein anderes Land zu gehen. Er wollte einfach nur unerkannt und ungestört mit Träumen handeln, vielleicht im Nahen Osten oder irgendwo in Asien. Es war nicht mehr möglich, in kleinem Kreis zu diskutieren. Der Traumhändler zog die Massen magnetisch an, und die Menschentrauben um ihn herum wurden so groß, dass diejenigen, die außen standen, ihn kaum noch hören konnten, obwohl er schon sehr laut sprach. So gaben die Leute von Mund zu Mund weiter, was er sagte. Er wollte aber nicht mit Mikrofon in geschlossenen Vortragssälen auftreten, denn er liebte es, unter freiem Himmel zu sprechen. Auf diese Weise konnte jeder, der mit seiner Botschaft nicht einverstanden war, gehen, wann immer er wollte.

Große Firmen erklärten sich bereit, ihn zu sponsern und auf diese Weise das eigene Image aufzuwerten. Sie wollten damit werben, genauso kühn und innovativ zu sein wie er. Doch allein bei dem Gedanken bekam der Meister eine Gänsehaut.

Nachdem er eine ganze Reihe wertvoller Geschenke und höhere Geldsummen abgelehnt hatte, die ihm für das Recht geboten wurden, sein Bild zu nutzen, geschah etwas Ungewöhnliches. Ein Grüppchen gut gekleideter Herren von der Megasoft-Gruppe wandte sich mit einem äußerst interessanten Vorschlag an mich, Salomon und Dimas, als der Traumhändler gerade nicht zugegen war. Zunächst lobten sie seine soziale Arbeit über den grünen Klee. Durch sein Wirken sei die Gesellschaft solidarischer, liebevoller und menschlicher geworden. Dann machten sie uns ein spannendes Angebot: »Wir wissen, wie wichtig ihm Bescheidenheit ist und dass er es hasst, berühmt zu sein, aber wir wollen ihn mit einer feierlichen Ehrung überraschen für all das, was er zugunsten der Gesellschaft getan hat. Wir wollen ihm keinen Preis verleihen, denn wir wissen, dass er nichts Materielles annehmen würde, sondern ihm unsere Anerkennung bekunden, indem wir ihm anbieten, im größten überdachten Stadion der Stadt, das unserer Holding gehört, vor fünfzigtausend Menschen zu sprechen. Sein Vortrag würde außerdem gefilmt und später zu einer sehr guten Sendezeit im ganzen Land ausgestrahlt. Auf diese Weise könnte er Millionen Menschen mit seiner Botschaft erreichen.«

Wir waren über das Angebot begeistert, aber auch etwas misstrauisch. Doch die Vertreter der Unternehmensgruppe schienen es ehrlich mit uns zu meinen. Um uns noch mehr zu verführen, sagten sie: »Bitte gönnt uns und der Gesellschaft dieses Privileg! Alle wollen und sollen von der Weisheit des Traumhändlers profitieren. Es gibt unzählige Menschen, die unter Depressionen oder Angststörungen leiden, an Selbstmord denken oder Drogen nehmen, und denen mit seinen Worten geholfen werden könnte! Wir bestehen darauf, ihm diese Ehrung zuteilwerden zu lassen und der Bevölkerung dieses Geschenk zu machen. Das Einzige, worum wir bitten, ist, dass er davon nichts erfährt. Es soll eine große Überraschung werden!«

Da die Angelegenheit heikel war, besprachen wir sie mit der gesamten Gruppe. Nachdem wir über den Vorschlag nachgedacht und den gesellschaftlichen Nutzen abgewogen hatten, waren wir der Meinung, es könnte eine gute Sache sein. Schließlich würde die Botschaft des Meisters Millionen erreichen! Außerdem war eine öffentliche Ehrung dieses Mannes längst überfällig. Honigschnauze und Barnabas waren ganz aufgeregt, während Jurema, die immerhin Aktien der Megasoft-Gruppe besaß, als Einzige eher zurückhaltend reagierte. Doch schließlich gab auch sie ihre Bedenken auf

Wir mussten uns etwas ausdenken, um den Meister in das Stadion zu bringen, ohne dass er Verdacht schöpfte. Am vereinbarten Tag zogen wir mit ihm los, und er wunderte sich über das Verkehrschaos und die Menschenmassen in der Nähe des Stadions. Als wir zielstrebig den VIP-Eingang ansteuerten, fragte er verwirrt: »Warum sollen wir denn da reingehen?«

Man konnte ihm ansehen, wie unwohl er sich fühlte.

Wir wollten ihm ja nichts verraten und baten ihn daher, uns einfach zu vertrauen. Zuvor hatten wir ihm erzählt, wir gingen in ein Konzert. Da der Meister sich aber nicht zufriedengab und weiter nachfragte, stellten wir ihn schließlich mit dem Rücken zur Wand: »Du hast uns auf unserer Wanderschaft um so vieles gebeten, und wir sind dir immer gefolgt. Kannst du jetzt nicht einmal tun, worum wir dich bitten?«

Das war Erpressung, denn der Meister hatte uns bisher immer angehört und ertragen. Nachdem wir ihn so unter Druck gesetzt hatten, folgte er uns jedenfalls schweigend.

Gerade als wir den VIP-Bereich betreten wollten, fragte er besorgt: »Wer ist der Veranstalter?«

»Einige Leute, die dich sehr mögen. Wart's einfach ab!«, sagten wir ihm ohne weitere Erklärungen.

Die Manager der Megasoft-Gruppe bereiteten das Event noch in einem Sonderbereich vor, doch in der VIP-Lounge stand für uns ein mit Obst, leckeren Käse- und Wursthappen und Säften reich gedeckter Tisch bereit. Während der Meister nichts davon anrührte, sondern vor sich hin sinnierte, stürzten wir uns gierig auf die Tafel. Barnabas griff nach einem großen Büschel kernloser Weintrauben, biss gleich mehrere kleinere Büschel gleichzeitig ab und sagte mit vollem Mund, sodass er kaum zu verstehen war:»Die Typen sind echt okay!«

Bartholomäus nuschelte mit drei Scheiben Salami und zwei Scheiben Schinken im Mund:»Langsam mag ich diese Bosse!«

Dann summte er vor sich hin, um von dem abzulenken, was er gesagt hatte.

Wir anderen machten ihnen Handzeichen, damit sie still wären. Doch der Meister merkte, dass etwas faul war. Unruhig lenkte er seinen Blick in die Höhe, so als wollte er sich von dem, was ihn umgab, abkoppeln, um zu meditieren. Nach langen zwanzig Minuten war der Augenblick des Vortrags gekommen. Drei junge, hübsche Hostessen führten uns zur Bühne. Der Meister folgte ihnen ziemlich langsam durch die Korridore, was ganz im Gegensatz zu seinem normalen Tempo stand.

Bevor wir unsere Sitzplätze aufsuchten, kamen uns die untadelig gekleideten Organisatoren der Veranstaltung entgegen und schüttelten uns die Hände. Sie waren zu fünft, und der Letzte wirkte besonders wichtig; vielleicht war er der Vorstandsvorsitzende eines der Unternehmen der Holding. Er drückte dem Meister die Hand und sagte salopp und mit ironischem Unterton:»Herzlich willkommen im Stadion. Und danke für Ihre irren Ideen! Große Männer haben große Träume!«

Bisher hatte es den Traumhändler noch nie gestört, wenn jemand seine Träume als irre bezeichnete. Er war immer guter Laune, doch in dieser Umgebung fühlte er sich offensichtlich unwohl. Daher bedankte er sich nicht für die Worte, sondern sah den Manager nur durchdringend an, woraufhin dieser den Kopf einzog. Vielleicht wurde ihm in diesem Augenblick klar, dass ihn kein Konzert erwartete, wie wir behauptet hatten.

Nun setzten sich die Organisatoren vor der Bühne auf die rechte Seite, und wir setzten uns auf die linke Seite. Mitten auf der Bühne stand eine riesige, acht Meter hohe und sechzehn Meter breite Leinwand. Weitere Projektionsflächen waren über das ganze Stadion verteilt. Ein Moderator in schwarzem Anzug trat auf und eröffnete das Event. Die Menge verstummte.

Doch anstatt zunächst die Veranstalter und den Sponsor zu nennen, stellte er sogleich den Traumhändler vor: »Meine Damen und Herren, wir haben die große Ehre, Ihnen eine äußerst vielschichtige und innovative Persönlichkeit vorzustellen, einen Mann, wie ihn unsere Gesellschaft seit Langem nicht mehr hervorgebracht hat. Ohne Marketingabteilung, ohne über Geld oder Kreditkarte zu verfügen und ohne seine Herkunft oder seinen akademischen Hintergrund zu verraten, steckt er die Menschen mit seinem Einfühlungsvermögen und seinem Altruismus an und hat sich ein Prestige erworben, um das ihn Politiker und Stars beneiden. Er ist wirklich ein Phänomen!«

Das Publikum brach in tosenden Applaus aus. Wir sahen zum Meister hinüber und merkten, dass er gar nicht glücklich war. Gerade ihm, der sich immer überall wohlgefühlt hatte und der die unglaubliche Fähigkeit besaß, sich an die unterschiedlichsten Situationen anzupassen, schienen diese lobenden Worte nun unangenehm zu sein. Aber dass er ein Phänomen war, daran bestand ja keinerlei Zweifel. Immerhin folgten wir ihm, weil er ein so außergewöhnlicher Mensch war.

Der Moderator fuhr fort: »Große und Kleine laufen ihm nach. Der einfache Mann auf der Straße hört ihm genauso zu wie Mitglieder der Oberschicht. Dieser Mann hat die politische Linke und die Rechte sprachlos gemacht. Wir wissen nicht, wer er ist. Seit Monaten fragen sich Medien, Behörden und Bürger: Woher kommt er? Was hat er erlebt? Warum will er die Grundpfeiler der Gesellschaft ins Wanken bringen? Was ist sein Ziel? Wir wissen es nicht. Er sagt, er sei ein einfacher Traumhändler in einer Gesellschaft, die aufgehört hat, zu träumen.«

Nachdem er auf diese Weise den undefinierbaren Mann, der uns in seinen Bann zog, definiert hatte, rief er ihn mit einer Bemerkung auf die Bühne, die offenbar scherzhaft gemeint war: »Hier ist er – der Albtraumhändler!«

Der Meister hatte inzwischen erkannt, dass die riesige Veranstaltung allein ihm zu Ehren organisiert worden war. Verlegen stand er auf und begab sich in Richtung Bühne. Es war sehr bewegend, die Leute minutenlang klatschen zu sehen. Auch wir, seine Schüler, applaudierten begeistert. Er allerdings bewegte die Lippen und schien vor sich hin zu murmeln: »Das habe ich nicht verdient! Das habe ich nicht verdient!« Dann wurde ihm ein Mikrofon angesteckt.

Unglaublich, dass dieser unrasierte Mann mit wirrem, halblangem Haar, der in einem zerbeulten Jackett mit Flicken an den Ellenbogen und einem zerknitterten gelben Hemd steckte, so beliebt war. Er redete in der Öffentlichkeit, suchte aber die Anonymität. Nach langen Ovationen wartete das Publikum nun gespannt auf seine Worte.

Der Meister warf zunächst einen schnellen Blick auf die Veranstalter, machte dann ein paar unsichere Schritte, starrte auf die Menge und begann: »Viele Leute fallen vor Königen auf die Knie, weil sie so mächtig sind, vor Millionären, weil sie so reich sind, und vor Stars, weil sie so berühmt sind. Ich aber verneige mich bescheiden vor euch allen, denn ich habe diese Ehrung nicht verdient.«

Die Menge im Stadion raste. Begeistert sprangen die Leute von den Sitzen auf und applaudierten frenetisch. Sie hatten noch nie erlebt, dass jemand, der geehrt wurde, im Gegenzug sein Publikum feierlich ehrte. Schweigend wartete der Meister, bis der Applaus verstummt war.

Doch gerade als er weitersprechen wollte, wurde er vom Moderator unterbrochen:»Meine Damen und Herren, bevor uns dieser geheimnisvolle und intelligente Mann seine großartigen Worte schenkt, möchten wir in unendlicher Dankbarkeit noch einmal Revue passieren lassen, was er für die Gesellschaft getan hat.«

Dann forderte er den Traumhändler höflich auf, sich der Leinwand zuzuwenden, um einen ungewöhnlichen Film zu sehen. Im gleichen Augenblick wurde ihm das Mikrofon abgestellt.

Wer ihm zu Ehren nun ein Naturpanorama erwartete, mit lieblichen Blumen, Bergen und Tälern, wurde herb enttäuscht, denn der Film zeigte keinen Frühling, sondern einen strengen Winter, aber im übertragenen Sinne. Was wir zu sehen bekamen, war eine dramatische Eiszeit des Geistes und der Seele.

Die Kamera fuhr auf den Haupteingang eines riesigen alten Krankenhauses zu, von dessen fleckigen, rissigen Außenwänden der Putz blätterte. Eine Texteinblendung erläuterte, dass es sich um eine der wenigen Psychiatrien handelte, die in der Region noch übrig geblieben waren. Das dreistöckige Gebäude, ein rechteckiger Klotz, war offenbar eine geschlossene Anstalt – ganz im Gegensatz zur grenzenlosen und unvorhersehbaren menschlichen Psyche. Sein Anblick kündete von

Klaustrophobie und Traurigkeit und war alles andere als eine Augenweide.

Das Auge der Kamera drang nun in das Innere der Klinik vor und schwenkte auf geisteskranke Patienten. Einige führten offenbar Selbstgespräche, andere zitterten oder starrten ins Leere, weil sie mit Medikamenten ruhiggestellt worden waren. Auf den unbequemen Bänken entlang der Korridore saßen Patienten mit dem Kopf auf den Knien.

Die beängstigende Atmosphäre wurde dadurch noch gesteigert, dass die Bilder stumm waren. Der Film hatte keine Tonspur. Die Kameraführung war sehr unruhig und wirkte wie die eines Amateurs. Ab und zu wurde der Film für Sekunden unterbrochen, und es erschien das Gesicht des Meisters auf der Leinwand.

Er sah tief bekümmert aus und schüttelte immerzu den Kopf. Uns war nicht klar, ob er noch verwirrter war als wir oder ob er irgendetwas verstand, was wir nicht nachvollziehen konnten. Vielleicht taten ihm auch die Patienten leid und der Film würde später zeigen, wie er sie mit seinen Träumen, seiner Liebenswürdigkeit und Solidarität beschenkte.

Plötzlich hörte man jemanden gellend schreien: »Nein! Nicht! Haut ab!«

Das gesamte Stadion sprang erschrocken auf, als sähe es einen Horrorfilm. Offenbar war nun die Tonspur eingeschaltet worden.

Die Kamera näherte sich einer Zimmertür, die sich langsam öffnete und den Blick auf einen Patienten freigab. Er saß auf dem Bett und hielt sich die Hände vors Gesicht. Dabei schrie er ununterbrochen: »Geht weg! Weg aus meinem Leben!«

Der Mann war völlig in Panik und schien die Ungeheuer vertreiben zu wollen, die seine Psyche bedrängten. Sein Gesicht verbarg er weiterhin in den Händen und wippte mit dem Oberkörper vor und zurück wie manche autistische Kinder. Sein Haar war zerzaust, und er trug ein weißes, zerknittertes Hemd, das falsch zusammengeknöpft war. Er wirkte ungepflegt, so als ob er sich aufgegeben hätte. Die Person hinter der Kamera fragte:»Was deprimiert Sie denn so?«

Obwohl der Ton nicht gut war, konnte man hören:»Hilfe! Ich hab Angst! Meine Kinder! Sie müssen hier raus!«, brüllte der Mann voller Entsetzen.

Die Person hinter der Kamera ließ nicht locker:»So beruhigen Sie sich doch! Was ängstigt Sie denn so?«

Der Patient rief keuchend:»Das Haus stürzt ein! Helft mir! Das Haus kämpft gegen sich selbst!«

Dann schrie er in seinem Wahn plötzlich auf:»Nein! Zerstört euch nicht! Ich werde verschüttet! Luft! Luft!«

Im Stadion konnte man eine Stecknadel fallen hören. Einige Leute schnappten nach Luft, und auch wir hatten einen Kloß im Hals. Der Patient rief, die verschiedenen Teile des Hauses hätten begonnen, gegeneinander zu kämpfen. Keiner verstand, wovon er sprach.

Natürlich hatten wir noch nie davon gehört, dass ein Haus gegen sich selbst kämpfen konnte. Uns war auch nicht klar, warum der psychische Zusammenbruch dieses Patienten gefilmt wurde. War es ein psychiatrischer Lehrfilm? Würde vielleicht gleich der Meister auftauchen, um den armen Wahnsinnigen zu heilen?

»Erzählen Sie mir, was Sie sehen!«, forderte ihn der Kameramann auf.

Ohne die Hände vom Gesicht zu nehmen, sagte der Patient mit zitternder Stimme:»Die Decke schreit: ›Ich bin der wichtigste Teil des Hauses! Ich beschütze es. Ich, nur ich allein, kann Sonne und Sturm widerstehen.‹«

Der Kameramann wollte noch mehr über die Halluzinationen des Patienten wissen:»Erzählen Sie weiter. Je mehr Sie erzählen, desto erleichterter werden Sie sich fühlen.«

Der Patient begann, vor Angst zu beben, und brüllte dann:»Die Bilder! Die Bilder an der Wand machen mich ganz taub! Sie kreischen und beschweren sich!«

»Was sagen sie denn?«

»Wir sind das Wichtigste in diesem Haus! Wir sind das Teuerste und Kostbarste, was ihr habt! Jeder, der hereinkommt, bewundert uns!«

Ihm war der kalte Schweiß ausgebrochen, und er versuchte, die Stimmen zu vertreiben, die ihm in den Ohren dröhnten:»Geht weg! Lasst mich in Ruhe!«

Plötzlich musste ich daran denken, wie ich oben auf dem Alpha-Gebäude gestanden hatte. Wie groß auch mein Leid gewesen war – immerhin hatte ich nicht den Verstand verloren oder war von Halluzinationen heimgesucht worden. Ich hatte nicht geglaubt, zusammen mit meinen Kindern eingekerkert zu sein und sterben zu müssen. Wenn schon ich ein namenloses Drama erlebt hatte, wie groß musste dann erst der Schmerz dieses Mannes sein, der in die Dunkelheit des Wahnsinns gestürzt war! Seine Panik jagte mir und allen im Publikum kalte Schauer über den Rücken.

Monika, die in ihrem eigenen Leben schon die Talsohlen des emotionalen Elends kennengelernt hatte, flüsterte erschrocken:»Wie kann die Psyche derart kollabieren! Wie kann jemand in solche Verzweiflung versinken?«

Die auf der Leinwand zur Schau gestellte Qual war so groß und schlug unsere Aufmerksamkeit derart in Bann, dass wir für einen Moment vergaßen, wo wir waren.

Der Meister stand immer noch mitten auf der Bühne, wandte uns den Rücken zu und starrte auf die Leinwand.

Was er wohl fühlte? Wahrscheinlich war er vom dargestellten Elend genauso betroffen wie wir.

Der Patient drehte sein Gesicht zur Wand und jammerte: »Niemand versteht mich! Sie geben mir nichts als Medikamente!« Dann beschrieb er weiter seine Wahnvorstellungen: »Die Möbel sind wütend. Sie wollen die Bilder fressen! Sie schreien: ›Wir sind der wichtigste Teil des Hauses! Wir bieten Komfort! Wir machen alles schöner!‹«

Plötzlich fiel mein Blick auf die Manager der Megasoft-Gruppe, und ich sah, wie sie lächelten. Wie war das nur möglich? Wenn sie keine Psychopathen waren, wussten sie wohl schon, dass der Film gut ausgehen würde, dachte ich mir.

Nun erreichten die makabren Aufnahmen ihren Höhepunkt. Der Patient schien sich verzweifelt gegen eine Übermacht zu wehren, die sein zerbröckelndes Haus noch mehr erschütterte, und der Kameramann, der kein einziges Detail der Halluzinationen verpassen wollte, fragte noch einmal: »Was verstört Sie denn so?«

Der Kranke drehte der Kamera den Rücken zu und stemmte die Hände gegen die Wand. An seinem Hemd sah man, wie er keuchte und nach Luft schnappte. Mitleidlos bohrte der Kameramann nach: »Sprechen Sie! Spucken Sie die Ungeheuer aus, die Sie quälen!«

Darauf verfiel der Kranke wieder in seine anfängliche Panik: »Hilfe! Ich hab Angst! Jetzt ist es der Tresor! Hilfe! Er will das ganze Haus verwüsten. Er donnert: ›Ich habe alles bezahlt! Ich habe alles gekauft. Ich habe euch das Leben geschenkt. Kniet vor mir nieder! Ich bin hier der Gott!‹«

Er keuchte wie ein Asthmatiker und schien kurz vor dem Herzinfarkt zu stehen. Noch nie hatte ich jemanden gesehen, der so geschwächt war und so dringend Hilfe brauchte. Im verzweifelten Versuch, seinen inneren Dämonen zu entkommen, drehte er plötzlich das Gesicht zur Kamera und brüllte verzweifelt:»Hilfe! Ich hab solche Angst! Das Haus stürzt ein! Wir werden lebendig begraben! Hilfe!!!«

Die Kamera zoomte nun ganz nah heran, sodass der panische Gesichtsausdruck riesengroß auf der Leinwand zu sehen war. Und als wir das Gesicht des Kranken sahen, stürzte nicht mehr nur sein Haus ein, sondern unsere ganze Welt. Wir verloren den Boden unter den Füßen und begannen zu zittern. Die Stimme versagte uns, und wir saßen wie gelähmt in unseren Sitzen. Es war einfach unglaublich. Der gefilmte Patient war ... der Traumhändler.

Äußerlich war mir nichts anzumerken, doch in mir tobte es. Stumm schrie ich in mich hinein:»Das kann doch nicht wahr sein! Wir folgen einem Geisteskranken! Das kann einfach nicht wahr sein!« Das soziologische Experiment zerbrach in tausend Stücke. Wir waren betrogen worden. Unser revolutionärer Führer war geistesgestört und unendlich schwach. Ich wusste nicht, ob ich wütend auf ihn war oder ob ich ihn bemitleidete. Ich wusste nicht, ob ich mich ohrfeigen oder vor Scham im Boden versinken sollte.

Das Publikum war sprachlos. Genau wie ich konnten die Leute nicht glauben, dass die Gestalt auf der Bühne dieselbe war wie die im Film. Aber die Ähnlichkeit ließ keinen Zweifel zu, abgesehen davon, dass unser Traumhändler einen längeren Bart trug. Meine Freunde kniffen sich gegenseitig in den Arm, um aus einem Traum geweckt zu werden, den sie nie hatten träumen wollen.

Nun bat der Moderator mit einer Handbewegung darum, das Mikrofon des Traumhändlers wieder einzuschalten, und fragte dann wie ein Inquisitor:»Können Sie bitte bestätigen, dass Sie die gefilmte Person sind?«

Es war mucksmäuschenstill. Wir drückten die Daumen, so fest wir nur konnten, in der Hoffnung, dass er Nein sagen und erklären würde, es handle sich um einen Irrtum. Vielleicht war der Mann im Film ja ein Doppelgänger oder, wer weiß, sein Zwillingsbruder? Doch der Meister blieb sich selbst treu. Er drehte sich zu den Zuschauern um, blickte dann auf die Gruppe seiner Freunde und sagte, wobei ihm Tränen über das Gesicht liefen:»Ja, ich bin es.«

Dann wurde sein Mikrofon wieder abgestellt, obwohl er gar nicht den Versuch unternahm, sich zu verteidigen.

»Ein Geisteskranker!«, sagte der Moderator höhnisch und schüttelte den Kopf. Dann wandte er sich den Kameras zu: »Meine Damen und Herren, endlich kennen wir die wahre Identität des Mannes, der unsere Großstadt in Aufruhr versetzt hat. Dies ist der Mann, der die Fantasie von Millionen gefesselt hat. Er ist tatsächlich ein Phänomen!«

Er zeigte mit dem Finger auf ihn und betonte sarkastisch: »Sehen Sie hier den größten Hochstapler aller Zeiten! Den größten Schlauberger unserer Gesellschaft! Den größten Betrüger, Blender und Ketzer des Jahrhunderts! Um unsere Dankbarkeit zu zeigen, verleihen wir ihm hiermit den Ehrentitel des größten Spinners, Albtraum- und Lügenhändlers, den die Gesellschaft je hervorgebracht hat.«

Die geladenen Journalisten schossen ein Foto nach dem anderen. Ein äußerst gut aussehendes Model ging auf den Meister zu, um ihm ein Diplom zu überreichen. Die Organisatoren hatten wirklich alles bis ins letzte Detail geplant. Unglaublicherweise lehnte der Meister es nicht ab, sondern nahm es höflich an. Wir, seine Schüler, und das Publikum sahen fassungslos zu und waren totenstill.

Meine Gesichtsmuskeln erstarrten, und meine Gedanken drehten sich im Kreis. Ich fragte mich ein ums andere Mal:

Waren alle Ideen, die wir vernommen und die uns derart beeindruckt hatten, dem Geist eines Wahnsinnigen entsprungen? Wie war das möglich? Was hatte ich aus meinem Leben gemacht? Waren meine Ideen nun Träume oder Albträume? Hatte ich etwa den körperlichen Selbstmord gegen einen geistigen Selbstmord eingetauscht?

Psychotisch oder weise?

Nach der Enthüllung, dass der Psychiatriepatient in dem Film der Traumhändler war, schauten die Organisatoren der Veranstaltung genüsslich in unsere Richtung. Sie schienen sich innerlich die Hände zu reiben und hielten uns wohl für die größten Einfaltspinsel aller Zeiten. Aber warum hatten sie uns in diese Falle gelockt? Warum wollten sie den Meister derart bloßstellen und seinen Ruf ruinieren? Woher kam dieser Hass auf einen doch scheinbar harmlosen Mitmenschen?

Erst später fanden wir heraus, dass angeblich eine der Reden des Meisters die Aktie des Modegiganten La Femme, der zur Megasoft-Holding gehörte, hatte abstürzen lassen. Jedenfalls kam es zu einem dramatischen Preisverfall, unmittelbar nachdem er im »Tempel der Mode« gefordert hatte, auf Kleidungsetiketten darauf hinzuweisen, dass Schönheit nicht normiert werden kann, da jede Frau ihre eigene Schönheit besitzt und sich nie mit einem Model vergleichen sollte, welches immer eine genetische Ausnahme der menschlichen Gattung darstellt.

Das Problem war dadurch entstanden, dass der Vorstandsvorsitzende des Modegiganten – einer der Veranstaltungsorganisatoren – die Forderung des Meisters in einer Presseerklärung als absurd, ja idiotisch bezeichnet hatte. Und als hätte ihm das als Angriff auf den bescheidenen Traumhändler noch nicht genügt, zitierte er anschließend einen Satz, der zeigte, wie tief das Barbiesyndrom im allgemeinen Gedankengut verankert war: »Die Hässlichen mögen es mir verzeihen, aber Schönheit ist fundamental.« Diese Verlautbarung, über die Medien international verbreitet, hatte zu erhitzten Debatten geführt sowie zu einer Kettenreaktion unter den Konsumenten, die dann zu Tausenden die unzähligen La-Femme-Filialen in aller Welt mit E-Mails bombardierten, um ihrem Abscheu Ausdruck zu verleihen. Der Aktienkurs des Unternehmens fiel in nur zwei Monaten um dreißig Prozent, was einen Wertverlust von über 1,5 Milliarden Dollar bedeutete – ein geschäftliches Desaster.

Der Wunsch nach Rache, den unter allen Lebewesen nur die Menschen kennen, zeigte seine hässliche Fratze, und für die Manager dieses Unternehmens wurde es zu einer Frage der Ehre und des Überlebens, den Mann zu demaskieren, der einen solchen Schaden angerichtet hatte. Er sollte öffentlich bloßgestellt werden, damit sie ihre verlorene Glaubwürdigkeit zurückgewannen.

Unterdessen wollten wir im Stadion vor Scham im Boden versinken. All unser Mut, unsere Bewunderung und Begeisterung für den Meister und sein Projekt hatten sich in Luft aufgelöst. Obwohl ich ihn lieben gelernt hatte, fand ich jetzt nicht mehr die Kraft, ihn zu verteidigen, und verstand plötzlich, welcher Schmerz in John Lennons berühmtem Satz steckte, den er nach der Trennung der Beatles geäußert hatte: *Der Traum ist aus.*

Aber gerade als ich mir einbildete, unsere Bewegung wäre jetzt wohl tot, überraschte mich die couragierte Reaktion von Monika und Jurema, den beiden Frauen in unserem Team: »Es ist doch völlig egal, ob der Meister ein Psychotiker war oder noch ist. Wir waren bei ihm, als ihm applaudiert wurde, und werden auch bei ihm bleiben, wenn er ausgepfiffen wird.«

Sind Frauen stärker als Männer? Auf jeden Fall legten die beiden einen irrationalen Idealismus an den Tag.

Dann erhoben sich auch zwei Männer, um ihre Solidarität mit dem Traumhändler zu bekunden:»Wenn der Chef durchgeknallt ist, dann bin ich auch durchgeknallt!«, rief Bartholomäus.»Und außerdem – wo soll ich denn hin?«

Barnabas wollte nicht hintanstehen und verkündete:»Ob er einen weg hat, weiß ich nicht, aber ich weiß, dass er es geschafft hat, dass ich mich wieder als Mensch fühle. Ich verlasse ihn bestimmt nicht! Und außerdem: Ich bin noch übergeschnappter als er!«

Und mit einem Seitenhieb auf Bartholomäus:»Aber weniger verrückt als du, Honigschnauze!«

»*Thank you, amigo!*«, antwortete dieser geschmeichelt.

Nun drehte sich der Traumhändler um, verließ die Bühne und ging in Richtung Ausgang. In der Menge rumorte es, und wir fürchteten, dass er gelyncht werden könnte. Doch plötzlich begannen die Leute, rhythmisch zu klatschen, zu stampfen und zu rufen:»Sprich! Sprich! Sprich!«

Das ohrenbetäubende Brausen der Sprechchöre erfüllte das ganze Stadion, und die Veranstalter wurden hektisch. Um einen Tumult zu verhindern, der ihnen nur weitere negative Schlagzeilen eingebracht hätte, stellten sie das Mikrofon des Meisters wieder an und luden ihn mit einer Handbewegung ein, auf die Bühne zurückzukommen. Sie dachten wohl, er würde nun versuchen, sich mit unglaubwürdigen Rechtfertigungsversuchen oder Anschuldigungen aus der Affäre zu winden, und sich damit erst recht lächerlich machen. Da kannten sie den Mann aber schlecht, den sie mit so viel Aufwand hatten diskreditieren wollen.

Der Traumhändler schaute ins Publikum und auf seine Schüler und legte dann mit sanfter Stimme und ohne Angst vor Gesichtsverlust seine Vergangenheit so minutiös dar wie ein Mikrochirurg, der winzige Arterien und Nervenbahnen freilegt.

Was er erzählte, war dramatischer, als ich es mir je hätte vorstellen können, und diesmal war es kein Gleichnis, sondern die unverfälschte, nackte und grausame Wahrheit seines eigenen Lebens. Zum ersten Mal enthüllte er uns das Innerste seines Wesens, und mir wurde bewusst, dass auch ich ihn nicht wirklich gekannt hatte.

»Ja, ich war geisteskrank. Ob ich es immer noch bin, überlasse ich eurem Urteil und dem von Psychologen und Psychiatern. Ich wurde mit schweren Depressionen, Anzeichen von geistiger Verwirrung und Halluzinationen in die Anstalt eingeliefert. Meinen Depressionen lagen schlimme Schuldgefühle zugrunde – Schuldgefühle gegenüber den Menschen, die ich am meisten geliebt hatte.«

Der Meister holte tief Luft. Es sah so aus, als müsste er sich zunächst selbst wieder aufrichten und seine Gedanken ordnen, um dann mit der bitteren Geschichte fortzufahren. Ich konnte mir kaum vorstellen, dass seine eigenen Fehler ihn so aus der Bahn hatten werfen können. War er nicht stark und großzügig – und so solidarisch und tolerant wie kein anderer?

Da erklärte er zu unserer Überraschung: »Früher war ich ein überaus reicher und mächtiger Mann. Ich war erfolgreicher als jeder andere aus meiner Generation, und junge wie alte Leute holten meinen Rat ein. Wo auch immer ich meine Hände im Spiel hatte, blühte das Geschäft. Mein Spitzname war Midas, denn scheinbar alles, was ich berührte, wurde zu Gold. Ich war ein Visionär, erfinderisch und kühn und ohne Angst vor fremden Küsten. Die Leute bewunderten meine Fähigkeit, Niederlagen zu überwinden und daraus gestärkt hervorzugehen. Aber nach und nach hatte nicht mehr ich den Erfolg in der Hand, sondern er mich. Meine Triumphe drangen wie ein Gift bis in die intimsten Bereiche meines Inneren vor. Nichts ahnend verlor ich meine Bescheidenheit und wurde zu einem Gott – einem falschen Gott.«

Wir waren bestürzt, und mir schwirrte der Kopf vor lauter Fragen: »Ob er früher wirklich reich war? Was für eine Macht soll das gewesen sein? Halluziniert er vielleicht wieder? Was ist mit den zerrissenen Klamotten, mit denen er durch die Gegend läuft? Sind wir etwa nicht von der Wohltätigkeit anderer abhängig?«

Das Geständnis des Meisters animierte Bartholomäus zu einer seiner übermütigen Bemerkungen. Mit stolz geschwellter Brust rief er aus: »Und das ist mein Chef! Tja, ich hau halt nie daneben! Wusste doch immer schon, dass er Millionär ist!«

Dann kratzte er sich am Kopf und fragte: »Aber warum sind wir dann ständig pleite?«

Es war wirklich nicht zu verstehen. Vielleicht hatte er Konkurs anmelden müssen, wie so viele Unternehmer. Aber konnte eine Firmenpleite eine schwere psychische Krankheit auslösen? Konnte sie jemanden wirklich in den Wahnsinn treiben?

Der Meister unterbrach meine Gedanken, denn er fuhr mit einem Geständnis fort: »Mein einziges Ziel bestand darin, aufzusteigen, Konkurrenten zu besiegen, der Erste und Beste zu sein, wenn auch innerhalb ethischer Grenzen. Ich wollte nicht nur einer von vielen, sondern einzigartig sein. So wurde ich zu einer Maschine, die unermüdlich damit beschäftigt war, Geld und noch mehr Geld zu produzieren. Das Problem beginnt nicht damit, dass man Geld besitzt, auch wenn es viel Geld ist, sondern dann, wenn das Geld einen besitzt. Als dieser Punkt in meinem Leben erreicht war, verstand ich, dass Geld ärmer machen kann. Ich war plötzlich so arm dran wie kaum ein anderer.«

Mitzuerleben, wie ein Mann, der offenbar reich und mächtig gewesen war, seine Maske ablegte, um ein unnachgiebiger Kritiker seiner selbst zu werden, war zutiefst beeindruckend. Mir fiel kein einziger großer Staatsmann ein, der sich in der Öffentlichkeit so couragiert entblößt hätte. Und auch mir selbst fehlte der Schneid dazu. Das Geständnis des Meisters gab mir neuen Mut, und meine Bewunderung für ihn lebte wieder auf.

Nun erzählte er die Geschichte, wie er, seine Frau und seine beiden Kinder zusammen mit Freunden Abenteuerurlaub in einem der letzten noch erhaltenen Urwälder machen wollten. Da Zeit für ihn ein kostbares Gut war, hatte er die Reise bereits Monate im Voraus geplant. Die Koffer waren schon gepackt, als ihm in letzter Minute eine wichtige Videokonferenz mit Investoren dazwischenkam, in der es um sehr viel Geld ging. Seine Familie und die Freunde hatten Verständnis, und der Reiseantritt wurde um einen Tag verschoben.

Am nächsten Tag war jedoch dringend ein Geschäft abzuschließen, das sich schon einige Zeit hinzog: Er musste den Kaufvertrag über ein anderes großes Unternehmen unterzeichnen, bevor es die Konkurrenz wegschnappte. Mehrere Hundert Millionen Dollar standen auf dem Spiel. Also wurde die Abreise wieder verschoben. Am Reisetag selbst präsentierte ihm der Vorstand seiner Erdölfirma ein neues Problem. Schon wieder ging es um alles oder nichts.

»Um die Reise nicht noch einmal zu verschieben, bat ich meine Familie und Freunde, ohne mich zu fliegen. Ich wollte etwas später mit einem Charterflug zu ihnen stoßen. Meine Frau war nicht sehr glücklich darüber, und meine damals siebenjährige Tochter, Julieta, war ganz traurig. Sie umarmte mich zum Abschied und sagte trotz allem: ›Du bist der beste Papa der Welt!‹ Mein neunjähriger Sohn Fernando umarmte mich auch und sagte: ›Du bist der beste Papa der Welt, aber du musst ja immer arbeiten!‹ Ich antwortete: ›Meine Süßen, ihr seid die besten Kinder der Welt, und eines Tages hat Papa auch mehr Zeit für euch!‹«

Der Meister stieß einen tiefen Seufzer aus:

»Wenn ich gewusst hätte, dass es diesen Tag nie geben würde!«

Er stockte und begann zu weinen. Die Menge hielt bestürzt den Atem an. Dann fuhr er mit tränenerstickter Stimme fort: »Wenige Stunden nach ihrem Abflug saß ich in einer Besprechung. Da platzte meine Sekretärin mit der Nachricht herein, ein großes Passagierflugzeug sei abgestürzt. Sofort schlug mir das Herz bis zum Hals. Ich stellte die Nachrichten an und erfuhr, dass das Flugzeug in ein dichtes Urwaldgebiet gestürzt war und dass es offenbar keine Überlebenden gab. Es war der Flug, auf den sie gebucht waren … Weinend brach ich zusammen. Ich hatte alles verloren! Mir war der Boden unter den Füßen weggezogen, die Luft zum Atmen und der Sinn des Lebens genommen worden. In meiner Verzweiflung stellte ich unter Tränen ein Rettungsteam zusammen, doch die Körper meiner Frau und meiner Kinder wurden nie gefunden. Vom ausgebrannten Flugzeug waren nur noch ein paar verkohlte Wrackteile übrig. So konnte ich von den wichtigsten Menschen in meinem Leben nicht einmal mehr Abschied nehmen und sie ein letztes Mal sehen oder berühren. Von einem Moment zum anderen war es plötzlich so, als ob es sie nie gegeben hätte.«

Der reiche und mächtige Mann, den so viele um seinen Erfolg beneidet hatten, war über Nacht zu einer bemitleidenswerten Jammergestalt herabgesunken. Und als wäre sein unsäglicher Schmerz nicht schon groß genug gewesen, wurde er auch noch von furchtbaren Schuldgefühlen geplagt.

»Alle Psychologen, bei denen ich in Behandlung war, wollten mich von meinen Schuldgefühlen befreien. Sie wollten mich davon überzeugen, dass ich für den Verlust ja gar nicht verantwortlich wäre. Doch ich wusste, dass mich indirekt doch Verantwortung traf. Sie wollten mich davor schützen, der Bestie namens Schuld ins Auge zu sehen. Aber sie konnten mich nicht davon abhalten, mich selbst zu bestrafen. Ich sperrte mich gegen ihre hohe Fachkompetenz und ihren guten Willen und zog mich in mein Schneckenhaus zurück.«

Der Meister, der noch nicht damit fertig war, dem Publikum aus den Kapiteln seines früheren Lebens vorzulesen, begann nun, sich selbst zu befragen: »Was habe ich überhaupt aufgebaut? Warum habe ich nicht dem, was ich am meisten liebte, auch die meiste Zeit geschenkt? Warum habe ich nie den Mut gehabt, weniger zu arbeiten? Wann ist es an der Zeit, kürzer zu treten? Was ist so wichtig, dass es wichtiger ist als das Leben selbst? Was nützt einem aller Reichtum der Welt, wenn man nicht mehr lebt?«

Welch unerträgliche Last! Welch schrecklicher Schmerz! Während ich ihm zuhörte, wurde mir klar, dass wir alle im Leben Verluste erleiden, wie viel Erfolg wir auch haben mögen. Niemandem scheint immer die Sonne, niemand hat nur ruhige See. Die einen verlieren mehr, die anderen weniger; die einen erleiden vermeidbare, die anderen unvermeidbare Verluste. Manche verlieren in der Arena der Gesellschaft, andere im Theater ihrer Psyche. Und derjenige, der es schafft, unversehrt durchs Leben zu gehen, verliert trotzdem seine Jugend. Auch ich hatte schwere Verluste erlitten und ich folgte einem Meister in der Kunst des Verlierens. Aber als ich die letzten

Monate an seiner Seite Revue passieren ließ, fragte ich mich verblüfft, wie dieser Mann, der vor den Augen der ganzen Welt alles verloren hatte, noch tanzen konnte! Wie konnte er ein so fröhlicher Wanderer sein und wie schaffte er es, uns immer wieder mit seiner Freude anzustecken? Woher kam sein Langmut, wo das Leben ihn doch so unfair behandelt hatte? Wie konnte er so leichtfüßig leben, obwohl ein unerträgliches Gewicht auf seinen Schultern lastete?

Während ich mir noch diese Fragen stellte, fiel mein Blick plötzlich auf die Veranstalter. Sie wirkten erschüttert. Offenbar war ihnen die wahre Identität des Mannes, den sie derart bloßgestellt hatten, nicht bekannt gewesen. In der Menge gab es Leute, die weinten. Sie waren voller Mitgefühl oder mussten an ihre eigenen Verluste denken.

Da drückte Dona Jurema plötzlich meine Hand und flüsterte aufgeregt:»Ich kenne diese Geschichte! *Er* ist es!«

Ungläubig fragte ich leise zurück:»Was sagen Sie da, Professora?«

»Er ist es! Die Unteroffiziere haben ihren eigenen General in einen Hinterhalt gelockt! Das ist doch wohl nicht möglich!«, rief sie empört.

»Was meinen Sie damit? Von wem sprechen Sie?«, fragte ich erneut.

Jurema war außer sich. Sie warf einen Blick auf die Manager, die das Event organisiert hatten, und fügte hinzu:»Es ist unglaublich! Er steht auf der Bühne, die ihm selbst gehört!«

Dann sagte sie nichts mehr.

Plötzlich stürzten die Gedanken nur so auf mich ein. Mit dem letzten Satz Juremas war es mir wie Schuppen von den Augen gefallen. Der Traumhändler war der Inhaber der Megasoft-Holding! Hatten die Unteroffiziere ihm eine Falle gestellt, weil sie dachten, er wäre ein einfacher Soldat? Alles andere schien mir absurd. Aber war der Inhaber der Holding nicht gestorben? Oder hatte er sich vielleicht nur verborgen gehalten? Ich musste daran denken, wie scharf der Meister diesen Mann beim Abendessen bei Dona Jurema kritisiert hatte. Das konnte doch alles nicht wahr sein! Ich rieb mir die Augen.

Dann spulte plötzlich ein Film vor meinem inneren Auge ab. Mich durchzuckte die Erkenntnis, dass die meisten Orte, an denen der Meister aufgetreten war, in direktem Zusammenhang mit der Firmengruppe standen. Er hatte mich auf dem Alpha-Gebäude gerettet, das der Megasoft-Holding gehörte. Und fast wäre er dort erschossen worden! Im Tempel der Informatik war er auf Veranlassung eines Managers der Holding verprügelt worden und hatte geschwiegen. Dann hatte ihn ein Journalist verunglimpft, der für eine der Zeitungen der Gruppe arbeitete, und er war ebenfalls ungerührt geblieben. Und jetzt wurde er von führenden Persönlichkeiten derselben Holding erniedrigt und begehrte nicht auf. Warum? Was hatte das alles zu bedeuten?

Ich versuchte, den Strudel meiner Gedanken zu bremsen, atmete tief durch, schlug mir die Hände vors Gesicht und dachte: »Das kann doch alles nicht wahr sein! Und wenn es stimmt? Nein, es kann einfach nicht sein! Wahrscheinlich habe ich eine blühende Fantasie!«

Dann fasste ich Professora Jurema am Arm und sagte: »Wie kann einer der mächtigsten Männer der Welt freiwillig unter einer Brücke schlafen? Wie kommt ein Milliardär dazu, sich von Essensresten zu ernähren? Das macht doch alles keinen Sinn!«

Dona Jurema schuttelte den Kopf; sie verstand genauso wenig wie ich.

Doch bevor ich mich noch weiter in meinen Fragen verlieren konnte, begann der Traumhändler, sie zu beantworten. Er erzählte, seine tiefe emotionale Krise sei schließlich der Auslöser dafür gewesen, dass er den Verstand verlor. Er war nicht mehr Herr seiner Gedanken gewesen und hatte jede Nahrungsaufnahme verweigert, sodass er in die Psychiatrie eingeliefert werden musste. Dort überkamen ihn dann die Halluzinationen, die im Film zu sehen gewesen waren. Sein Gehirn war sozusagen implodiert.

Die Stimme des Meisters gewann wieder an Festigkeit, und er knüpfte an die Wahnvorstellungen an, mit deren Hilfe die Veranstalter versucht hatten, ihn öffentlich zu zerstören. Nun erzählte er, wie sie zu Ende gingen, und dieser Teil war seinen Gegenspielern sicherlich unbekannt.

»Nachdem das Dach, der Tresor und andere Teile des Hauses begonnen hatten, sich um die Vorherrschaft zu prügeln, ließ sich plötzlich eine sanfte, leise, zurückhaltende Stimme vernehmen, die aus der Erde kam und mich nicht in Angst und Schrecken versetzte.«

Der Meister blickte seine Zuhörer an.

»Es war das Fundament. Im Unterschied zu allen anderen Teilen des Hauses drängelte es sich nicht vor, um an erster Stelle zu stehen. Es wollte einfach nur als Teil des Ganzen wahrgenommen werden.«

Ich bemühte mich, zu verstehen, worauf der Traumhändler mit dieser Geschichte eigentlich hinauswollte.

»Die anderen Teile des Hauses fielen daraufhin voller Verachtung über das Fundament her. Der Tresor, der vor Stolz fast platzte, polterte: ›Du blamierst uns nur – so dreckig, wie du bist!‹ Das Dach spöttelte hochmütig: ›Bisher hat noch nie jemand nach dem Fundament gefragt. Warum sollte man dich also erwähnen?‹ Die Gemälde erklärten arrogant: ›Mach dich nicht lächerlich! Du wirst doch wohl einsehen, dass du unter uns stehst!‹ Und die Möbel fragten verächtlich: ›Was willst du eigentlich? Hast du immer noch nicht gemerkt, wo dein Platz ist?‹ So wurde das Fundament von den anderen Teilen des Hauses gedemütigt und verlacht. Und da es nicht dazugehören sollte, beschloss es, das Haus zu verlassen.«

An dieser Stelle fragte der Meister die Menge: »Und was glaubt ihr, war die Folge?«

Im Chor schallte es ihm entgegen: »Das Haus stürzte ein!«

»Genau! Das Haus stürzte ein – und dieses Haus war ich selbst! Ich war zusammengebrochen, weil ich mein Fundament missachtet hatte!

In meinem Unglück lehnte ich mich gegen Gott auf und rief: ›Warum bleibst Du stumm? Warum tust Du nichts? Gibt es Dich etwa nicht? Oder sind Dir die Menschen egal?‹ Ich hatte mich gegen die Psychiater und Psychologen, gegen ihre Theorien und Medikamente gesträubt. Ich hatte mit dem Leben gehadert, weil es ungerecht und grausam war. Ich war gegen die Zeit angerannt. Kurz – ich hatte mich in einen Kampf gegen alles und jeden verstrickt. Aber als das Fundament sich meldete, hatte ich plötzlich eine Eingebung und verstand, wie sehr ich im Irrtum war. Ich verstand, dass ich mein Fundament missachtet und meine Prioritäten und obersten Werte beiseitegeschoben hatte.«

Nach und nach lüftete der Meister durch die Schilderung den Schleier seines Geheimnisses. So hatte ihn die Interpretation seiner Wahnvorstellungen auf den Weg zu sich selbst gebracht. Der Tresor stand für die Macht des Geldes, die er übermäßig geschätzt, das Dach für seine intellektuellen Fähigkeiten, die er viel zu wichtig genommen hatte. Die Gemalde symbolisierten Ruhm und Prestige, die Möbel Luxus und Komfort in seinem Leben.

»Doch ich hatte mein Fundament verraten. Meine Geschäfte hatten mich derart in den Bann gezogen, dass ich Frau und Kinder kaum noch Beachtung zuteilwerden ließ. Sie haben zwar alles von mir bekommen, nur nicht die Hauptsache, nämlich mich selbst. Auch meine Freunde mussten hinten anstehen, und Träume hatte ich keine mehr. Wie kann man ein guter Vater, Liebhaber und Freund sein, wenn die Menschen, die man liebt, nicht im eigenen Zeitplan vorkommen? Nur ein Heuchler mag glauben, dass das geht. Und ich war einer – ein allseits bewunderter und nachgeahmter großer Heuchler!«

Unerschrocken gab der Traumhändler zu, dass er seine Fehler, sein Versagen, seine Torheiten kaschiert hatte, die zwar sein Fundament beschmutzten, auf denen jedoch gleichzeitig das Gerüst seiner Persönlichkeit ruhte. Jetzt verstand ich, was er meinte, wenn er sagte: »Wer seine Schwächen nicht zugibt, steht sich selbst und seiner Menschlichkeit gegenüber in großer Schuld.«

Ich verstand außerdem, warum dieser Mann mich so mitgerissen hatte. Um zu mir durchzudringen hatte es mehr als einen gewöhnlichen Menschen gebraucht. Er hatte mehr sein müssen als nur ein Denker, ein glänzender Geist und ein Lehrer mit beeindruckendem Wissensschatz. Ein Mensch mit diesen Qualitäten hätte zwar meine Bewunderung geweckt, mich aber nicht gefangen genommen und es nicht geschafft, meinen Stolz zu brechen. Dies hatte nur jemand vermocht, der durch die dunkelsten Täler der Angst gewandert, im Sumpf psychischer und sozialer Konflikte stecken geblieben, von inneren Raubtieren zerfetzt worden war und sich in den Irrgärten des Wahnsinns verlaufen hatte. Und der sich dann mit ungewöhnlicher seelischer Stärke wieder aufgerichtet und auf der Grundlage seiner Erfahrungen ein neues Kapitel seines Lebens geschrieben hatte.

Das, genau das war der Mann, dem ich immer aufs Neue folgen würde.

Seine Gedanken waren präzise wie die eines Philosophen, und sein Humor war ansteckend wie der eines Clowns. Seine Reaktionen waren paradox und schwankten zwischen den Extremen. Er wurde von Ikonen der Gesellschaft aufgesucht, machte aber keinen Unterschied zwischen einer Prostituierten und einem Puritaner, einem Intellektuellen und einem Geisteskranken. Sein Einfühlungsvermögen war beeindruckend.

Während man im Fernsehen sah, wie Leute, die vor laufender Kamera festgenommen wurden, das Gesicht versteckten, um nicht erkannt zu werden, versteckte sich der Mann, der vor mir auf der Bühne stand, keineswegs. Mir fiel wieder ein, was er dem Psychiater auf dem Alpha-Gebäude gesagt hatte, als wir uns begegnet waren: Es gäbe zwei Arten des Wahnsinns, und die seine wäre eben sichtbar. Was für ein Mut! Und jetzt, nachdem ihn seine Gegner bloßgestellt hatten, zeigte er seine Wunden vor über fünfzigtausend Menschen, ohne sich ihrer zu schämen. Mit der größten Aufrichtigkeit ließ er uns bis auf den Grund seiner Seele schauen.

Bei seinem Geständnis, dass er sein Fundament verraten hätte, fragte ich mich allerdings, wer denn wohl kein Verräter war. Welcher Moralist war nicht manchmal unmoralisch sich selbst gegenüber? Welcher Gläubige versündigte sich nicht durch Hochmut oder Trägheit gegen Gott? Welcher Idealist verletzte nicht seine Überzeugungen im Namen vordergründiger Interessen? Welcher Mensch kompromittierte nicht seine Gesundheit durch zu viel Arbeit? Wer schadete nicht seinem Schlaf, weil er die Spannungen mit zu Bett nahm? Wer vernachlässigte nicht seine Kinder durch zu viel Ehrgeiz und gab dann vor, doch für sie zu arbeiten? Wer betrog nicht seine Liebe zum Partner durch mangelnde Kommunikation in der Ehe?

Wir verraten die Wissenschaft mit unseren absoluten Wahrheiten, die Schüler mit unserer Unfähigkeit, ihnen zuzuhören, die Natur mit unserer technologischen Entwicklung. Der Meister hatte uns davor gewarnt, die Menschheit zu verraten, indem wir uns zuallererst als Juden, Palästinenser, Amerikaner, Europäer, Chinesen, Weiße, Schwarze, Christen und Muslime verstehen. Wir sind alle Verräter, die nichts dringender brauchen, als Träume zu kaufen. Wir beherbergen alle einen »Judas« in unserer Seele, der Spezialist darin ist, seine wahren Gefühle unter dem Mantel von Aktivismus, Ethik, Moral und Gerechtigkeit zu verbergen.

Als würde er meine Gedanken lesen, blickte der Meister mich an, richtete sich dann aber wieder an die Menge: »Die Interpretation dieser Vision – mögen sie einige auch als Halluzination bezeichnen – brachte mich zu der Erkenntnis, dass ich schon lange vor dem Verlust meiner Familie und Freunde psychisch erkrankt war.«

Er lächelte und sagte scherzhaft: »Also Vorsicht, meine Damen und Herren, Sie haben es mit jemandem zu tun, der bereits seit geraumer Zeit verrückt ist!«

Die Zuhörer lächelten auch. Die so entstandene Atmosphäre war schwer zu beschreiben.

»Nachdem mir bewusst geworden war, dass ich mein Fundament verraten hatte, musste ich neu herausfinden, wer ich eigentlich war. Also verließ ich die Klinik, um nach mir selbst zu suchen. Es war ein langer Weg, auf dem ich mich oft verlaufen habe. Doch als ich mich entdeckt hatte, verließ ich das Nest und wurde zu einer Schwalbe, die über die Straßen segelt, um die Menschen anzuregen, nach sich selbst zu suchen.«

Dann bewies er ein weiteres Mal seinen Sinn für Humor und sagte: »Vorsicht, liebe Leute, dieser Wahnsinn ist ansteckend.«

Die Zuhörer lächelten erneut und brachen dann in tosenden Applaus aus, so als wünschten sie sich nichts sehnlicher, als genauso wie ich, Bartholomäus, Barnabas, Jurema, Monika, Dimas und viele andere angesteckt zu werden.

Der Tag, an dem ich meinem Leben ein Ende setzen wollte und der Traumhändler ein Gedicht rezitierte, das mich zu meinem Fundament zurückfinden ließ, wird mir jedenfalls ewig in Erinnerung bleiben, genauso wie die Zeilen seines Gedichts:

Gelöscht sei der Tag, an dem dieser Mann geboren wurde!
Verdunstet der Tau, der an diesem Morgen das Gras
benetzte!
Verlöschen soll die Helligkeit des Tages, die den
Wanderern Freude spendete!
Voll Leiden sei die Nacht, in der dieser Mann empfangen
wurde!
Der Glanz der Sterne am Himmelszelt sei ihr entrissen!
Lächeln und Ängste der Kindheit seien dem Mann
genommen!
Seiner Jugend Übermut und Abenteuer geraubt!
Und der Zeit der Reife gestohlen die Träume und
Albträume, klaren Momente und Spleens!

Die ansteckenden Ideen des Traumhändlers hatten uns gelehrt, nicht zu verleugnen, wer wir wirklich sind. Sie wirkten wie ein Gegengift, denn bevor wir ihn trafen, waren wir alle »normal« gewesen, nämlich krank. Wir hatten uns gewünscht, wie Götter zu sein, und dabei vergessen, wie anstrengend es ist, immer perfekt zu sein, auf den guten Ruf zu achten, das Image zu polieren, den Meinungen anderer mehr Bedeutung beizumessen als den eigenen, zu viel von sich zu verlangen und sich ständig selbst zu bestrafen. Wir hatten die Leichtigkeit des Seins verloren und waren zu Zombies geworden.

Wir alle waren dazu erzogen worden, zu arbeiten und voranzukommen, aber auch dazu, in unserer kurzen Existenz unsere Essenz zu verraten.

In was für einem Irrenhaus lebten wir eigentlich?

Wenn ich die Zeit zurückdrehen könnte

Nachdem er die Geschichte vom Haus erzählt und gedeutet hatte, sprach der Meister seine letzten Gedanken aus. Noch einmal stellte er nicht seine Größe heraus, sondern zeigte sich klein und verletzlich. Noch einmal rezitierte er mit durstigen Lippen ein Gedicht in der Wüste. Er schaute ins Leere, als hielte er sich in anderen Sphären auf, und ließ dann eine intime Beziehung zu einem mir unbekannten Gott erkennen – er vergaß, dass er sich vor einer riesigen Menschenmenge befand und rief:

»Gott, wer bist Du? Warum versteckst Du Dein Antlitz hinter dem Schleier der Zeit und klagst mich nicht für meinen Wahnsinn an? Mir mangelt es an Weisheit, und das weißt Du sehr gut. Mit den Füßen wandele ich auf der Oberfläche der Erde, doch mit dem Geist nur an der Oberfläche des Wissens. Wenn ich glaube, etwas zu wissen, ist das nichts als Hochmut. Und wenn ich gestehe, dass ich nichts weiß, ist es mein Stolz, der mich glauben macht, dass ich weiß, dass ich nichts weiß.«

Der Traumhändler schlug die Augen nieder. Dann warf er einen raschen Blick auf seine Gegner und sah anschließend wieder ins Publikum, um eine philosophische Rede zu halten, die sich heimlich einen Weg in die Tiefen unseres Wesens bahnte.

»Das Leben ist lang, was die Gelegenheiten betrifft, Fehler zu machen, aber kurz, was die Möglichkeiten angeht, es zu leben. Das Wissen um die Kürze des Lebens nimmt meinem Geist die Eitelkeit und lässt mich erkennen, dass ich nichts als ein einfacher Wanderer bin, ein Funke in der Nacht, der aufblitzt und mit den ersten Lichtstrahlen wieder verlischt. In diesem kurzen Zeitraum zwischen Aufblitzen und Verlöschen bin ich auf der Suche nach mir selbst. Ich habe mich an vielen Orten gesucht, doch gefunden habe ich mich erst an einem Ort ohne Namen, an dem Pfiffe und Applaus dasselbe sind, am einzigen Ort, den niemand gegen unseren Willen betreten kann, nicht einmal wir selbst. Ach, wenn ich doch die Zeit zurückdrehen könnte! Ich würde weniger Macht erobern, um mehr Macht zu haben, mich selbst zu erobern. Ich würde mir ab und zu ein bisschen Pflichtvergessenheit gönnen, weniger gut funktionieren und mir mehr Entspannung erlauben; ich würde mehr philosophieren und über die Geheimnisse nachsinnen, die mich umgeben.

Wenn ich die Zeit zurückdrehen könnte, würde ich nach meinen Jugendfreunden suchen. Wo sind sie? Wer von ihnen lebt noch? Ich würde sie suchen, um unsere unschuldigen Abenteuer im Garten der Anspruchslosigkeit wieder aufleben zu lassen, in dem sich noch nicht das Unkraut des Status und der finanziellen Verführungen ausgebreitet hatte.

Wenn ich die Zeit zurückdrehen könnte, würde ich meine Frau, die Liebe meines Lebens, in den Arbeitspausen anrufen. Ich würde versuchen, weniger ein Fachmann als ein aufmerksamer Liebhaber zu sein. Ich wäre besser gelaunt und weniger pragmatisch, nicht so logisch, dafür romantischer. Ich würde einfältige Liebesgedichte schreiben und häufiger sagen: ›Ich liebe dich!‹ Ich würde meiner Frau gegenüber zugeben, dass mir die Konferenzen wichtiger waren als sie, und bitten: ›Verzeih mir! Gib mich nicht auf!‹

Ach, wenn ich nur die Zeit zurückdrehen könnte! Ich würde meine Kinder öfter küssen, viel mehr mit ihnen spielen und ihre Kindheit genießen, so, wie die trockene Erde das Wasser trinkt. Ich würde mit ihnen im Regen spazieren gehen, barfuß laufen und auf Bäume klettern. Ich würde mich weniger darum sorgen, dass sie sich wehtun oder erkälten könnten, sondern mehr darum, dass sie vom Gesellschaftssystem infiziert werden könnten. Ich würde weniger dafür tun, sie in die Welt einzuführen, wie sie ist, und mehr dafür, ihnen meine eigene Welt zu schenken.«

Aufmerksam betrachtete er das beeindruckende Stadion, die riesigen Stützpfeiler, das ausgedehnte Deckengewölbe, die endlosen Sitzreihen, und schloss voll Rührung: »Wenn ich die Zeit zurückdrehen könnte, würde ich auch noch meinen letzten Cent dafür geben, um nur einen einzigen weiteren Tag mit meinen Lieben verbringen zu dürfen, und aus diesem Tag würde ich eine Ewigkeit machen. Aber sie sind von mir gegangen, und wenn ich Stimmen höre, dann sind es die ihren. Sie rufen mir aus den Trümmern meiner Erinnerung zu: ›Papa, du bist der beste Papa der Welt. Aber immer musst du arbeiten!‹«

Tränen liefen ihm über das Gesicht, die bewiesen, dass auch große Männer weinen. Dann beendete er seine Rede mit den Worten: »Die Vergangenheit ist tyrannisch. Sie gibt mir meine Familie nicht zurück. Aber die Gegenwart hebt großzügig mein gesenktes Haupt, damit ich sehe, dass ich zwar nicht ändern kann, was ich gewesen bin, aber aufbauen kann, was ich sein werde. Haltet mich ruhig für verrückt, wahnsinnig oder psychotisch! Das Einzige, was wirklich zählt, ist die Tatsache, dass ich wie jeder Sterbliche eines Tages das Theaterstück meines Lebens auf der winzigen Bühne des Grabes vor weinendem Publikum beenden werde.«

Die letzten Gedanken berührten mich tief. Der Meister holte noch einmal Luft, um sie auszuführen: »Ich möchte nicht, dass die Leute an jenem Tage sagen: ›Hier ruht ein berühmter, reicher Mann, der in die Geschichte eingehen wird.‹ Genauso wenig sollen sie sagen: ›Hier ruht ein integrer, gerechter Mann‹, denn das sind nichts als leere Worte. Ich wünsche mir, dass sie stattdessen sagen: ›Hier ruht ein einfacher Wanderer, der ein wenig davon verstanden hat, was es heißt, ein Mensch zu sein, der gelernt hat, die Menschheit zu lieben, und der es geschafft hat, anderen Wanderern Träume zu verkaufen …‹«

Er wandte seinen Zuhörern den Rücken zu und wollte die Bühne verlassen. Da erhob sich die Menge im Stadion und begann, ununterbrochen zu applaudieren, während seine Schüler in Tränen ausbrachen. Auch wir hatten keine Angst mehr davor, öffentlich Gefühle zu zeigen. Sogar die Gegner des Meisters waren aufgestanden, und zwei von ihnen klatschten ebenfalls. Der Vorstandsvorsitzende jedoch stand reglos da und wusste nicht, wo er hinschauen sollte.

Plötzlich durchbrach ein Junge die Absperrungen, sprang auf die Bühne, lief hinter dem Traumhändler her und fiel ihm um den Hals. Es war Antonio, der Zwölfjährige, der bei der Trauerfeier seines Vaters so verzweifelt gewesen war, jener Trauerfeier, die der Traumhändler in eine feierliche Hommage verwandelt hatte.

»Ich habe meinen Vater verloren, aber du hast mich gelehrt, nicht den Glauben an das Leben zu verlieren. Vielen Dank!«, rief er aus.

Der Meister sah den Jungen gerührt an und überraschte ihn mit den Worten: »Ich habe meine Kinder verloren, aber auch du hast mich gelehrt, den Glauben an das Leben nicht zu verlieren. Ich bedanke mich bei dir!«

»Erlaube mir, dir zu folgen!«, bat der Junge.

»Seit wann ist die Schule in deinem Leben?«

»Ich bin in der sechsten Klasse.«

306

»Du hast meine Frage nicht verstanden. Ich habe nicht gefragt, seit wann du in der Schule bist, sondern seit wann die Schule in dir ist.«

Ich, ein Hochschulprofessor, der die Kunst des Lehrens zu seiner Welt gemacht hatte, hatte noch nie eine solche Frage gehört, erst recht nicht gegenüber einem Jugendlichen. Der Junge war verwirrt.

»Was meinst du damit?«

Seufzend sah der Traumhändler ihn an und sagte: »An dem Tage, da du das verstehst, wirst du gelernt haben, mit Träumen zu handeln. Dann kannst du mir in deiner Freizeit folgen.«

Konfus ging der Junge davon, doch er hatte die Bühne noch nicht verlassen, als sich sein Gesichtsausdruck plötzlich veränderte, so als hätte er eine Eingebung. Über die Stadionkamera konnten alle sehen, wie er vor Freude strahlte. Und anstatt zu seinem Sitzplatz zurückzukehren, kam er zu uns. Wir wollten wissen, was geschehen war, doch das blieb für den Moment noch ein Geheimnis.

Der Meister setzte seinen Weg von der Bühne ins Leben fort. Ohne Karte und Kalender brach er auf, um sich von Tag zu Tag treiben zu lassen wie eine Feder im Wind – mit leichtem Herzen und klarem Blick. Diesmal lud er uns jedoch nicht ein, ihm zu folgen, und wir empfanden tiefe Trauer.

Ob wir uns für immer trennen würden? War der Traum, Träume zu verkaufen, jetzt zu Ende? Was sollten wir tun? Wohin sollten wir gehen? Sollte ich andere Geschichten schreiben? Wir waren ratlos und fühlten uns wie die Kinder, die auf der Bühne des Lebens spielen und sehr wenig von seinen Geheimnissen verstehen.

Wer war der Meister wirklich? Woher kam er? War er einer der mächtigsten Männer der Welt oder ein Landstreicher mit blühender Fantasie? Wir wissen es bis heute nicht. Aber das macht nichts. Entscheidend ist die Tatsache, dass wir dem Gefängnis der Routine entflohen, aus der Puppe geschlüpft und zu Wanderern geworden sind.

Bartholomäus und Barnabas tippten mir auf die Schulter. Hatten sie alles verstanden, was im Stadion vor sich gegangen war – oder etwa gar nichts? Sie zwinkerten mir zu und sagten mit Schalk im Nacken: »Folge uns nicht. Wir sind verloren!«

Ich drückte sie an mich. Ich hatte gelernt, meine Mitmenschen in einer Weise zu lieben, die in der psychologischen und soziologischen Fachliteratur nicht vorgesehen war. Trotz der unsicheren Zukunft, die uns erwartete, sahen wir uns gegenseitig an und riefen: »Ah! Ich liebe dieses Leben!«

Die anderen Mitglieder der Gruppe kamen hinzu. Alle fielen sich in die Arme, und jeder dachte: »Vielleicht ist das ein Abschied für immer!«

Doch bevor der Meister den letzten Schritt von der Bühne getan hatte, drehte er sich noch einmal zu seinen Schülern um. Unsere Blicke begegneten sich, und wir sahen uns lange an. Plötzlich fiel es uns wie Schuppen von den Augen: Unser Traum lebte weiter!

Beglückt stürmten wir zur Bühne, um uns an seine Fersen zu heften. Wir wussten, dass uns große Abenteuer erwarteten und die See auch mal rau werden würde.

Aber unsere Herzen waren voller Freude, und so verließen wir das Stadion mit unserem Lied auf den Lippen:

Ein einfacher Wandersmann bin ich,
Der keine Angst mehr hat, sich zu verlaufen.
Meine Unzulänglichkeiten kenne ich.
Nennt mich ruhig verrückt
Und macht euch über mich lustig!
Was soll's!
Ein Traumhändler bin ich,
Und das ist es, was zählt!
Ich habe weder Karte noch Kalender,
Ich habe nichts, doch habe alles.
Ein einfacher Wandersmann bin ich,
Auf der Suche nach mir selbst.

Danksagung

Auf meinem Weg bin ich unzähligen Traumhändlern begegnet. Sie haben mich mit ihrer Intelligenz und ihrer Großzügigkeit inspiriert, mich gelehrt und mich meine Kleinheit erkennen lassen. Sie haben auf ihrer Lebensreise innegehalten, um an andere zu denken und einen Teil ihrer selbst zu verschenken, ohne etwas dafür zu verlangen. Sie haben aus ihren Träumen Lebensziele gemacht statt nur Wünsche, die der Sturm mühelos in Stücke reißt.

Ich widme dieses Buch meinem lieben Geraldo Pereira, Sohn von José Olympio, dem großen Verleger. Es ist noch nicht lange her, dass Geraldo seine Augen für immer geschlossen hat. Er war ein Dichter der Existenz, ein feinsinniger Traumhändler im Universum der Literatur wie auch im gesellschaftlichen Drama. Er war mein Freund und Berater. Ich lasse ihm die größte Ehre zuteilwerden.

Ich widme dieses Buch auch meiner warmherzigen Freundin und Leserin Maria de Lurdes Abadia, Exgouverneurin von Brasília. Sie hat in der brasilianischen Hauptstadt viele Träume verkauft, vor allem um das Dasein der Menschen am Rande der Gesellschaft zu verbessern, die vom Müll und im Müll der Großstadt leben. Maria hat ihnen etwas wiedergegeben, das für die geistige Gesundheit grundlegend ist: Würde.

Ich widme es meinem geschätzten Freund Guilherme Hannud, ein Unternehmer mit edlem Einfühlungsvermögen und dem unstillbaren Verlangen, anderen zu helfen. Durch seine sozialen Projekte hat er Hunderten von ehemaligen Häft-